グラスホッパー

杀手界

〔日〕伊坂幸太郎　著
代珂　译

南海出版公司

新经典文化股份有限公司
www.readinglife.com
出　品

杀手界

铃木

扫视着街道，铃木想起了昆虫。明明已是夜晚，街道却并不昏暗。不但不昏暗，还很喧嚣。华丽的霓虹灯和路灯交相辉映，到处都挤满了人。花花绿绿的蠕动着的昆虫——眼前的景象让铃木感到不快，他想起了读大学时教授说过的话。那是十多年前，他还是个学生的时候听到的。

“个体和个体之间如此近距离生活的动物真是不可思议。人类不像是哺乳动物，倒是更接近昆虫。”那个教授表情夸张而又肯定地说道，“蚂蚁，或者是蝗虫之类。”

铃木接过话：“我在照片上看到过企鹅群居生活的样子。那企鹅也是昆虫吗？”他这么一问，那个教授立刻满脸通红地怒斥道：“不准提什么企鹅！”

接着铃木又想起了大约两年前去世的妻子。她很喜欢听铃木讲起那件事情。她常笑着说：“这种时候，你就乖乖地说‘老师说得真对’不就没事了？”确实，每当她听到“你说得真对”这种话的时候，总会露出满足的表情。

“发什么呆呢，赶紧塞进去啊。”比与子在后面一催，铃木才回过神来。他摇摇头，将头脑里关于亡妻的记忆一扫而空，把面前的年轻人朝里面推了推。年轻人顺势倒在了车后座上。

这是一个金发高个男子，正在昏睡。上身的黑色皮衣敞开着，可以看见里面的黑衬衫，黑底上有小虫子形状的花纹。没品位。不管是衬衫还是人，都不是什么好货色。

男人旁边还有一个女人，也是铃木好不容易才塞到车里的。黑色长发，黄色外套，大约二十出头。她双眼紧闭，嘴巴微张，正靠在椅背上熟睡。

铃木将年轻男人的双脚塞进车里，关上车门。这可真是个体力活，他不禁叹了口气。

“上车。”比与子发话道。铃木打开副驾驶座一侧的车门，坐了进去。

车停在藤泽金刚地铁站最北边的出入口旁边。眼前是人潮汹涌的十字路口。

夜里十点半，虽然不是节假日，但地处新宿附近的这里晚上要比白天热闹得多，行人络绎不绝。这些人在车周围走动，大概有一半都喝了酒，还有一半则看上去是清醒的。

“很简单吧。”比与子很平静。雪白的皮肤散发出陶瓷一般的光泽，在车里也看得鲜明。茶色短发将将能盖住一点点耳朵。或许是单眼皮的关系，表情看上去很冷漠。她那涂着鲜红唇膏的嘴唇非常显眼，白色衬衫的领口敞开着，下身的短裙大概到膝盖上面。虽说跟铃木一样二十七岁，可在她身上时常可以让人隐约感受到一种更年长的、称得上老奸巨猾的气息，一眼看上去便是个贪图享乐的女人，但铃木怀疑真实的她或许很有头脑和教养。她蹬着黑色高跟鞋的脚正踏在刹车上。穿着这样的鞋子居然还能开车，铃木很是佩服。

“有什么简不简单，我只不过是把他们弄上车。”铃木感到一丝紧张，“只不过是搬运一对正在昏睡的男女，把他们弄上车而已。”他心想，其他事情可跟我无关。

“这种小事就害怕，将来可成不了大器。你的试用期也快结束了，这种事情也该习惯习惯了。”驾驶座上的比与子有些不快，“不过，你也没想到我们居然会这样把这些年轻人弄走吧？”

“是啊。”铃木嘴上应着，内心其实并不觉得有多意外。从一开始，他就没觉得这家公司是什么正经地方。“‘Fräulein’在德语里好像是‘千金’的意思吧。”

“懂得还挺多嘛。没错。公司名字好像是寺原亲自起的。”

听到比与子口中说出的那个姓氏，铃木坐直了身子。“是那个父亲？”他确认道。那是公司的社长。

“那还用说。那个蠢儿子哪能给公司起名字。”

也是，铃木应声的同时，觉得一股黏稠的赤褐色思绪正从体内喷涌而出。

每当想到那个蠢儿子——寺原的长子，铃木都会这样。他拼命地压抑着情绪。妻子死后的这两年，他唯一学到的，可能就是如何压抑这种不知该被称作愤怒还是仇恨的莫名躁动的情绪吧。

“真没想到，一家叫作千金的公司，居然是靠蚕食女人来赚钱。”

“意外吧。”比与子也不知是不是故意的，用了一种夸张的语气。

虽然跟铃木同岁，但她早就进了公司，已有了相应的职位。在这一个月里，就是她教会了被临时雇用的铃木如何做事。

这一个月，铃木所做的就是在步行街上寻找合适的女性进行推销。他专注于跟走在繁华街头的女人们打招呼，跟她们套近乎，和她们说话，即使会被拒绝、被无视、被咒骂也是如此。当然，大部分的人都不搭理他。这种事并不需要诀窍、努力、钻研或技术。即便被鄙视、被警惕或者被避开，不停地打招呼说话就是唯一的方法。一天总有一个人，一千个人里总有那么一两个人会对他的话感兴趣。遇到这样的人，铃木就带她们去喝茶，开始给她们介绍一些化妆品或者健康饮料。阿谀奉承也好，一派胡言也好，总之要一本正经地摊开宣传册告诉她们："效果不是马上就有的，但是只要坚持一个月，就会有显著的变化。"宣传册上罗列了很多彩色印刷的图表和数据，比与子曾经告诉过他，上面"一句真话都没有"。

容易骗的女人当场就会签合同，而另外一些则会丢下一句"我考虑考虑"便要离开。她们说这句话的时候，如果听口气感觉还有希望，铃木就会跟踪她们到住处。接下来会有更难缠的特别小组开始进行违法的推销活动。他们会冲进民宅，赖着不走，用一种近乎软禁的方法拿下合同。总之听说是这样。关于这些，铃木也只是听到过一些传闻。

"到今天你也干了一个月了，该考虑下一步了吧。"大概一个小时之前，铃木听到了这句话。

"下一步？"

"你也不打算一辈子就这么跟路人搭话吧？"

“那倒也是。”铃木不置可否地回答。

“今天就干点特别的。接下来有人愿意跟你去喝茶的话，我也一起去，记得叫我。”

“那么简单就能叫住人，我就不用这么辛苦了。”回想起这一个月的经历，铃木苦笑道。

可是，也不知道是幸运还是不幸，还不到三十分钟，愿意听铃木瞎掰的年轻人就出现了——就是正躺在车后座的这对男女。

首先是女人表现出兴趣，她用一种随意得近乎绝望的口气问旁边的男伴：“你说，我如果再瘦一点，是不是就能去当模特了？”

男人则很有男子气概地当即肯定道：“当然，绝对是模特。”

铃木通知比与子之后，就把两人带到咖啡店，接着像往常一样开始介绍商品。不知是防范心不够，还是智慧和经验不足，这对年轻男女竟然听得兴致勃勃。铃木稍微夸两句，他们便两眼放光，盯着宣传册上的图表一个劲地点头。

这样毫无防备心真的好吗？铃木看着眼前的两人，甚至有些担心他们的将来。他想起了两年前自己还是个老师的时候。一些关于自己曾经教过的孩子们的记忆唐突地浮现在脑海里。不知为何，首先想起的，竟是那个平时表现不好的孩子。“老师，我可是该出手时就出手。”铃木想起了他说这句话时的声音。那孩子是他最后负责的一个班里的，平时上课时总是表现不好，同学们也对他敬而远之。忽然有一天，他却因为在街上抓住了小偷而得到表彰。他说“该出手时就出手”时，脸上掺杂着害羞和骄傲，朝铃木笑了。接着他又说：“老师，你不会不管我的吧？”表情像极了小学生。

想到这里，铃木忽然觉得，眼前这个翻着宣传册、青春痘还未褪去的男子竟有点像那个学生。他们显然不是同一个人，但不知为何竟有些相似之处。那个学生的父亲是个建筑工人。他一心不愿接父亲的班，可能早已走上了一条截然不同的道路，铃木想。

等他回过神来的时候，比与子正站起身来要求给咖啡续杯。平时她不会这样。铃木侧目观察，发现她正在吧台给杯子做手脚。他推测应该是下了什么药。

不一会儿，年轻男女的眼神开始浑浊，小鸡啄米似的打起盹来。女人说："人家都叫我黄，叫他黑。是绰号哦，绰号。所以我总是穿黄色外套，他就穿黑色。"接着又小声道，"奇怪，怎么这么困？"说完便睡着了。男人在旁边说："结果我的头发是黄的，你的却是黑的啊。"说完这毫无意义的话后又嘀咕了一声"哎呀"，便也睡了过去。

"好了，带他们上车。"比与子说。于是铃木开始依次将两人搬上车。

"这种傻乎乎的年轻人，如果处理得好，也可以用来赚钱。"她百无聊赖地说道。

铃木觉得有些沮丧——我的那些学生是否也是这样呢？"还不走吗？"他指着自动变速箱的排挡杆问。

"走？去哪儿？"

"我怎么知道。不是要把他们带到什么地方去吗？"

"平常的话是，"比与子的声音变得锋利起来，"今天不一样。"

一种不祥的预感让铃木背后的汗毛直竖。"不一样是什么意思？"

"今天得试探试探你。"

“试探什么？”铃木发现自己的声音似乎要开始颤抖了。

“你被怀疑啦。”比与子的口气听上去不像是怜悯，似乎欣喜的成分更多一些。

“为什么我要被怀疑？”铃木咽了口唾沫。

“有很多理由可以觉得你可疑，”驾驶座上的比与子又露出不快的表情，“我们公司啊，多疑得变态。”

“作为一家公司，倒是比无论什么都相信要好点儿。”

“你给人的感觉很正派。我还没问过呢，你来公司之前是做什么的？”

“老师。”铃木答道，他不觉得有隐瞒的必要，“初中老师，教数学的。”

学生们的脸庞又下意识地出现在脑海里。这次，这些学生的脸上全都布满了困惑、同情和烦躁。对了，这些是出席了亡妻葬礼的学生们的脸。

“我就说吧。你啊，就是给人这种感觉，所以就被怀疑了。气质太不搭了。你说，教初中生数学的老师特意跑到我们公司来，不光这样，还尽做一些诈骗年轻人的事，这可能吗？”

“可不可能不知道，反正我是这样。”

“绝对不可能。”

是的，其实是不可能。“你可能不知道，现在不景气，找工作可是很难的。所以，我一听到这公司，我是说千金，在招临时工的消息，就来应聘了。”

“撒谎。”

“真的。”的确是谎话。其实是铃木自己主动去打探消息，才知道千金这家公司的。

铃木发现自己的呼吸急促起来，胸口开始起伏。这不是聊天，是审问。

他望向窗外，左边酒店门口的喷泉前聚集了一群年轻人，看上去无知而嘈杂。他忽然觉得，那里或许也有自己已经堕落了的曾经的学生。

虽然十一月才刚开始，可道路两旁树木、高楼上的巨大广告牌已经挂满了圣诞节的装饰。车辆的喇叭声、年轻人的尖叫声，所有的喧嚣似乎都随着路边抽烟者口中的烟雾在空中飘浮。

“你应该也知道我们不是什么正当公司，不过你知道到底不正当到什么地步吗？”比与子悠然的口气和绕着圈子说话的方式，让她的问题听上去有种奇妙的感觉。

“什么地步？这倒是难倒我了。”铃木的脸颊抽搐着，歪起头道，“不过我猜测……”

“猜测就行，你说说看。”

“搞不好，我推销的恐怕不是什么健康食品，而是别的什么东西。比如带有依赖性的药物之类，嗯，如果用你的方式说就是……”

“不合法的？”

“对，就是那个。”

这一个月里，铃木见过几个服用千金商品的女人。每个人都双眼充血，精神状态十分不稳定。她们当中大部分人都用一种十分迫切的口气要求：“赶快，把货发过来啊！”她们皮肤干枯，深陷在喉咙干渴的痛苦之中。那不像是正在减肥的年轻人，更像是药物中毒的患者。

“答对了。”比与子的表情没有任何变化。

又不是猜谜，铃木的脸色很难看。“不过，这种在大街上拉客的方式真的有效吗？上钩的人也有限，付出的努力跟得到的成果似乎不成正比啊。”铃木说话的同时心里却想，我才没必要替千金的经营方式担忧呢。

“没问题。有时候我们会骗得更彻底。”

“彻底？”

“比如，在一个大场馆里开一次美容宣讲会，让女人们都去听。搞出大甩卖的架势，大量地出售商品。”

“这种做法有人会上当吗？”

“参加的人里有一大半都是我们的托儿。如果有五十个人参加，差不多四十个都是自己人，她们会争先恐后地跑去争抢商品。”

“这样就会引得其他人上钩？”以前似乎听说过有人用这种方法向老年人恶意兜售商品。

“你知道‘剧团’吗？”

“剧团？在剧场里演戏的那种？”

“不是，是我们业界里的剧团。”

她说的是怎样的业界，铃木一点头绪都没有，应该聚集了很多危险而非法的从业人员吧。铃木越想越觉得滑稽，那些不法分子互相招呼时总喜欢用一些奇奇怪怪的名称。

“这个叫剧团的组织召集了各种各样所谓的‘演员’，总共有多少人不清楚。只要有人找他们做事，不管扮演什么角色，他们都接。以前横滨的一个保龄球馆里发生过一起外务省官员被杀的案子，你知道吗？”

"课本上好像没有提。"

"当时，保龄球馆里所有的客人都是剧团的成员，在场所有人都是共犯，只不过外界都不知道而已。"

"那又怎样？"

"我们公司也会去找那些家伙，让他们来我们的宣讲会。就是找他们替我们当托儿。"

"还真是个互帮互助的业界啊。"

"唉，不过，最近公司跟他们有点过节。"

"过节？"

"就付不付钱的问题吵起来了。"

"哦。"铃木并不感兴趣，随声附和着。

"另外我们还有器官生意。"

"器官？"

"心脏啊，"比与子按下空调开关，好像那就是她口中所说的器官一样，"肾脏啊。"她伸手将调节温度的滑块拨到了右边。

"哦，人体器官啊。"铃木强装镇定。

"日本有多少人正等着做器官移植手术，你知道吗？据说数字大得惊人。也就是说，这是笔好买卖，稳赚不赔。"

"可能我没见过世面，这个国家不是不允许人体器官的私下交易吗？"

"据我所知也是这样。"

"开这样的公司恐怕不好吧。"

"那倒是没问题。"

"为什么？"

比与子的口气变得温和起来，好像正在对一个无知的学生讲解社会结构一样。“比如说，以前某个地方的银行倒闭了。”

“某个地方？”

“结果最后，动用了好几兆日元的税金，竟然把银行给保了下来。”

“竟然？”这到底说的是什么，铃木有些摸不着头脑。

“再就是那个，失业保险你知道吧？上班的人都交过。失业保险救济金里有好几百亿日元被用在一些华而不实的建筑工程上，你知道吗？”

“好像在新闻上看过。”

“花好几百亿去盖一些稳赔不赚的大楼，想不通吧？结果反过来还说失业保险基金来源不足，听着你不窝火？”

“是挺火的。”

“但是，那些乱花钱的人却不会受到处罚。不管是砸下去几百亿还是几兆，都没人怪罪他们。奇怪吧？知道为什么吗？”

“因为国民太善良？”

“因为大人物们都心知肚明。”比与子伸出指头强调，“这个世界的运行靠的不是善恶。规则都是由那些大人物定的。只要有他们保护，一切就都不是问题。寺原也一样，跟政客勾肩搭背，穿一条裤子，总之就是有扯不清的关系。政客说某某人碍事，寺原就去替政客搞定。作为回报，政客也不会找寺原麻烦。”

“我还没见过社长呢。”

比与子调整了一下后视镜的角度，弄了弄睫毛，随后斜眼看着铃木。“你想找的，是那个蠢儿子吧？”

铃木感觉被一支箭猛地射穿了，抖了一下，想要尖叫。稍微平静了一会儿，他好不容易才木然答道:“我？想找寺原社长的儿子？”

“这话就又得说回来了，”比与子伸出食指滴溜溜地画着圈，“你，被怀疑了。”比与子似乎很享受这次对话，她指了指铃木的左手。“早就想问来着，结果一直都忘记了，你结婚了？”

很显然，她指的是铃木戴在左手无名指上的戒指。“不，”他答道，“不是结婚了，是结过婚。”

“那怎么还戴着戒指？”

铃木的脸痛苦地扭曲着。“发福了，拿不下来了。”

这也是谎话。戒指很宽松。可能是因为他比起当初结婚时更瘦了，如果不注意，可能连走路时都会脱落。每当这时，他都会猛地一惊，然后想起亡妻的话。“戒指可别弄丢了，”她生前曾经十分认真地说，“每次看到戒指，都要想我一下哦。”这戒指如果丢了，她就算已经死了也肯定会大发脾气。

“我来猜猜吧。”比与子双眼放光。

“又不是猜谜。”

“你的老婆，大概被那个蠢儿子害死了吧。”

她怎么会知道？铃木险些跳起来，靠着强忍住才没有动。但想要对抗眼神游离、喉结颤动、眉毛颤抖、双耳赤红这一切生理变化却几乎不可能。不安，正源源不断地从他的每一个毛孔中渗透而出。

妻子那被碾碎在电线杆和车体之间的身体，又一次在脑海中清晰起来。铃木慌忙将其拂散，屏住呼吸。

“寺原社长的儿子为什么要杀我老婆呢？”

“没有理由也可以杀人，这才是那个蠢儿子的作风嘛。”比与子一副明知故问的表情，“那个浑小子可是到处惹事，深夜里偷车飙车都是家常便饭。喝醉酒撞死个人什么的，还不是常有的事。”

“不像话啊，”铃木不带任何情感地说，“太不像话了。”

“是啊，无法原谅吧？所以你老婆的死因是什么？”

“什么死，别随便说别人死了。”

铃木想起了亡妻那被碾轧过的尸体。那原本以为早已抹得一干二净的记忆，总是如此简单、如此鲜明地复苏。满是鲜血、鼻梁扭曲的面庞，支离破碎的肩膀，都历历在目。铃木呆立在事故现场，一个中年事故鉴定人员趴在旁边的地面上。铃木听见他直起身后自言自语道：“别说踩刹车了，看这样子，只可能是撞上后还故意踩过油门啊。”

“应该是被车撞死的吧？”比与子一下子就猜中了答案。

说得没错。“别擅自下结论。”

“我记得两年前，那蠢儿子撞过的女人里，就有个姓铃木的。”

这也说得没错。“你胡说。”

“是真的。那蠢儿子经常在我面前炫耀自己的光荣事迹。”

光荣事迹，这样的修辞让铃木头脑一热，但是他知道，如果对此做出任何反应，那无疑等同于一脚踏进故意布下的陷阱。

“蠢儿子不管干了什么坏事，都不会受到惩罚。你知道为什么吗？”

“为什么？”

“因为有人包庇。”比与子挑了挑眉毛，“有他爸，还有那些政客。”

“就是你刚才说的税金和失业保险那一套？”

“对对。总之你当初应该是知道了，那个杀死你老婆的混蛋并没有得到应有的惩罚。于是，你就去查了他的背景。然后，你查到了他在他爸经营的公司里做事，也就是千金，所以你才会以临时工的身份进入这家公司。”比与子一字不停地说着，像是把早已熟记在心的文章一股脑地背出来，“就是这么回事吧？”

“我为什么要这么大费周章？”

“因为你想报仇啊，这不是明摆着的嘛。”比与子说，“你在寻找对那个蠢儿子下手的机会，所以才那么拼命地在公司干了一个月，不是吗？”

这下麻烦了，全被她看穿了。“我冤枉啊。”

“以上，”比与子鲜艳的红唇两端微微上扬，“就是你现在被怀疑的内容。”她背后的车窗外，广告牌的灯光正艳丽地闪烁。

铃木咽了口唾沫，喉结微微隆起。

“所以，我昨天就下了个命令。”

“命令？”

“弄清楚你到底是个普通员工，还是个复仇者。”比与子的眼神就像是在兴致勃勃地观察一只蝴蝶，“我们公司需要愚蠢的员工，不需要处心积虑的复仇者。”

铃木沉默了一会儿，只得露出一脸附和的笑容。

“顺便说一句，并不是只有你一个人。”

“啊？”

“像你这样，因为跟寺原或者他那个蠢儿子有过节，混进公司伺机报复的人，有过好几个呢。所以啊，其实我们对处理这种问题早就习惯了。说是一个月试用期，其实是观察他们。如果还觉得可疑，就要试一试了。”比与子耸了耸肩说，“就像今天这样。”

"我冤枉啊。"铃木再次说道。他感到自己被深深的绝望所淹没。

这一事实让铃木眼前一黑。进千金工作，明知道是非法药物，还是向那些女子推销了一个月，这全都是为了替妻子复仇。都是被骗的人自己不好，他一直这样告诉自己，扼杀负罪感，抛开恐惧和自尊。他的心中只有复仇。

可现在他知道，这只不过是在重复别人的失败，甚至是一次又一次的失败，他不由得感到绝望。失落和无力令他眼前一片黑暗，彻底的黑暗。

"所以，现在开始要试探一下你，看你是不是真的打算在这里干下去。"

"我想我应该不会让你们失望。"说话的同时，铃木发现自己连声音也变得微弱了。

"那么，"比与子伸出左手的食指指向车后座，"你把后面这两个人杀了。虽然他们只是跟你毫无关系的一对男女。"

铃木战战兢兢地扭过头，从座椅边上望向车后座。"为、为什么、我要……"

"当然是为了你自己的清白啊。"比与子飘飘然地、若无其事地说道。

"我不觉得这样就可以证明自己。"铃木皱起眉头。

"证明？我们公司非常单纯，从不在意什么潜力或者冤屈。我们只有简单的仪式和规则，明白吗？如果你今天能杀掉后面这两个人，就能成为真正的伙伴。"

"真正的伙伴？"

“临时员工的‘临时’这两个字就可以拿掉了。”

“我开心得都快哭出来了。”铃木浑身虚脱，叹了口气，“为什么我非得遭受这样的待遇？”

关掉引擎的车内十分安静。铃木感觉到一阵颤动，随即发觉那其实是来自自己胸口的起伏。每呼吸一次，他的身体都随之剧烈地上下，膨胀和萎缩透过座椅产生抖动。他呼了口气，再吸气的时候，一股皮革座椅的臭味钻进了鼻子。

带着茫然的心情，铃木透过挡风玻璃眺望前方。十字路口的绿色信号灯开始闪烁。可能是这茫然的关系，那闪烁看起来异常缓慢，不管等多久都没变成红色。

这信号灯到底要闪到什么时候?

注视着信号灯的时候，他甚至觉得自己被拉到了另一个世界，却又因旁边的说话声而回过神来。“你只要朝后面这两个人开枪就好。杀了这两个人，仅此而已。”

“杀、杀了又能怎样？”

“嗯——如果器官还能用，可能会马上取出来卖掉吧。女的或许还可以拿去当摆设。”

“摆设？”

“就是切掉双手和双脚的那种。”

“不可能吧？”铃木说着，但是并没有等到“不可能”这个答案。真的有可能，他想。他坐在那里，感到一阵眩晕。铃木又想起了亡妻的脸庞，随即将之挥散。“枪在哪儿？”他下意识地问。

“鼓起干劲来了？”

“只是问一下枪在什么地方。”

"您问的枪，就在这里。"比与子像是消遣他似的用敬语答道。她从座椅下面拿出枪，将枪口指向铃木的胸膛。"听好，你要是想逃，我就用这把枪干掉你。"

唉。铃木心里一阵混乱，身体无法动弹。明明只是被枪指着，身体却已经无法做出任何反应。唉，为什么呢？他想着，随即发现了答案。他被枪口散发出的魄力吞噬了。他觉得，透过那黑洞洞的枪口，似乎有什么人一直在冰冷地注视着他。比与子的食指就搭在扳机上，只要那关节一弯，稍微用一点点力气，子弹立刻就会射入他的胸膛。铃木因这滑稽又轻而易举的想象而面无血色。可怕的是那枪口，而不是射过来的子弹——他想起不知什么时候在小说里读到过这句话。冷汗一点点地渗过他的脊背。

"你就用这把枪干掉后面那两个。"

"假如，只是假如，"铃木觉得连动一动嘴唇都感到惊恐，"我拿了枪，却反过来把枪口指向你，那怎么办？啊，这只是假设而已。"

比与子并未表现出惊讶的样子，反而露出一丝怜悯的表情。"这把枪现在可不会给你。接下来还有其他人来，等他们到了，枪才会给你。那样你也就不能乱来了吧。"

"等等，还有谁要来？"

她若无其事地说："那蠢儿子正赶过来呢。"

"啊？"铃木身体紧绷，思绪随之停顿。

比与子将手枪换到左手，右手指向前方的挡风玻璃，用食指敲了敲。"估计他会从那个十字路口过马路往这里来吧。"

"寺原？"铃木脑子里嗡的一声，随即陷入一种虚无。空洞，他的脑子成了一个空洞，再也无法思考。"寺原……要来这里？"

"是他的儿子。你应该还没近距离接触过他吧，这不正是个好机会吗？他一会儿就到。害死你老婆的那个混蛋一会儿就要来见你了。"

"为、为什么？"

"来看你的反应啊。每次这种时候他都会站在旁边看。"

"真是个低级趣味的人啊。"

"难道你不知道？"

铃木无言以对，脑子里浮现出亡妻的身影。温和的笑脸，事故后支离破碎的脸，火葬场里最后留下的骨灰——三个画面不断地重复，轮流浮现在他眼前。

接着铃木又紧盯着前方。那个全向十字路口看上去是这么近，等待信号灯的人们聚成一群，有序地在斑马线前等待着，就好像伫立在一片汪洋面前一般。

他看着密集的人群，再次想起了当初教授的那句话。是的，这就是一大群昆虫。

"啊，那个蠢儿子出现了！"比与子发出欢快的声音，伸出食指。铃木猛地坐起身，探头望去。

右前方的路边站着一个穿黑色外套的男子。明明只有二十五六岁，可西装和风衣下的身体却散发出一股险恶的气息。他站在那里不耐烦地吸着烟。因为有路灯，周围的视野很好。

比与子的手放到了车门上。"那浑小子不会是没看到我们在这边吧？"她刚说完就打开了车门，枪还握在手上。她走下车，朝着寺原长子的方向挥了挥右手。

铃木也跟着从副驾驶那边下了车。他站在路边，目光笔直地朝寺原长子的方向看过去。虽然离了有几十米远，模样仍可以看得很清楚。

妻子毫无生气的脸再次在脑海里闪动。就是那个男人。愤怒开始在铃木的体内上涌。

他想起了亡妻的口头禅。“那就只有拼啦。”就是这句。她常常拍着铃木的肩膀这样说。“既然有门，那就要打开。都打开了，又怎能不进去呢？如若有人在，那就和他说说话；要是端出了食物，那肯定要吃吃看。如果有机会，那就只有拼啦。”她总是那样淡然地说。于是，上网的时候竟也总要将页面上所有的链接都点个遍，弄得电脑一直中病毒。

“我视力还挺好的。”铃木不经意地嘀咕道。

站在车对面的比与子却毫无松懈，她斩钉截铁地说道：“如果你现在跑，我就开枪。”

铃木可以看清寺原长子全身上下。威风凛凛的站姿给人无法接近的感觉，肩膀很硬朗，身体笔直，个子很高，说英俊也不过分。铃木不觉挺直了身子。他眯起眼睛盯着对方，越看越觉得两人之间的距离在缩短，似乎连寺原的脸都可以看得很清楚了。

粗犷的眉毛很有精神，还有那傲慢的鼻孔。他可以看见寺原长子的嘴角，那叼着香烟的嘴唇。他看见寺原长子将烟蒂扔到了地上。烟蒂在地面跳了一跳。他还看见了那用来踩灭烟蒂的右脚。那只脚扭动着，狠狠地将烟蒂踱碎。好痛，铃木似乎要忍不住叫出声来。他觉得那烟蒂就像是他的亡妻。

高级却毫无品位的黑色外套下，可以看见红色的领带。那鲜红，是亡妻流出的血液的颜色。铃木右手紧握成拳，指甲深深地刺进了手掌。

今天应该了结一切。铃木想象着接下来会发生的事情：信号灯变绿，寺原长子走过来。他会走到这辆车边，走到自己面前。只要从比与子手上接过枪，立刻指向他就好。虽然有些硬来，但也只有这样了。

如果有机会，就该去尝试。那就只有拼啦。

你说得没错。

“嗯？”是比与子发出的声音。

在信号灯由绿变黄的瞬间，寺原长子朝着马路迈出了脚步。斑马线上的信号灯仍然还是红色，他却向前走了出去，一步、两步。

就在这时，他被撞倒了。一辆黑色的小货车撞上了他。

铃木瞪着前方，似乎要将事故的瞬间全部捕捉下来。周围一片寂静。他仿佛丧失了听力，视觉却因此变得更加清澈。

他看见寺原长子的右大腿和保险杠上方撞到了一起。

那条腿顺着车的前进方向折向身体内侧，脚从地面上浮了起来，上半身右侧朝下顶到了引擎盖上。身体随即越过引擎盖，撞在挡风玻璃上。脸和雨刷纠缠在一起。受到反作用力的身体被抛向路面，左半身朝下撞到地上，左腕也被扭转过来。似乎有什么东西滚到了马路上，铃木知道那是从西装上脱落的纽扣。圆形纽扣画出一条弧线，不停地旋转。落下的身体在沥青路面的凹凸处改变了方向。整个身体像是以脖子为中心转了一圈，脖子也扭曲成一种不自然的角度。

撞上人的小货车没能立即刹车，紧接着便朝寺原长子的身体上轧了过去。右边的轮胎碾上了右脚，碾在他的西裤上，碾过大腿。整个车身轧过了身体。铃木似乎能听到肋骨碾碎、肝脏破裂的声音，背后不由得一阵冰冷。又前进了几米之后，车终于停了下来。

纽扣旋转着画出的弧线越来越小，啪的一声倒下的样子印在了铃木眼里。

交响乐团演奏结束的时候，人们都会先屏住呼吸，整个会场鸦雀无声。等歇了一口气后，所有人再一齐鼓掌欢呼。此时的情况也是一样，周围先是一片死寂，随后才响起尖叫。

铃木的听力恢复了。汽车的喇叭声、行人的尖叫声、如噪音般的嘈杂声，瞬间如大坝决堤般涌了过来。虽然有些心绪不宁，可铃木仍旧凝视着前方。他看见了一个人影。喧闹的十字路口对面，那个准备离开的男人的身影让他的视线无法游离。

“怎么会这样！”比与子失神地开口道，“被撞了？”

“是被撞了。”铃木感受着剧烈的心跳声说道，眼睛连眨都不能眨一下。

“喂，你看见了？”比与子心存疑惑，但还是问道。

“嗯。”难道比与子也看见了？

“你能看见吧？好像有个人影，正逃跑呢。”她开始兴奋，语速飞快地接着问道，“我能看到有个什么人。你也看见了吧？你不是视力很好吗？那蠢儿子看上去像是让人推了一把。”

“看……”铃木无法判断到底该怎样回答才好，“见了。”他开口道。“看见了。”

比与子沉默了。她盯着铃木的脸，又望向自己的脚，嘴里发出“啧”的一声，随即又将视线移到前方。接着她用一种下定决心的眼神看着铃木，说："快给我去追。"

"追？"

"你不是看见那个男人了吗？"

"嗯，"铃木有些疑惑，"可是这样好吗？"他问道。

"别自作多情，你的事可还没完呢。但是，这种时候，总不能眼睁睁地看着那个推了蠢儿子的凶手跑掉吧。"她苦闷的表情看上去就像是做出了一个无奈的选择。"要是让他逃了，我可饶不了你。"说着，她像是想出了什么好点子，再次抬起头补了一句，"对了，你要是跑了，我就干掉车后座那两个年轻人。"

"你这算什么？"

"好了，赶紧追！"

铃木由于这突如其来的骚动和出乎意料的发展快要精神错乱了，可等回过神来之后，他发现自己已然迈出了脚步。

"赶紧追！"比与子发出了发疯般的喊声，"快去追那个推了蠢儿子的凶手！"

铃木像一匹挨了鞭子的马似的冲了出去。他一边跑，一边回头看。他看到了比与子脚上的黑色高跟鞋。确实，穿着那样的鞋子，她无法亲自去追，这算是她的失算吧。

鲸

鲸站在坐在椅子上的男人身后，望着窗外。他将刚拉上的窗帘拨开大约五厘米的缝隙，看着下面的街道。真是无聊的远眺啊，他想。从酒店的二十五楼往外看并不能将所有建筑的景色尽收眼底，夜晚的闹市区也绝不美丽，有的只是车辆驶过十字路口时的前灯和挂在高楼上的霓虹灯光。由于和边上的楼靠得太近，夜空看上去就像一块面积狭小的天花板。

鲸再次拉上窗帘，向后转身。空间宽敞得根本不像是一间单人房。梳妆台和大床透出一股厚重的沉稳，同时又让人觉得洁净。即使在东京市内，这酒店也算得上高级。

“要看看外面的景色吗？”

鲸对着男人的后背问道。这个五十多岁的男人正面对桌子坐着，眼睛望向墙壁，像是第一次坐在课桌前的小学生般姿势端正。

“不用了。”男人只是扭过头回答。他像是因鲸的声音才回过神来，松了口气。

在鲸迄今为止见过的所有政治人物的秘书当中，这个男人算得上是能令他抱有好感的了。分头梳得很整齐，给人严肃认真的感觉。身着质地高级的进口西装，既没有装模作样也不令人厌恶，实在是很少见，应该是性格所致吧。光看体格，鲸便散发出一种格斗家般的威慑力，可男人并未因此摆出丝毫顺从的架势。

“不看就再也没有机会了。”鲸明知道说了也没用，可还是给出了忠告。

“嗯。”男人的眼里没有任何霸气。

你就要死了，外面的景色也只有最后一眼可看。鲸本想再多说一句，可还是放弃了。这些家伙总是不能正确地理解自身的处境，没必要多废话，而且外面的景色也确实没什么值得看最后一眼。

男人再次转向桌子，眼睛直直地盯着上面的信纸和信封。

“这、这种事情，”男人头也不回地开口道，“常常发生吗？”他几乎要因自己问出的话而发抖。

“常常？”

“就像我现在这样……”男人费劲地选择着措辞，不知是不是头脑太过混乱，最终挤出来的竟是英语“Suicide”，说完又接着问道，“像我这样被迫自杀，是常有的事吗？”他的肩头在颤抖，放在桌上的拳头紧紧地握着，拼命压抑着不让情绪爆发。

总是老样子。这些家伙总是这样，开始的时候强装镇定，摆出一副豁达的表情，满脸看透世事的样子说“这样就可以了吧”。可是过不了一会儿，就会莫名地多话起来，错误地认为此时如果不说话就会真的死掉。可其实就算说得再多，还是得死。

鲸没有回答。他抬头望着天花板，视线落在通风管道口绑着的尼龙绳上。圈已经拴好。雇主没有特别要求上吊，但在没有特别要求的情况下，鲸通常选择吊死。

“我死了就能得到原谅，你不觉得说不通吗？”男人歪过椅子，斜眼看着鲸，“就算身为秘书的我自杀了，情况也得不到任何改善。明眼人一看就明白罪魁祸首另有人在。这些他明明都知道，却还是要我自杀，想要借此把水搅浑，你不觉得很没道理吗？”

对方话越来越长的时候一定没什么好事。凭着经验，鲸深知这一点。

“那件事并不是单靠我个人的想法就干得了的。这不明摆着吗？那么复杂烦琐的事情，我一个人怎么可能想得出来！”

这男人是一个姓梶的议员的秘书。最近这几十天里，梶从通信运营商那里接受了非法献金一事被媒体曝光，情况一团糟，糟到令他命悬一线。加上众议院大选的日子临近，梶搞不好还有被执政党除名的可能。

“难道我自杀了，追究责任的声音就会变小吗？”

多疑、大惊小怪、一旦受到惊吓就让别人背黑锅——梶不就是这样一个人吗？鲸的脑海里浮现出梶的模样。那是一张小巧而年轻的老议员的脸。为了展现原本就不属于自己的威严而蓄起了胡子，粗壮的眉毛高高地翘着却毫无魄力。每当鲸在电视上看到梶的言行，都会觉得这个人并非真心想搞政治，不过就是个小孩子在胡搅蛮缠。

“梶总是要你去做这样的事吗？”

“这是第一次。”鲸并没有说谎。三天前梶突然联系到鲸，说是一个熟识的议员介绍。“我并不喜欢他，但既然是工作也就接了。”

“这次的事情如果能冷静点处理，根本不会闹出这么大的问题。”男人语速很快，两眼充血地站了起来，“就因为、就因为梶慌乱之下胡来，才会弄得这样没法收拾。”

“作为这种人的秘书，你就没有责任了？”

男人呼吸急促起来，像是在呜咽。他咽了口唾沫。“这样根本就没道理！”他大吼。作为人生课堂里的优等生，顺风顺水地活到现在，这可能是他第一次破口大吼。只见他正双目圆睁。

“追究的声音会变小。”鲸简短地回答。

“啊？”

“找个人背黑锅，让他自杀，这种做法还是有效果的。”

“即使谁都不会信服？”男人的表情看上去像是自己被出卖了一般。

“这份工作，我已经干了十五年。”

“你指让别人自杀？”

“如果没有效果，我早失业了。”鲸坐到床边。一百九十厘米的身高和九十公斤的体重，令弹簧发出了被挤压的声音。他从灰色三粒扣西装的内袋里掏出一本文库本读了起来，完全不在意男人狠狠射过来的视线。

“那、那是什么书？”男人发问。这应该不是什么感兴趣或好奇，只不过是害怕被无视。鲸一声不吭地将书脊摆给对方看。封面已经掉了，书破旧不堪。

“这书我十几岁的时候也看过。”男人眼睛放光。找到了两人的共通点，这令他很开心。你看，我们是同类嘛——他那样子似乎是要一边如此说着一边过来握手一般。“是经典啊，经典真好。”

“这世上所有的小说，我就只读过这一本。”

男人张着嘴，不知作何反应。

“我既没夸张，也不是傲慢，更没有自卑。”鲸有些不耐烦，可还是解释道，“我就是只读过这一本小说。”

“读了……很多遍？”

“如果太破，不能再读了，就重新买一本。现在这本是第五本。”

“这，估计都能背下来了吧。”男人接着勉强摆出一副开朗的表情，“这书的名字如果反过来读，就成了‘口水和蜜蜂’[①]哦。”他的声音有些兴奋，用一种像是肩负着使命感、仅此一点非告诉你不可的语气说道。

鲸缓缓抬起头看了看书名。原来如此。“还真没注意到。”他忽然回想起了十年前的一件事。那时，他还天真地认为，能读懂这小说的人或许就可以走得更近。这误解太深，最终导致了他的失误。那是最令他悔恨的一次失误。读同一本小说的人在这世上不计其数，而其中谁都不是自己的同伴——这个道理那时候的他还不能理解，只能说自己当时太愚蠢。

男人的太阳穴痉挛着。“真的、你真的要杀我？搞成那样，你不觉得场面很难看吗？”

“不，大家都是这样。”鲸抬起头答道。实际上，大家真的都是这样。

“政治人物的秘书自杀，你倒是说说会有什么好处？”

“有人自杀，事情变得麻烦，总会有相应的效果。”

---

① 《罪与罚》在日语中反过来读时的意思。

秘书站出来说“都是我的责任”，然后上吊自杀，这是个连小学生都不会扯的谎，但只要这样，那些针对政治人物的指责就会有所缓和。这和因乱排污水导致环境污染而被大加指责的大型企业社长跳楼是一个道理。虽然主流舆论都会大加批判，说“一死了之难道不是懦弱和逃避吗”，但类似于“既然都这样了难道还不能原谅吗”的默许也会扩散开来。

“只要交出了牺牲品，即使不大合理，也不容易再深究。”鲸继续说。

男人开始发出呻吟，双手捂住脸，像是要扑倒在桌上——这也是常有的事。而鲸只要读着自己的文库本，等待男人停止抽泣就行了。有时候也会有人在酒店房间里发狂，相对而言，这样的反应算不错了。至于男人停止呜咽和颤抖后会说什么，鲸都想象得出来。

果然，男人说出口的话正如他所料。“总之，只要我死了，我的家人就会平安无事吧？”

到了这一步，就相当于准备阶段的工作结束了。接下来事情就会像矿车下山一样畅通无阻。玻璃窗对面，高楼上的霓虹灯闪烁起红色的光，像是在配合鲸的工作。

“没问题。”鲸夹起书签合上书，从床上站了起来。他来到男人身边，用手指点了点桌上的信纸。“遗书你随便写。”

此时男人的脸完全回到了十几岁的样子，眼睛像是在窥视保护自己的人的脸色。

自杀，这样就可以保证家人的安全。反过来说就是“你不自杀，家人就难保”。

“有人拒绝吗？”男人问道。有不自杀而奋起反抗的勇士吗？

“有。”

“结果呢？”

“不明原因的火灾，全家都烧死了。”

鲸很明显地看到，希望的色泽正从男人的脸上蒸发殆尽。

“也有人被人酒后驾驶货车撞死，还有人的独生女被暴走族团伙施暴。”鲸像是在朗读标题似的一一列举。他说的只能算是传闻，是否属实无从考证。但是，做到“听上去像是真的”这一点比什么都重要。

男人哑口无言，嘴唇发抖。“只要我按照约定去做，我的家人就会平安吧？”

鲸点头示意，但这也无从考证。他们的家人是否真的得到了保护，鲸并没有确认过，也没有兴趣知道。就鲸个人的推断，应该是会的。那些政客和富豪肯定也不会想欠死人的人情。

男人的肩膀垂了下来。那肩膀是如此无力，似乎所有的希望都已从上面滑落了一般。他抓住笔，翻弄起了信纸。

让他们写遗书也是工作的一部分。有人的遗书只写给家人，也有人写给那些政客或上司。先让他们无所顾忌地写，随后再检查内容，有问题的遗书就处理掉。

鲸再次坐回床上，继续读书。翻开书，只要读上一两行，就可以立刻融入小说的世界里。他再次回到了那个俄罗斯青年杀死老太婆的曲折纠缠、似是而非的小说世界。比起外面的现实，这个世界更让他感到亲切。

男人写了大概三十分钟。中间虽然曾将信纸撕得粉碎，也曾揉作一团，但没有发狂，没有捶桌子。写完后，他坐着扭过上身，看着鲸。鲸的呼吸声很轻，翻书时也没有发出声音，或许他误以为鲸已经从这个房间里消失了。

“你还在啊。”男人看上去像是失落，又像是安心，“有、有没有人手抖得厉害，写不了遗书的？”

“三分之一的人都是那样。”鲸的意识从小说世界里回到现实。

“我还算是好的吧？”

“是啊。”书又翻了一页。

到了这时候，他们都会在意自己的“位置”。鲸对此也无可奈何。明明死亡近在眼前，他们想确认的却只是自己比别人优秀。

鲸将书签夹回去，安静地合上书。他把书放回口袋，站起身，开始向男人说明接下来的程序。搬椅子，把脖子套进去，马上就结束了。

“是。”男人顺从地回应着，仿佛已处于一种茫然若失的状态。

或许你有一种奇怪的能力——以前一个颇有威望的政要曾经这样评价鲸。他没用“特殊”，而是用了“奇怪”这个形容词。“虽然不是实质性的恐惧，可是站在你面前的时候，不知为何心情就会变得绝望起来。这一点是肯定的。就连这样无所顾忌的我也是如此，虽然只是一丁点，可情绪还是会受影响。深藏在内心的罪恶和无力开始滋长，整个人也因此陷入一种急性的忧郁当中，大致就是这样一种感觉。心底小小的罪恶会无限膨胀，让人觉得活着是一种痛苦。”

鲸当时无言以对。小小的罪恶，亏你说得出口。而颇具威望的政要也还没有把话说完。

“你或许有逼迫别人自杀的能力。”

“要是这样，那你赶紧给我去死吧。”这是鲸的回应。

其实，鲸并不知道面前的这些人心里到底是怎样一种感觉，可是每当他们面对自己的时候，对方那种好像在凝视着一片黑暗、逐渐失去生气的表情，鲸确实也注意到了。

“站到椅子上。”他在男人耳边轻声低语。呼哧、呼哧，眼前的这位秘书痛苦地喘息着。鲸觉得这并不是在胁迫，而像是某种教诲。鞋脱掉。站到椅子上。绳套挂到脖子上。对方虽然知道越是遵从命令就离死亡越近，可还是一步步地照办了。

今天应该不需要用枪了，鲸想。有时候有人并不会去注意鲸的眼睛，也因此没有被鲸奇特的能力影响到而差点逃掉。这种时候，就只能用枪。将枪顶到对方身上，轻声说：“你不死，我就开枪。”其实就是“如果不想死，就去自杀”这么一个道理，可即便如此，这话仍相当有效，对方会因不想被枪杀而听他的话。

因为人只有死到临头的时候，才真的相信自己会死。

男人把手放到了绳套上。这时他又问道：“这样的事，你让多少人做过？”

鲸的表情毫无动摇。“总共三十二个。”

“你都背下来了吗？”

“我做了记录。你是第三十三个。另外，问了这个问题的，你是第八个。”

“做这样的工作，你不会感到悲伤吗？”男人像是终于看清了突然到访的死神，脸上的皱纹开始蔓延，皮肤变得干燥，几乎瞬间老去了，“不会被负罪感纠缠吗？”

鲸苦笑。“我能看见亡灵。”

“亡灵？”

"被我强迫着自杀了的人们，最近又开始出现在我面前。"

"一个接一个……吗？"

"因为总共有三十二个嘛。"

"这就是所谓的负罪感吧。"

原来还可以这样解释啊，鲸有些意外，并没有接话。

男人的脸扭曲了，看上去像是在替眼前的疯子悲哀，又像是在享受这并不怎么样的怪谈。"有一天，我也会出现在你面前吧。"

"不一定，也不是非得那样。"

"我还是学生的时候，喜欢听爵士乐。"男人突然换了话题。鲸知道，这将是他人生最后一次失败的聊天。

"我最喜欢查理·帕克[①]。"

鲸并不打算附和他的胡聊。

"有首歌很有名，叫 *Now's The Time*，真是个好名字啊，'是时候了'。"

确实是个好名字，鲸这样想着，不自觉地脱口而出："是时候了。"

男人像是把鲸的话当成了最后的讯号。"是啊。"说完便踢开了椅子。椅子在摇晃。男人的身体猛地下落，途中又被绳子拉了起来。天花板发出吱呀的响声。鲸则像往常一样观察着情况。

男人的脖子上，黄色的尼龙绳索越扣越深。从下巴到耳后，绳套在收缩。此时，男人口中的舌根一定已经被扯了上去。

鼻子为了持续呼吸而颤抖。喘息声响起。

①美国中音萨克斯演奏家。

脚在前后乱蹬。刚才踢开的椅子已经倒在一边。双腿像是在做游泳训练一般摇摆，动作不断加快，随即又慢了下来。

口水开始从嘴里溢出。泡沫伴随着喘息声在嘴唇边蔓延。

两只手触摸着深陷进脖颈的绳索，摸索着皮肤和绳索间的缝隙，指甲抓挠着皮肤。

面部和眼球渗出血红，全身的血压应该已经开始上升了吧。脖子周围看上去像是膨胀起来一般。痉挛开始了，这是缺少氧气、大脑内二氧化碳含量增加的缘故。忽然间，男人的身体失去了力量，面部不再有血色，转而迅速被一片苍白浸染。接着，他的肩膀也垂了下来，像是沉浸在一片无力中，身体左右摇晃。

鲸最后看了一眼秘书半悬在空中的身体，开始检查房间，确认没有漏擦多余的指纹。这是事务性的善后工作。他看了看桌上的遗书，不出所料，男人只写了一封给家人的遗书。遗书中有对妻子的激励、对孩子的爱、对人生经验教训的总结，最后写了一长串“我会永远守护着你们”之类的寄语。没什么特别出彩的内容，字迹抖动得也不是很厉害。到后半部分稍微有些歪了，可惜。

这时，一阵眩晕袭来。鲸觉得站立的地方开始旋转，眩晕感很是强烈。强忍着保持平衡，鲸拼命睁开双眼，这时却听到背后有人说话了：“还是老样子啊，全是人。”

鲸转过身。只见窗边站着一个男人，正透过窗帘的缝隙朝外看。鲸不耐烦地咂了咂嘴。是两年前上吊自杀的参议员。同样是为了掩盖非法献金问题，男人被强迫自杀。

政客的问题永远跟金钱有关。金钱和自负。来点因国家政策或义愤填膺而杀人的工作也好啊，鲸曾经这样想过，可至今为止一次都没有。

那个明明已经死了的议员此时正用手摆出手枪的形状，食指戳着玻璃。位于他正下方的是一个全向十字路口，在那等待信号灯的人们看上去像是一群蚂蚁。

接下来的瞬间，鲸目睹了一起出乎意料的事件。

站在十字路口的人群当中，出现了一个像是被扔出来般冲向马路的身影。

这个身影刚上马路，立刻便被车撞倒了。一切都在瞬间发生，简直有些索然无味，就和投手投出的球被击球手击中，又立刻被中外场手接住差不多。

“死了吧？”旁边站着的议员的亡灵散发出真实的存在感，叹了口气，“撞上了，他冲出来的。”

不，不对，看上去并不像是自己冲出来的。鲸在心里回答道。他并没看得很清楚，却可以肯定。

由于这突然发生的交通事故，十字路口附近的人群立刻如溃乱的军队一般四散开来。聚集在受害人身边的，转身离去的，拿出手机放到耳边的，听到声音后意识到骚动走过来的……那场景光凭想象就可以知道。

鲸看出其中一个人的身影散发出一股完全异样的气息，那人正朝着另一个方向前进。一大群蚂蚁当中，混进了一只异类。

“推手”——这个词闪现在鲸的脑海里。一连串明明早已尘封的记忆在鲸的脑海里逐一涌现，冲破紧塞的瓶盖，如泥浆般流出。关于自己当时的模样、过错、悔恨等等，十年前的记忆一股脑地复苏了。全身上下火辣辣的灼烧着，某种早已陈旧焦黑的东西再次躁动起来。是懊恼和后悔。这可憎的悔恨。

鲸将那些不快的思绪再次强行塞回脑海深处，几乎要捏碎它们一般地塞回去，藏起来。等他回过神时，议员的亡灵已消失不见。

他看了一眼吊着脖子、已没有了呼吸的男人，走出房间。悬挂着的尸体发出吱吱呀呀的响声，在他开始关门的时候逐渐微弱了。

门上有“外出时请随身携带房卡”的提示牌。鲸没拿房卡就走出了房间。门完全地关上了。

蝉

“唠唠叨叨的，烦死了！”蝉挠着他那一头茶色头发，做出掏耳朵的架势，朝面前的妇人吼道，“太吵了！”

“我想说的是，为什么……事情会闹成这个样子啊？”妇人大概年过四十，化着浓妆来掩盖住脸上的皱纹，身上套的是年轻人穿的名牌洋装。蝉不知道该如何评价。你还真以为凭自己无谓的努力就能阻止老去吗？

此时，蝉正在茨城县水户市的一处新建住宅区，站在其中一栋二层洋房的客厅里。

妇人双眼通红，激动的情绪让她连话都有些说不完整。她靠过来，眼都不眨一下。“这算什么……啊？”她一脸惶恐地指向身后。所指之处，两个男人倒在血泊中。

“什么叫算什么？趴在那边沙发上的是你老公，躺在电视机旁边的是你儿子，不过都已经死了。说起来，你家的电视还真够大的。多少英寸？宽屏吗？还是高清？据说宽屏电视可以看到一般情况下看不到的部分，是不是真的？”蝉一口气说了一连串。

“没问你这个，我是问怎么会……变成现在这种情况？”

蝉看了看摆在装饰柜上的闹钟，差不多要到岩西打来电话的时间了。“事办完了吗？”他肯定会无事一身轻地这样问道，接着用神棍般的语气说，“杰克·克里斯宾[1]也曾说过，‘守时即守身’。”在他打来电话之前，事情一定要做完。

“我是问你，为什么……我家现在会变成这个样子？你到底是什么人？你不是说你是房地产公司的吗？”她的声音很尖锐，简直是在憎恶地叫喊。

“房地产公司？那是骗你的。非常抱歉。”蝉耸耸肩。他伸手碰了碰耳边茶色的头发。头发纤细柔软，他自己都很喜欢。蝉说着又向前迈了一步，地毯很有质感。“可要是不能进你家我就没法儿做事啦。光按个门铃，接着告诉你我是来拿刀捅你们的，你也不会让我进吧？唉，该不是你真的会让我进？”

“你说什么呢！”

“对吧？所以啊，我就只好装作是房地产公司的，让你给开门喽。你们家不是准备买公寓吗？明明已经有这么一套豪宅了，真厉害啊。总之，就是有人告诉我你们对公寓感兴趣，让我装成房地产公司的人。”

“谁？”

“岩西啊。”

“那是谁？我根本不知道你在说什么。”妇人的声音之大，像是

①此人物为作者虚构。

在宣告，要是再这么继续听这些胡言乱语，她就会因头脑混乱而死。

“是我老板。唉，其实也就我跟岩西两个人。那家伙负责接活，我负责做事。这很不合理吧？你不觉得吗？做事的是我，那家伙可是什么都不干。太不合理了！”客厅墙壁上嵌着一个很大的橱柜，里面摆满了皮包，简直就像皮包店里的货柜。蝉很是感慨，原来世上还有这种花钱的方式。“我呢，只是来杀掉你们而已。这是工作。”

“来杀我们……为什么啊？”妇人的身体看上去充满了烦闷、焦躁、恐惧和愤怒。蝉这时又向前走近一步，她变得更加不安，一个踉跄，手扶到了身边的餐桌上。

“我只是被人雇来的，具体情况我也不清楚。岩西真的什么都不告诉我，总是说那玩意儿，什么……杰克·克里斯宾。”

“死拼？”

“你也不知道？我就说嘛。我也不知道。可是岩西那混蛋只要一说起什么，就会引用他的话。好像是个在什么乐队里唱歌的家伙，谁管啊。总之，岩西脑子里就只想着那家伙的歌词。总是‘杰克·克里斯宾说’，不管什么时候都这样，像什么‘杰克·克里斯宾说：二十多岁的男人，知道的越少越幸福。’我说他就是胡扯。雇主是谁、为什么找上我们，这些他全都不告诉我。就好像便利店的店员不知道自己店里卖的蛋糕点心的加工方法一样。哦，不对，也不是很像。至于这次到底为什么，我猜是因为……你家的儿子教得很好吧。”蝉故意嘲讽地添了句“有教养”，接着又说：“他之前是不是放火去烧睡在藤泽公园附近的流浪汉了？”

“火、火？”妇人瞪圆了眼睛。

蝉注意到了她眼角的抽搐。老婆子，看来你是有印象的。“前一段时间不是发生了这么件事嘛。一个流浪汉在藤泽公园附近被烧死了。有人朝一个睡着了的老头身上洒了汽油，然后拿打火机点着了。那个人就是你儿子吧？”

“不……”妇人还没喊出“是”字，声音便停止了。

“岩西什么都不告诉我，我只好自己去查，然后就听到了很多关于你儿子的传闻。明明住在水户，为了干坏事还特意跑去东京。何止是感人，简直是令人敬佩啊。我其实挺喜欢这种努力的态度。总之，同伴被烧死，其他流浪汉就愤怒了。那些家伙，该拼的时候还是会拼的。他们也还抱着希望，没有家，不代表没有希望。”

“那件事，警察不是已经在查了吗？”

“我说，流浪汉们可不是想让警察去抓人，而是想找人干掉他。反正现如今孩子就算犯罪不是也不会被重判嘛。所以他们就凑钱找到了岩西，要求把那浑小子干掉。于是，我就被派到这里来了。”蝉气也不喘地说完，做了一次深呼吸，“应该就是这么回事吧。”

“那为什么我们也要跟着遭殃？就算是我儿子干了坏事，为什么……连我老公也杀掉呢？”

“人家就是这么要求的。”蝉再次挠头，“他们就是要杀掉你全家，三人份的钱我们已经收了。对了对了，你听我说，我到手的钱可不是平常的三倍，这是不是太不合理了？这、这叫什么来着？榨……榨……”

“压榨？”妇人忽然换上一脸正气，回答道。

“对，就是压榨。”

“闹成这样，你以为还逃得掉吗？三个人都杀了，事情就闹大了。媒体肯定疯狂报道，警察也会拼命追查。你肯定马上就会被逮捕。

死刑啊，死刑。”

“我说，现在这种事根本就不稀奇了。为了几千块钱入室抢劫而杀光全家的人一大堆呢。这种案子到现在还没破掉的，你知道有多少吗？”

“做那种事的都是中国人吧。”

对妇人这种理所当然的口气，蝉只能苦笑。“你这样说，中国人可是会生气的。粗暴的偏见啊。其实日本人也照干不误。不管哪个国家，都有为了钱不择手段的人。这种事太多了，根本就解决不完，而且……”

“什么？”

“我们国家，杀人越多的案子，审理得越久。奇怪吧？”

“怎么可能那样如你所愿呢？”

“非常遗憾，就是会如我所愿。”蝉耸起肩膀。真是又吵又烦，他有些不快。当妈的都这么烦吗？我妈在我还是小学生的时候就失踪了，真是替我做了件大好事，那才是母爱啊，蝉打心眼里这么认为。“对了，告诉你一句我最喜欢的话吧。”

“什、什么？”比起正处于危险之中的自身性命，妇人似乎更在意蝉的无礼。

“如果你告诉查理·帕克他可以在大马路上杀掉十个白人，那他早就扔掉乐器不干演奏了。”蝉快速地说道，唾沫横飞，“这是戈达尔电影里的台词。”

“什么意思？”

“也就是说，查理·帕克打心眼里想干掉白人，只好靠吹萨克斯忍着吧。可是，如今这年代，没有萨克斯的人可多的是。”

"你到底想说什么？"

"就是说世道很残酷啊。你也明白吧？"

满脸通红、怒不可遏的妇人隐约透出了一丝傲慢。比起面对丈夫和儿子被杀时的愤怒和悲伤，似乎自身被攻击时愤恨情绪更占上风。"你对女人也下得了手？"她立刻叫喊道，脑子里此刻到底是如何考虑的却不得而知。那口气像是在示威。

蝉的脸色沉了下去，心情像是在品味着苦果。对啊，还有那么一部电影呢。那是一部关于一个明明很出色、却骄傲地说什么"不杀女人和孩子"之类的杀手的电影。"作为专业人士，那是不应该的。"蝉很不快，唾沫又喷向了妇人，"医生治病的时候，总不会说不治男人吧？不管来的客人有多讨厌，夜总会小姐们不还是得照样接客？什么'no women, no kids'，才没那回事呢。我最讨厌那样的杀手了。"他凑到妇人脸旁，"而且那个杀手明明是法国人，却讲英语，也太奇怪了。"

"根本不知道你在胡说些什么！"

就在妇人喊叫的瞬间，蝉出手了。握在右手的匕首刺了出去。蝉集中精神，好像自己就是那刀刃一般，体会着那一刻的感觉。

刀尖刺中妇人的腹部，肚脐右上方。加大力道之后，蝉感觉得到它穿过了皮肤、皮下组织。蝉脑中描绘出一幅人体结构图，对比着那张图，他再次让刀子游移起来。

切断腹横肌、大把的毛细血管，还有神经。刀子划破血肉，开出一个大洞，到达肝脏后稍微停住大约一秒。

妇人闷哼一声，呻吟着。

蝉并不是故意将她的呻吟声当作信号，却在同一时间准备抽出刀子。刀刃离去的地方此刻一定开始大量出血。蝉想象着正从体内喷涌而出的血液。

他一反手，粗暴地抽出刀。

就在下一刻，刀又指向妇人的胸部。目标在隆起的左乳下几厘米处，一用力，刀尖便刺了进去。

透过脂肪，穿过肋骨间的缝隙，继续前进。蝉想象着此刻刀尖的轨迹。

妇人双眼圆睁，像是漏气般呼地喷出一口气。

刀再次被拔出。妇人脸上失去了生气，颓然坐倒。

短暂的抽搐、从伤口汩汩流出的血，都被蝉静静地看在眼里。他挪动脚步，注意着不踩到血。接着他蹲下身，像是观察一只被捏死的昆虫般看着妇人。确认妇人的脉搏已经完全停止后，他拉开随身带着的体育用品包，开始换衣服。沾了血的衣服脱下扔掉，反正都是些批量生产、批量销售、不管在哪儿都能找到的衬衫和牛仔裤。

手机响了，铃声刺耳。刚一接通，便传来了岩西的声音："事办完了吗？"明明都四十多岁了，口气却还跟高中生一样浮躁。迂腐而愚蠢，还装模作样，那声音给人这样一种感觉。

"刚完。"蝉回答。

"那你赶紧逃。对了，明天来拿钱。"

"我知道。烦死了。"

"杰克·克里斯宾也说过嘛，'做完了，就赶紧跑'。"

"你不提那家伙就不能好好说话？"蝉有种想扔掉手机的冲动。如果忍受中年大叔无聊的废话是一种善举，上天肯定早已牢牢记住我的名字了，蝉这样想着。

“那也没办法，我想说的话全都写在杰克·克里斯宾的歌词里了。”

“那个先不管，为什么我做的全都是这样的工作？杀光全家什么的很麻烦的，今天这个女人就废话连篇，吵得我受不了。”

“因为其他人都不愿意啊。”

“不愿意？”

“不愿意去杀无辜的女人和小孩。”

“啊？”蝉十分不解，歪了歪头，“为什么不能对孩子下手？孩子有一天不也是要长成大人的吗？要到几岁才可以杀？如果是不愿意杀猫啊狗啊还可以理解，人不管什么年龄什么性别，都只是人而已。”

“是啊。反正你也不会在意这种事，所以我才接了下来。我们这样的小本经营，只有像这样捡别人不干的事做。说白了，也就是那个……‘钻空子’。”

最后那个词肯定又是引用来的。“你倒是舒服，什么都不用干。”

“鱼鹰抓鱼那么厉害，可更厉害的说到底还不是养他们的渔翁？”

“我不是鱼鹰，我是蝉。”

“你真够吵的。”

“你才吵呢，只会压榨劳工的资本家。”

“这么难的词你居然都知道！你听着，我并没有压榨你的打算。”

“谁信啊。”

“因为杰克·克里斯宾留下的音乐里，最大的主题就是对剥削和麻木的愤怒。”

就知道他要扯这些，蝉没有应声就挂了电话。正准备离开现场，一本从未见过的类似杂志的册子进入了他的视线。拿起来一看，像是有线电视的节目表。人一有了钱，连电视节目都会变多啊，他感叹着。这里面肯定有一些重要的电视节目是要收费的吧，蝉决定看看究竟都有些什么样的节目，于是拿起了遥控器。

铃木

铃木冲了出去，脑子里满是疑问和困惑。

他斜穿过十字路口，直接上了人行道。视线前方可以看到男人的背影。很多行人挡在前面。察觉到事故发生，人们为了看热闹都突然间转身走了过来。到底发生了什么？铃木一边快速前进，一边问自己。他用反应已变得迟钝的脑子拼命思考着。

寺原的长子被撞了。这千真万确。到底死了没有？他忍不住去想。被小货车撞倒，脑袋扭到反方向，一动也不动。都变成那样了，还有可能活下来吗？

而铃木目击了那个推搡寺原长子的人的背影。虽然有看错的可能，但比与子说她也看到了。真的推了吗？总之只有先追上那个人了。

右边排列着设有夜总会的大楼，花哨的霓虹灯广告牌正在闪烁。车在马路上疾驰，前灯毫无顾忌地照射在铃木脸上。

前方是一栋高层酒店，酒店侧面有一块竖置的电子显示屏，正反复播放众议院选举的民意调查结果和中东飞机事故等新闻。

铃木又走了十几米，追逐着男人的背影。

就是那个男人推了寺原的长子。他这才意识到，就在那斑马线对面，自己的复仇计划被抢先了。他忽然间有种无力感，膝盖一弯差点摔倒。自己的复仇被抢先了？怎么可能？为避免和行人撞上，铃木只得侧着身。他此刻只觉得难以置信，几乎坚持不下去。

为什么不逃跑？他在脑子里问着自己。自己的真实身份已经被千金识破，并且还被人用枪指着逼迫去杀素不相识的人。看那情形，如果不杀人，自己就会被杀。既然从那么凶险的处境中脱身了，难道不应该立刻逃跑吗？

不，另一个自己在否定。

此时如果放弃追逐那个男人，将来一定会后悔。杀妻仇人到底是被谁所杀——如果连这都不去弄清楚，他觉得自己无法安然活下去。

前方男人的背影看上去有一种令人难以置信的沉稳，虽然一步都未停歇地前进着，却怎么也不能让人联想到是正在逃离现场的凶手。跟不时变换姿势，同迎面而来的年轻人肩头相碰，跌跌撞撞地前行的铃木比起来，男人宛如顺水行舟。

对方穿着炭灰色短外套，大致可以看出身材瘦削。

为了不跟丢，铃木使出浑身解数，一刻不停地追逐着在人群中时隐时现的背影。哪怕只是随意眨一下眼，那身影似乎都会在瞬间消失。男人的动作是如此敏捷连贯，让铃木不由得产生恐慌。

最主要的是，男人有一种不可思议的透明感。

在汹涌的人流中，只有他所在之地不起波澜。那是一种透明的稳重。铃木忽然感到一阵不安。真的是他推的吗？

铃木开始在头脑中自问自答。“你不是亲眼看见了嘛。”“看见？看见什么了？”“寺原的长子被人推到路上，让车撞了呀。”“可那难道就不能是单纯的交通事故吗？”“不，他是被别人推的，有人推了他。”“有人？什么人？”“不就是你现在正追着的那个人吗？”

一个稀里糊涂，一个客观冷静，两个男人正在体内争论不休。

不知是谁踢到了铃木的右脚踝。一阵剧痛传来，但不能停下脚步。飞驰而过的摩托车撒下一片轰鸣，声潮推搡着铃木的后背。此时的铃木也不知是在踉跄前行还是追逐，他自己也不清楚，只能继续走下去。

男人走下了通往地铁站的台阶。

为避免落后太多，铃木加快了脚步。藤泽金刚站内有三条线路，结构比较复杂。就在铃木走下积满烟头和湿气的台阶时，手机响了。他盯着嗡嗡响的荧光灯和成群聚在周围的小虫子，按下通话键。

“你在什么地方？”是比与子，声音很尖锐，夹杂着兴奋和混乱。

“现在，在……”由于正在下台阶，铃木的声音有些抖动，“追着呢，刚进地铁站。你那边呢？”脚下不小心踩空，差点摔倒。“那家伙……”他跳下台阶，“现在怎么样了？”

“送到医院去了。”

“能救过来吗？”他拼命压制住声音的颤抖。

“谁知道。”

都那样了怎么可能救得过来呢？铃木心里这样想着，但没有说出来。他将手机贴在耳边，继续朝车站内的通道走去。两边有等间隔排列的圆柱，不时有换乘站台的指示板。左边是已经关门的小卖部，前方可以看到自动售货机，除此之外一切都稀松平常。鞋子发出拍打地板的声音。男人的背影还没有跟丢，正朝地铁的乘车口走去。两人相隔三十余米，可中间并没有什么东西能作为跟踪的掩护。

“你可别让那凶手跑了。”比与子说。

“还不能确定他就是凶手。”话说完铃木才意识到，虽然这样了，还不能一口咬定那个男人就是凶手呢。

“他当然就是凶手，我也看见了啊。而且我问过刚才和蠢儿子一起的那些人了，他们也说好像看见有谁伸手推了一把。”

“为什么呢？”复仇，还是抢先复仇？

“刚才我给公司打了个电话……”比与子身后传来急救车的警笛声。

“不好意思，听不清。”

“推手！”比与子像是有些不耐烦，大声喊道。

“推手？”

“有专门干这一行的人。现在还没有详细情报，我也是第一次听说。不过我们公司有人知道些情况。”

“专门干什么的？”

“推人啊。在马路边或者地铁站里，从背后推人，让人被撞死。”

那么，那人是受了别人的委托，才去杀寺原长子的吗？铃木试着理出头绪，可并不顺利。

“总之，你先去找到那家伙的老窝！现在我们都没什么情报！”她几乎是在怒吼。

“为什么我非得替你干这种事不可？”

“这时候你如果能立功，肯定有好处，还能证明自己的清白。”

铃木不作声。他看见男人走过了检票口，于是说了声“回头再打给你”，便匆匆挂掉电话朝售票机冲去。他看了一眼价格表，找到最高票价，买了一张，几乎是从出票口夺过车票，随后钻过了检票口。

对面不断有穿着西装的男人和浓妆艳抹的女人吵吵嚷嚷地走过来，铃木逐一跟他们擦肩而过。他看了一眼乘车场所的指示牌，随即走上一部长长的手扶电梯，朝站台去了。前面有五六个中年妇女站成一列，讨论着麻将如何打出“一气通贯”[①]，似乎永无止境，铃木觉得十分烦躁。

可能上行线和下行线都刚发车，站台上的人不多。整个站台看上去有种昏暗的感觉，时不时可以看到紧贴在地面上、已经被踩扁的口香糖。虽说是地下，却让人觉得被连绵不断的阴雨洗涤过一般，空气里满是潮湿。

男人的身影跃入眼帘。

他正站在左侧下行方向的一号线边。铃木放慢脚步，走到了时间表下方，来回看着手表和时间表。他做出一副好像刚看完手表又忘记时间表，看完时间表又记不清时间的样子，不停地来回确认，趁机偷偷观察那个男人。

年龄大概三十五岁吧。面容看上去并不年轻，但也不是中年人奔波劳累的样子。

乘客越来越多。在铃木看来，人群就像因潮湿而生的霉斑一样，从站台底下不断地涌出。那是一种缓慢的增长。人们排起队来，铃

①日本麻将中的一种和牌形式。

木也加入其中。

看娱乐杂志的男人、戴耳机的年轻人、聊天的公司员工，在这些人的包围之下，男人安静地站在队列前方。就像喧嚣的城市街道中忽然出现了一棵树、一个静谧的湖，男人散发出这样一种气息。铃木因他的沉静而十分意外。

列车进站了。紧张感一扫而过。车门打开，乘客们开始依次俯身走进车厢。铃木紧随着人群。那就只有拼啦。就像你说的那样。

鲸

电梯下到一楼，响起优雅的铃声，门随之打开。鲸走出来，穿过大堂。有七八个等待办理入住的客人等在前台，可以听到一些动静。那是一种上层人士才会发出的、透露着品位的动静。鲸加快脚步走向出口。

负责搬运行李的服务员抬起了头，有那么一瞬间，他看了鲸一眼，但仅仅维持了几秒，随即又移开了视线。除此之外，没有什么需要注意的人。

刚穿过正前方的自动门，出租车就靠了过来。鲸没有理会，沿着弯曲的通道走出酒店。冷风在脖子附近盘旋，感觉整个身体都随之僵硬起来，手也冷冰冰的。

鲸来到十字路口，发现交叉口对面的混乱超乎想象。应该是因为自己在酒店二十五层目击到的那起交通事故吧。

推手？那会是推手吗？这个词再次浮现在脑海中，鲸立刻将其挥去。

人群呈半圆形，将停在路边的急救车包围。警车已到达现场。身穿制服的警察正站在小货车旁边跟一个年轻女子说话。谁都可以一眼看出，那个穿着荧光红外套的年轻女子就是肇事者，可她却显露出令人感到不可思议的冷静。鲸可以看见她手上的香烟。女子丝毫不乱方寸，正带着冷淡的表情跟警察一来一往地对峙。“我没撞他。”“你明明就撞上了。”“是那个男的自己忽然冲过来的。”“所以说，你就是撞上了。”“真是的，你们能不能快点？真正遇到麻烦的是我。”“怎么可能？”“如果不考虑强度，明明就是我的车被一个男人撞了，不是吗？”双方的对话应该就是这样吧，鲸想象着。

因事故影响，路上开始轻微地堵车。不断有车想要强行变道，短促的喇叭声四下响起。一部分好事者掏出手机放到耳边。附近大楼上，碳酸饮料的巨大广告牌有节奏地闪烁着，不时地照射着那群人。在灯光亮起的时候，每个人丑陋的面庞都显得那么赤裸裸。

鲸在西装外面套着一件黑色皮衣。他从皮衣内袋里掏出手机，按下一串事先记下的号码。

“是我。”对方立刻说话了。深信自己扬名在外、不需要自报家门的人还真是不少。

“鲸。”他简短地报上名后，对方说了声“啊”，随后一阵沉默，似乎是在警惕周围的情况。“怎么样？”

“结束了。”鲸想起刚才的房间里挂在尼龙绳上的男人，“接下来你可以找个合适的时间去发现尸体。遗书在桌上，写给家人的。”他告诉了对方房间号码。

梶长呼一口气，就像得到了结婚的承诺。“帮我大忙了。”说出这句话时，完全感受不到梶对跟自己共事了十几年的秘书的死有任何悲伤。“这件事不会败露吧？”他询问的声音听起来有些紧张，也不知道是因为兴奋还是不安。

“那我可不知道。我只做我该做的事。接下来，你按照自己喜欢的方式去处理就可以。”

“那家伙写下的，只有给家人的遗书？”

“什么意思？”

“你不会把他写下的其他什么东西偷偷带走吧？”

“其他什么东西是指？”

“写给媒体的信之类的。”

鲸略微沉默了片刻。这个姓梶的男人比想象中更为小心谨慎。他一定是那种把以为该担心的问题都解决了之后，又立刻会发现其他需要担心的问题，继而为之踌躇狼狈的人。愚蠢、无能、难缠。愚蠢和无能倒还可以忍受，可最后一点却是问题。

“你怎么保证，这件事你一定不会说出去？”对方问道。

“这种事我干了十五年了。你只能相信我。你可以去问把我介绍给你的人。”

“可是，那又不代表你就一定不会背叛我。”

鲸没有回答，直接挂断了。他开始有些后悔接下这个工作。梶很危险。多疑又谨慎的人会为了自身的安稳而不停地考虑对策。他们不会严阵以待，也不会临机应变，只有将猜疑的种子一个接一个地摧毁才能安心。

信号灯变成了绿色，鲸迈出脚步；与此同时，行人也走动起来，颇有些要将这个十字路口完全占据、攻城拔寨的气势。鲸穿过马路，拐向右边。虽然最近的地铁口是在反方向，但此时他决定随着人流前行。

“没有目击者吗？”突然传来一个女人的声音。鲸转头望去。一个短发年轻女子站在路边，身材瘦削，气势却很足。“你们当中有没有目击者？”她口气粗暴地问着周围的行人。她的皮肤是那么白，路灯、霓虹灯、警灯的光交替照过去的时候，那张脸也随之变成粉色或红色。

“喂，你，你有没有看见？”等回过神来，女人已经站在了鲸的面前。她脸上带着微笑，完全不像是第一次见面，单眼皮下的眼睛看上去却很安静。外表看上去还不错，是一个散发出另类气场的女人，就像是一把卷了刃的裁纸刀，有着不伦不类的锋利。雪白的肌肤，鲜艳的红唇，鼻涕虫一般的动作。

“什么？”

“刚才的事故。你没看见？我们公司的人被车撞了。你有没有目击到什么？”

“目击到什么又是指什么？”

“有没有看见有人在背后推人之类的？”女人的眼神忽然变得锐利起来。她试图观察鲸的反应。

鲸有些意外，立刻掩饰了过去。推手——这个词在脑中闪过。“没有。”鲸摇了摇头。那一瞬间，他想起了自己在酒店二十五楼看到的场景——冲上马路的男人，朝后退去的另一个男人。是推手。“什么都没看见。”十年前不快的回忆、尚不成熟的自己的失算似乎又要被挖出来。鲸的脸皱作一团，试图将这段记忆重新藏起来。

女人的脸颊抖动了一下。她抬起头，一动不动地看着鲸。“如果你想起什么，就联系我。”她还不愿放弃，递上了一张小巧的名片。

鲸看了一眼名片。上面写着公司的名字——千金株式会社，他的嘴角微微扬了起来。这个名字他并不是不知道。“原来是寺原的人啊。”

“你知道我们社长？”女人的脸有些抽搐，“喂，关于这场事故，你是不是知道些什么？”

“推手。”鲸说出这个词并非无意之举，而是要试探这个女人。

女人皱起眉头。“你、你知道推手？”她问着，伸出手来准备抓住鲸，结果被一把挡开了。

鲸抿起嘴，快步顺着人行道走开。女人吵嚷着，脸色凶狠地追上来。鲸立刻拐了个弯，将其甩开了。

顺着地铁站入口的阶梯一路往下，地面上的骚动变得越来越远。冷风吹不到这里，让人稍微感觉到一些温暖。穿过检票口，鲸继续朝站台走去。乘客们往来穿梭，鲸顺势混入其中。不一会儿，黄色车体的列车便到站了。车厢不是很空，可刚好一个坐在五人座最边上的人站了起来，鲸于是坐到了那里。旁边满身酒气的女人不快地瞪了一眼，可看到鲸的体格后便移开了视线。

鲸从西装口袋里掏出了书，打开夹着书签的那一页，继续开始读那已不知读过多少遍的文字。没过多久，车内广播响起了即将到站的预告，这时鲸忽然发现正对面的座椅开始扭曲。又来了，他厌烦地咂了咂嘴。不光是座椅，周围的一切都开始扭曲颤抖，所有的轮廓都崩溃了。不光是周围在颤动，自己也感到一阵眩晕。这半年来时常会发生这种眩晕的情况，每次都一样。眼前的景物开始摇晃的时候，视野就会变得黑暗。等回过神来，那东西便出现了。

那东西，碍事的东西——曾被自己杀死的人的亡灵，神情悠然地出现了，好像在说自己从一开始就已经在了。

这次也一样。眩晕停止，睁开眼后，正对面的座椅上坐着一个女人。

相对地，其他所有乘客都不见了。到刚才为止还坐在那里看报纸的男人、盯着手机的女高中生、抓着吊环睡觉的上班族……所有人都消失了，只剩下坐在对面烫着长鬈发、五官端正的那个女人。她朝鲸优雅地一挥手，笑了起来。深灰色的职业套装很适合她。

这女人是五六年前自杀的新闻主持人，一个满怀使命感的女人。身为主持人，却因为对某个事件感兴趣而贸然插手，还不顾上司的制止去做访问调查，最终成功接触到了政客刻意隐瞒的真相。如果是无关紧要的真相也就算了，可偏偏是些那个政客最不想让别人知道的真相，所以就理所当然地打算给这个女人一点教训。

遗憾的是，她并不是那种稍微吃点苦头就乖乖收敛的性格，反而达到了超越热心的程度，显示出几乎病态的固执。这最终导致了她的死亡。

她惹怒了绝对不可以惹怒的政客，于是政客便找到了鲸。

“因为，那才算是真正的新闻人。”在她自杀的酒店房间里，她曾这样对鲸说。虽然有些情绪化，声音也有些颤抖，却是一个严正的宣言。“看着正义啪的一声被折断，这种事我不喜欢。”

“正义？”

“我是看着日本的传统故事长大的，电视上播的那种。坏心肠的爷爷得到惩罚，好心肠的爷爷会被拯救，这种观念早已刻在了我的脑海里。所以，我不喜欢。”

鲸选择先回应她。"这个世界上有的只是现实。你现在在这里，流着泪写下遗书，那些长着双下巴的政客则搂着女人躺在床上看电视。真正存在的只有这样的现实，与你喜不喜欢都没有关系。"

女人没有表示赞同，她看着鲸的眼睛，陷入了阴郁之中，以一种奋不顾身的态度套住了脖子，像钟摆一般摇晃着。

而现在，那个女人就坐在长椅上，挥着手。死者一个接一个出现，模样在鲸看来都与常人无异，迷惑又烦乱、狡猾又谨慎。

鲸挪开视线。如果一直看着那个女人，他迟早会忍不住发出愤怒的吼叫。他想大喊："滚开！"

突然间，腹部感受到一种痛楚。是沉重的钝痛。鲸捂着肚子，弯起身。那并不是某种伴随着具体病症的疼痛，而是一种漠然的、难以明确指出"就是这里"的痛楚。他感到身体仿佛出现了一处空洞，混杂着焦躁和厌烦的虚无的苦闷。最近他时常被这种状态所困扰：毫无预兆地开始疼痛，稍微忍耐一段时间后便会消失。而那段不得不忍耐的时间，逐渐变得越来越长。更频繁，更冗长，原因不得而知。他并不打算去看医生，就算去看，恐怕也会被归为难以痊愈的那一类。

"那难道不就是负罪感吗？"

耳边传来声音，他扬起脸。女主持人的脸就紧贴在右边。化着妆的美女将嘴唇凑了过来低语道："是吧？"再看前方，座位已经空了。"你啊，虽然那样若无其事地让别人自杀，可最终，不还是要品尝这负罪感吗？"

鲸不回答。他知道，如果回应，就正中这家伙下怀了。女人只不过是幻觉，实际上，车厢里还有其他乘客在。若是自己对着亡灵说话，周围的人恐怕会认为他精神失常吧。他想起了随身带着的小说中的一节，“不用着慌，不过是体力衰颓。”那个俄罗斯青年在杀人之前，就是这样欺骗自己的。如今的我也只不过是被体力衰颓所困扰而已，鲸这样告诉自己。

女人呼出的气息触到了他的脸颊。“对了对了，刚才的事故，你看见了吗？那个难道不是推手干的吗？是吧，你自己也明白吧？”

鲸强忍着内心的暴躁。亏你们真能专门找出这些令人不快的事来说。

“喂喂，旧事重提是我不好，不过，你曾经输给过推手吧？”女人低声说道。

输，这个字不禁让鲸失声苦笑，因为对方的口气听上去就像一个为无聊的胜负斤斤计较的孩子。“别总没完没了地说推手的事。”虽然没有说出口，但鲸的心里却在呼喊。那只不过是推手抢先完成了任务，跟胜负无关。

“还不是因为你的软弱，才让推手抢先一步？”

鲸闭上眼睛，试着让头脑变得一片空白。软弱——这个评价在他的耳边不停回响。

“你啊，还是洗手别干了比较好。引退不就好了嘛。”不知什么时候，女人已经站到了另一侧，对着他的左耳轻声说着。

闭嘴。再废话我就杀了你！鲸瞪着她，没有发出声音。

“我已经死啦。”女人轻佻地答道，莞尔一笑，随即猛地将脸凑过来尖叫道，“都是因为你！”

头顶上像是有一阵风吹过，上半身抖了一下，一股寒意在体内流窜。鲸狠狠地闭上眼，几秒钟后再次睁开。

女人消失了，周围的世界恢复了原样。

对面座位上熟睡的西装男、埋头看着手机的女人、面色枯朽的老太婆、盯着杂志里泳装图片的男人、大声喧哗的男女……这些人再次浮现在眼前。

无从得知到底哪边才是现实。鲸轻声叹息着。

蝉

蝉此刻正位于新宿区南端，爬着一栋老旧的九层公寓的楼梯。他扶着沾满红色铁锈的栏杆，顺着螺旋般的轨迹朝上走。

水户市的工作结束后的翌日早晨，他乘上第一班发车的常盘线回到了东京。雨从一早就开始下个不停，虽然不大，却足以打湿整个路面，雨滴撞击到建筑边的杂树林时也会发出噼里啪啦的声音。如老鼠一般深灰色的、让人联想起隆起肌肉块的乌云覆盖了整座城市，遥远的天边却能看到它们的尽头。

到六层了。蝉双手插在牛仔裤后面的口袋里，走过走廊。

他脑中想着昨天晚上看过的电影。那是工作结束后，在水户那家人的电视里看到的。

加布里尔·露卡索[1]的《压抑》。导演他没听说过，电影的名字也很一般。

---

①该导演及其作品为作者虚构。

原本立刻就打算换台的，可不知为何总是想再多看一点，等回过神来电影已经快结束了。要是岩西知道了肯定要破口大骂，他一边这样想着，一边还是留下来看完了电影。

故事讲述了一个因事故失去双亲的法国青年的短暂人生。

电影中不时出现每天清晨带着大量报纸在迷宫般的街道游走的青年的形象。从空中俯瞰那纷繁城市的宏大镜头尤为令人印象深刻。

随着送报青年的成长，他的交通方式从最开始的徒步换成骑自行车，然后又成了骑摩托车。青年的台词很少，但一眼就可以看出，这世上他最看不起的便是那家报摊的老板。那是一个只会把青年当作奴隶般差使，从不热衷劳动而选择堕落地生活的肥胖的老板。

青年虽然贫穷，却经历了恋爱，于是也必然地经历了失恋，如此这般地度过每一天。老板的态度一天比一天坏，鄙夷青年，下达过分的命令，时而动手施暴，还经常拖欠工资，发工资时也只是将钱扔到青年的脚边。每当这时，青年都会怒斥："把钱亲手交给我！"

最后，青年为了杀店主而带上匕首来到报摊，等待他的却是店主这样一句话："你就是我的木偶。"愤怒至极的青年身上不知何时开始抽出了线头，简直就像是为木偶专门准备的几条线紧紧地连结在他身上。"那是木偶的提线。"老板冰冷地说。父母双亡，恋爱失恋，甚至来到这个世上，一切都只不过是事先写好的剧本。"喂，木偶。"老板嘲笑般地说。

青年开始笑，随后表现出惊恐，最后绝望地叫起来。他绝望地喊叫，可从口中发出的却是鸡鸣声，他这才明白连这也是在老板的操纵之下。青年疯狂地挥舞着匕首，试图砍断自己身上的提线，最终，他被送到了精神病院。影片的最后，青年躺在病床上呻吟。"就算是木偶也好，请给我自由。”

这部电影似乎在意大利还是法国的电影节上获得过什么奖项，但很阴郁，内容也乏味。明明是一部黑白影片，可或许是为了表现出青年的内心世界，时不时夹杂着一些墨绿色的场景，给人留下特别的印象。只是，看完之后却莫名其妙地不舒服起来，心情很糟糕，简直就像是被迫看到了真实的自己。“才不是呢。”蝉慌乱地告诉自己，可那正是内心不安的证明。

影片结束时，老板站在精神病院外眺望着，将一罐啤酒送到嘴边，笑了。“比起你来，我还算是自由的。”老板的笑容跟岩西那螳螂般的脸重叠在一起，让人十分不快。

蝉顺着公寓的走廊前进。或许是因为旁边就是树林，公寓的背面几乎照不到阳光。周围满是潮湿的空气，散发出霉臭味。脚边横躺着三只黄蜂的尸体，一定是被霉臭熏死的，蝉毫无根据地想象着。黄黑相间的花纹给人一种莫名的威慑。不管是老虎还是黄蜂，身上都有这令恐惧感倍增的黄黑组合啊，蝉想。接着他还想到了一件完全无关紧要的事：说起来，还有个自称“黄蜂”的杀手呢。比起“蝉”来，“黄蜂”似乎听上去更强。这令他很不开心。

来到六〇三号房间门前，蝉按下门铃。与其说是门铃，还不如说是个小喇叭，室内嘈杂的动静就算站在门外都听得到。没有人回应，蝉转动门把手，走进室内。房门没上锁，岩西也不会出来迎接，这些他早就知道。

这是一间两室一厅的公寓房，光看室内并不能感觉到已有二十年的历史。可能是岩西爱干净，从地板、地毯、墙壁、浴室、厕所到天花板都打扫得很干净的缘故吧。因为杰克·克里斯宾说：“室内的美，会透过身体渗透出来。”真是无聊。

“哦。”岩西看着蝉，抬了抬手。这是个大约十二叠[①]、铺着地毯的房间。摆在窗户边的铁制桌子简直就像是从小学老师的办公室里偷出来的。岩西靠坐在旁边，双脚架在只有电话、电脑和地图的桌子上。那一瞬间，电影《压抑》里报摊老板的身影突然蹿了出来。蝉愣了一下，随即觉得很窝火，不耐烦地咂了咂嘴。啊！哼！啧！

桌子前方有一张黑色的长沙发，蝉坐了上去。

“很好啊，很——好。”说“很好”的时候，岩西拖长了声音，像是把蝉当小孩子似的，“干得不错嘛。”岩西叠起一张报纸，朝蝉扔去。

蝉看了一眼落在脚边的报纸，没有去捡。“这么快就登了。”

“你看看嘛。”

“算啦，麻烦。”看不看都一样。全家惨死、深夜行凶，反正都是一样的标题、一样的内容，永远都是一样的感叹、一样的质疑。

当然，刚开始干这一行的时候，蝉还是会兴致勃勃地去检查新闻和报纸的。就像运动员会将表现好时的比赛报道剪下来收集一样，蝉每次都很期待自己做事之后的各种新闻。可他很快就厌倦了。反正也不会登什么重要的情报，跟本人相去甚远的凶手画像更是让他一肚子火。

“快点，”蝉将脸转向岩西，“赶紧用你那破电脑算一算，把我的那份钱给我。然后再跟我说一声‘您辛苦啦’。你到底懂不懂事啊？”

---

①日本计量房屋面积的单位，1 叠约为 1.62 平方米。

“你怎么就能那么大言不惭呢。”岩西摇晃着他那螳螂一般、小得不能再小的下巴，耸起肩膀，从袖口露出像棍子一样细的手腕，“真要算起来，我可是上司，你是下属。干脆说，我是司令，你是士兵。正常情况下像你这种口气的部下，要么是被开除，要么就是被斩首成为一具无头尸，只有这两种下场哦。”

“那你来试试看。明明就做不到。你啊，要是没有我，什么也干不了。”蝉顶撞着岩西，比平时更动气。

“蝉，你要是没有我，不也无法做事吗？”

“我就算一个人，也总会有办法。”

“蠢蛋。光会杀人可拿不到钱。你懂不懂？”岩西指着蝉，“得有人来找你，得交涉，还得去调查，做其他重要的准备工作。正所谓，快要冲出隧道的时候才是最应该注意的。”

“又是杰克·克里斯宾。”

“这都被你听出来了。”

你的话有哪句不是啊？蝉叹了口气。“我倒是想问问你，那个，叫什么来着的家伙到底是做什么音乐的？朋克，还是自由爵士？”蝉自认为对早年的摇滚乐队还是有了解的，可这个杰克·克里斯宾自己却从没听过。他甚至怀疑这个人根本就不存在。

“‘不要像死了一般地活着。’最先说出这句名言的可是杰克·克里斯宾哦。还有，摇滚乐手当中，最早朝观众席扔拨片的也是他。”

“发明电灯、电话的总不会也是杰克·克里斯宾吧？”

“有可能。”

看到岩西自信满满地点着头，蝉立刻吼道：“可能个屁！”

“总之，调查工作很必要。要是工作一来就随便去杀人，你试试看，用不了多久就会被发觉都是同一个人犯案，那样生意就不好做了。所以，时机和场所，不细心注意这些地方是绝对不行的。而这些调查目标周边情报的工作，不都是我在做吗？”

“还目标呢，别说得那么好听。”蝉摆出无可奈何的样子，“那只是牺牲品而已，应该叫作被害人。”

窗外传来喧嚣声。众议院大选在即，那是候选人的吼声，似乎在强调着什么，听不清楚具体内容，但肯定是在拉选票。岩西听到背后的嘈杂，脸色竟忽然缓和下来，“你会投给现在的执政党吗？”他问道。

“我才不去投什么票呢。”

“你啊，你知道过去人们为了争取选举权，付出了多大的努力吗？”岩西张开口，牙齿歪歪扭扭，唾沫横飞。

一只螳螂还装什么装，蝉懒得理他。“行了，赶紧给我钱吧。”

岩西没有回答，默默地敲起键盘。

蝉扫了一眼四周。上次来这里是三个月前。单调的白色墙壁上还是什么装饰都没有，书架或柜子之类的家具也没摆。

“你就没给我带点水户的土特产啊？”眼睛盯着电脑屏幕、手指敲击着键盘的岩西说。

“烦不烦！”蝉不耐烦地站起身，“我是去做事，还是夜里到别人家里把全家人杀掉的大事，就跟去没有电梯的高层大楼搬家的搬家公司一样辛苦。而且那个时间所有的店也都关门了。我那天晚上都没地方住，只能在车站前的漫画咖啡店打发时间。你倒是说说让我去哪儿买土特产？”

“漫画咖啡店？”岩西显示出他敏锐的反应，“你该不会给他们看过身份证吧？”

蝉叹了口气。“真的证件当然不会拿出来啦。反正水户又不是特别远，你就自己去呗，纳豆想买多少就买多少。”蝉说完又重新坐回沙发上，轻轻地闭上眼睛，试图冷静下来。他想起了在电影里看到的法国青年的脸，那个反复把“自由”说了好几十遍的、瘦弱的送报青年。我和那家伙不一样，蝉在心里告诉自己，不止一遍地告诉自己。在此期间，或许是因为疲劳，竟觉得有些困了。他将手肘撑在膝盖上，手掌托着下巴，发起呆来。

再差一点就要睡着了。就在这个时候，忽然听见一声响，蝉随即抬起了头。左前方的地上躺着一个信封，口是开着的，里面散出纸币。

“你就不会好好给吗？”蝉埋怨着站起身，把信封捡起来查看。信封里的钱有三捆，蝉没再细数。“让你把钱亲手交给我。”

“吵死了！”

“杀了那么多人，拿三百万，这事你怎么看？”

“是不是钱太多，你不好意思啊？”

“你找死。”

蝉放了狠话，岩西却轻浮地笑了起来。“杀人犯说这种话，听上去可不像是在开玩笑啊。”

“三百万也太少了。”

“你要是不满意，我可以雇别人。只要十万就开开心心跑去杀人的家伙要多少有多少。”

“那样的都不可信。所以你才找到我，不是吗？”

“真啰唆，那些钱都够你活一年了。”岩西拿起桌上的挖耳勺，开始掏起耳朵。那半眯着眼掏耳朵的样子丑陋至极。蝉有一种冲动，想要立刻冲上去砸那耳挖勺，砸进岩西耳朵里。

“话说回来，我可是客人，竟然连杯茶都没有啊。”蝉忽然想到，说了出来。

原本以为岩西会生气，没想到他真拿了个杯子过来，亲手递给了蝉。“红茶可以的话，倒是有。”

蝉小声地道了谢，嘴凑到杯沿，喝下一口后舒了口气，低头看着杯中红茶的波纹。“红茶想泡这么淡也不容易吧？”

“也没多困难啦。茶包泡个四五遍之后，自然就成那样了。”岩西走回桌边，自豪地说道。

“我说，”蝉大声地吸了口气，“这种红茶在旁边的超市应该卖得很便宜吧。就这样你还泡四五遍，简直已经不是红茶，而是红茶渣、红茶尸体了。别这么小气好不好？明明我赚来的钱全都被你卷去了。”

“吵死了！你可真跟蝉似的，吱吱叫得人烦死了。”

“而且，你也多少给我点情报啊。”

“情报，什么情报？”

“比如说昨天的工作。那家人为什么要被杀？”他想起了直到最后还在抱怨的那个女人的脸，“我也不是傻子，大致都能猜出来。是因为那个吧，那个流浪汉？放火的，就是那家人的儿子吧？”

“流浪汉？火？你说什么呢？”岩西看上去很不耐烦，口气变得严厉起来，“你就那么想知道？”

“倒也不是。可是，每天在河里洗衣服、捕鱼的家伙，多少都会想这河到底是从哪里流下来的，不是吗？河的上游到底都在发生什么？水是从哪里冒出来的？总会想要知道这些事情吧。我也想知道委托人到底是什么样的家伙。”

“搞不好走到上游一看，发现那里竟然有个水龙头呢。与其因为那种事情消沉，在下游一无所知地玩耍不是更好吗？是不是？‘二十几岁的人，知道的越少越幸福’啊。”

“好好，”蝉挥挥手，将那句引用来的话挥走，“我做的事难道就是在下游玩耍吗？”

“你啊。”岩西忽然开口道。

蝉只用眼神回应，瞪着他。

“以前我就有些好奇了，你每次杀人的时候都边干边想着这些事吗？”

“这算什么问题。”

“难道你每次杀人的时候，都要想理由、找借口、念佛诵经？”

“怎么可能！”

“你就不能什么都不想就去杀人吗？”

都事到如今了说什么呢！简直就像长年跟投手合作的捕手突然跑过来问“说起来，你的球路到底有几种啊”一样，蝉实在感到意外，但还是考虑着回答了：“我脑子不好，最擅长的是碰上难题就绕开。不是有那些数学定理、英语语法什么的嘛，那种东西就算写在黑板上，我也看不懂。所以每到那种时候，我就放弃思考。跟那个道理一样。杀人的时候，我才不会去想这到底是好事还是坏事。既然是工作，就去做。仅此而已。啊，打个比方，就像那个一样。”

“哪个？”

“比如说，开车时会碰到信号灯从黄色变成红色的时候吧。有时候也会想，应该没什么问题吧，然后就一脚油门冲过路口。”

“嗯，有时候后面的车竟然也跟着自己那么干，还真吓人一跳。”

“是啊。但那种时候偶尔也会被前面过马路的车给堵上，结果不得不停在路中间，最终还是挡到了其他的车。要是这样，你多少也会觉得有点不好意思吧？”

“是啊，多少有点。”

“就跟这个差不多。”

“啊？”

“路让我给堵上了，真是不好意思。可是，也不是什么大不了的事吧，所以就别怪我了。我就是抱着这样的心情去杀人的。而且，我去杀的人都是那种光看着就十分可恶的人，啰唆又愚钝，也没必要有什么负罪感。”

“你这家伙脑子坏了。”岩西像个醉汉似的大笑起来。

“才没坏，正在发育呢。”蝉回嘴的同时，不知为何脑中却回响起《压抑》里老板的台词——“你就是我的木偶”。

铃木

铃木整理着歪了的衣领。他用两只手拉直衣领，整理好。他想起以前妻子总是一边整理他的西装一边说：“你的衣领总是歪的。”她还经常做出一副抱着小孩的架势说：“等以后有了孩子，就让孩子帮你把领带打直吧。”虽然她从未亲口说过，但铃木从她时不时不经意的话中可以听出，她想早点要个孩子。

铃木深呼吸，看了看手表。上午十一点，从寺原的长子被撞到现在，已经过去大半天了。天空被浓厚的乌云所覆盖，小雨也一刻没停过。或许是天气的原因，星期六的街道上竟然没什么行人。这里是位于东京南部的住宅区，四处林立的广告牌上都可以看见“根户泽花园小区”的字样，是个毫无特点可言、随处可见的住宅区。

路边的垃圾回收站里堆满了垃圾袋。雨滴击打在塑料袋上，发出阵阵声响。也不知是因为雨水还是塑料袋里垃圾的腥臭，夹杂着臭味的潮湿空气直往鼻孔里钻，跟井然有序的街道陈设显得格格不入。铃木深深地呼了一口气。那就只有拼啦。就像你说的那样。

比与子昨天晚上深夜一点左右曾给他打过电话。“你现在在哪儿？”

“正往家走呢。”

铃木刚撒了个谎，她便立刻说道：“说谎！”铃木这才意识到，自己的住处已经被监视了。“你到底在哪儿？”

实际上，他住在市内的一家商务酒店。这家店老旧而廉价，不够整洁，服务也一般，一共五层楼。

“你现在到底是什么情况？到底在什么地方？我说，那人的住址你已经知道了吧？我这边可是乱成一团了。”

“乱成一团？”

“寺原都发狂了，把所有员工都叫了出来，叫嚣着要找出凶手。谁让他死了儿子呢。他现在不光是愤怒，也不光是发疯，是既愤怒又发疯，可麻烦了。你听见了没有？你该不会跟踪失败了吧？”

你还是歇口气吧，铃木一边忍不住替她担心一边想。那个男人果然还是死了。既没有感慨也没有意外，有的只是一种不可思议的茫然。“住址已经知道了。”不一会儿他继续说道，“那人从藤泽金刚坐地铁到新宿，然后换乘，最后一直坐到了终点。”

“哪条线的终点？”比与子的问题如箭矢一般射过来，“哪个车站？”

铃木条件反射地正准备回答，想了想又说：“还是……”

“还是什么？”

“还是秘密。”

“你什么意思？”比与子的声音暴躁起来，铃木觉得电话信号似乎都因这声音而震颤了，“你在耍我？”

“因为还不能确定那个男人就是凶手。”

“所以让你告诉我他的位置，然后我们马上就能知道他到底是不是凶手了。”

“怎么知道？”

“公司的手下会到他家去问出来。”

“我不想那样做。”铃木听后立刻答道，“我讨厌那样的方式。”其实他也没什么计划或想法，只是条件反射地拒绝。“反正肯定都是靠暴力逼供吧？”

“如果那人老实承认是他干的就算了，否则肯定需要一点暴力手段，不是吗？”

一点？怎么可能是这种随随便便的程度。“这种事，”铃木又说道，话像是从牙缝里挤出来的，“我不喜欢。”

“你有没有搞清楚自己的处境？其实公司里已经有风声了，说这事是某个员工雇杀手做的。你就是第一个被怀疑的，是头号嫌疑人。你现在可是身处风口浪尖，再不赶快把推手的位置告诉我，你就麻烦了。”

“也不一定就是推手干的，那不也有可能是一起意外事故嘛。”虽然可能性很低，但或许真的是自杀呢。

“当时跟他在一起的人说了，绝对，不可能。肯定是有人推了。那是专业手法，所以肯定是推手。”

“我不干了。”

“啊？”她像是思考了一会儿，“不干了是什么意思？你果然是为了复仇才来的吧？”她问道。

“不是。”现在人都已经死了，继续隐瞒还有没有意义，铃木一时半会儿也不能肯定。只是，他觉得既然不能马上断定，那就应该继续撒谎。“但是，我已经不想干了。”

“你觉得是你想不干就能不干的吗？”

“现在的话，”铃木一边计算着一边说，“现在还逃得了。现在我没坐在你的车上，也没有枪口指着我。已经不是开枪或被开枪的选择了。我的位置谁都不知道。”

“我告诉你，你在怕什么我不知道，但不管怎样，我们公司的人现在正在搜查那个男人。情报网这东西很厉害，那个推手什么的，只要想找立刻就能找出来。”

“那你去找不就好了。”

“能早点结束不是更轻松？”比与子的口气听上去就像是在描述一场草草了事的性交。

“我，不干了。”

“好，”比与子此时的声音无比清晰，“好，明白了。”那爽朗的口气让铃木更加不安。“你要这样，我就杀了他们。”

“他们？”

“就是今天车后座上的两个人啊，不是一脸可爱的表情一直睡在后面吗？”

铃木的脑海里再次条件反射地闪现出当年那个学生的脸。“老师，我可是该出手时就出手。”那挠着头的学生的笑脸时隐时现。睡在后车座的年轻人像极了那个学生。铃木强压着不耐烦的情绪。“那，”他试图不让对方察觉到自己的心绪不宁，“那又怎么样？”

“如果你不合作，就杀了他们呗。”那轻松的口吻就像在说“我先吃饭了”。

“车后座的那对男女跟我又没有关系。”

“那你不管他们了？”这说法很狡猾。这是一种将所有责任、世上所有不幸的根源都推到铃木身上的说法。

“怎么可能不管。”铃木脑子一热，马上答道。耳朵深处响起一个声音——谢谢你没有放弃我。铃木想起了毕业那天，那个学生来到教师办公室低头敬礼时说的话：“我要接父亲的班，做一名建筑工人。”是的，怎么能放手不管呢？

“那就赶紧告诉我你的位置。”他感觉可以看到比与子脸上的微笑。

“可以再等等吗？我已经跟踪那人到家了。只是，在得到确证之前，我不想说。”仓促之下，铃木选择的方法是拖时间。既不答应对方，也不拒绝。他觉得应该尽量拖一拖。

“确证是指什么？”

“那个男人是不是真的下手推了的确证。”

“不是说了吗，那种事由我们的人去查。”

“我想自己去查。”

“那你准备怎么查？”

“明天我会亲自去他家。”

“刚才去不就好了吗？叮地按下门铃，直截了当地问他‘就是你推的吧’，然后看他的反应不就知道了？”

啰啰唆唆地说个没完，当初你自己怎么不来追？“因为夜里太晚，放弃了。而且，好像还有孩子在。”铃木想起男人到家时的情形。阳台上放着花盆，还有儿童自行车、足球。这些东西只能表示房子里除了他还有他的家人。

"什么跟什么啊。"

"你觉得推手会给植物浇水，然后骑着儿童自行车去玩足球吗？"

"你说什么呢？推手有孩子是怎么回事？"

现在，铃木就站在这所房子前面。昨晚躲在商务酒店的事情似乎没有暴露。他顺利地再次回到根户泽花园小区，并没有被跟踪。

这是一户独门独院的人家，两层小楼，墙壁是淡淡的茶色。楼房是平顶的，像是盖着一块大大的板子。所有的窗帘都拉上了，室内的情况并不清楚。庭院的围墙被雨淋湿了，榉树的枝叶伸展到院墙外面，门柱上缠绕着牵牛花的藤蔓，还镶嵌着一个邮筒，邮筒周围已经变黑，不知是铁锈还是污泥。雨滴在屋顶上跳跃，穿过排水管道，发出吵闹的回响。

门对面铺着的石子路穿过小小的庭院，前面可以看见玄关。铃木将雨伞稍稍后倾，举目凝视，却并没有发现门牌。他一动不动地注视着装在门柱上的门铃按钮，手指伸了出去，却总也下不了决心。歪着脖子朝上看，可以看见二楼的阳台上挂着儿童穿的运动服。下雨天衣服不收进去，让铃木稍稍有些在意，不过阳台上方的屋顶很宽，衣服似乎并没被打湿。

这户人家有小孩。

他觉得这是肯定的。如果那个男人就是推手，难道推手也有小孩、有家庭？不会吧？

昨天晚上藤泽金刚车站附近的场面再次浮现在脑海里，图像缓慢地重新播放着。他回想起那个在寺原长子身后穿过人群的男人消瘦的身影。等再次回过神时，雨几乎已经停了。铃木将手伸出伞外，确定没有雨之后，将伞收了起来，随后又看了一眼面前的房屋。

“有什么事吗？”

突然被人一问，铃木吓得几乎要跳起来。眼前站着一个孩子。或许是太专注于收伞了，铃木并未察觉到脚步声。孩子拿着一把蓝色雨伞，留着短发，看上去像是一个憧憬着将来可以加入海军的小学生，挺挺的鼻子看上去很可爱。“这里，是我家。”

“啊。”铃木有些着慌，“是吗？”

“健太郎。”孩子报上名字。铃木仔细打量着眼前这个小孩。看上去像是在上小学三四年级，脸庞天真可爱，又透出些聪颖。“你找我爸爸？”

一瞬间，铃木有些不知所措，立刻问道：“是啊。你爸爸在家吗？”下定决心了。这种时候没工夫犹豫，那就只有拼啦。就像你说的那样。

“我爸爸啊，是不会理那些听到对方名字后自己却不报上姓名的人的。”

“不好意思，我是铃木。”

“是谁给你起的？”

“啊？”

“铃木这名字，是谁给你起的？健太郎是我妈妈给我起的名字。”

“因为你那个是名嘛。”铃木被这孩子不着边际的问题弄得有些手足无措，咧嘴笑了。

孩子立刻又说：“啊，你这种笑法，我爸爸很讨厌哦。”说着还伸出手指，像是发现了别人的失败之处。

“你还真是个不讨人喜欢的家伙啊。”铃木有些生气，而说话的同时脑中又有些混乱了。自己明明是在追踪杀人凶手，为什么现在却优哉地跟这个孩子说着话呢？他茫然了。

这时候孩子已经打开门，朝玄关走去了。“没事啦，我去替你把爸爸叫出来。”

“啊。”铃木勉强发出一声近似呻吟的回答。一个管推手叫爸爸的孩子，这让人有种不真实的感觉。迷失在一片充满迷雾的森林里，大概就是这种感觉吧。虽然觉得自己在走动，可周围那模糊的树林却没有真实感。铃木看着自己的鞋尖，轻轻闭上眼睛。会不会有什么地方搞错了？一阵心虚后，疑问便一个接着一个地涌了出来。是不是应该离开？是不是应该逃跑？

听到一阵动静后，铃木再次抬起头。一瞬间，心脏发出巨大的声响，剧烈地跳动着。不知什么时候，男人已经走出家门，站在了铃木面前。毫无疑问，正是昨晚在藤泽金刚车站附近路口看到的那个男人。一阵寒气袭来，铃木全身的汗毛都立了起来。男人穿着修身的高领衫和茶色灯芯绒长裤，比想象中更纤细，脸颊消瘦，给人以敏锐的印象。铃木咽了口唾沫，眼睛连眨都没法儿眨一下。男人的脸上没有惊慌，也没有敷衍的微笑，但又不是那种毫无生气的机械的表情。头发自然地垂着，又圆又大的眼睛让人印象深刻。

“我、我是铃木。”既没递名片，也没报来历，这是一次失败的自我介绍。为掩饰这失败，铃木脸上浮出痉挛般的微笑，别说掩饰了，反而让失败更加明显。

男人的表情没有变化。他明明可以挥手让面前这个奇怪的家伙走开，或者质问对方为何会找上门来，然而他只是静静地看着，气势十足，但并不咄咄逼人。“槿。”他报上了名字，手指在空气中划出写法。

“是木槿花的那个槿啊？”铃木追问了一句，男人只耸了耸肩。

“你有什么事？”槿问道。

铃木的目光穿过打开的大门，落在庭院中的石子路上。如此下意识地移开视线，恐怕是因为这时候气势上已经输给了对方吧。“那、那个……”嘴巴张开了，又无话可说。你就是推手吧？原本准备单刀直入，径直将这个问题丢给对方，可一旦真的面对面了却怎么也说不出口。“是推手吗？”“哦，是啊。你有什么事？”“昨天，寺原、寺原的长子，是你推的吧？”“是啊。”“果然是啊，跟我想的一样。那先走啦。”总不可能真的进行这样的对话，等待事情如此发展。

面前的槿，目光好像要射穿铃木的身体一样，纹丝不动，面无表情，连嘴唇都不动一下。“如果没什么特别的事就回去吧。儿子来叫我，我才出来的。”槿的语气并不像话的内容那般冰冷，似乎还留有余地，像是已经看透对方，正在试探。

铃木感到了一种近乎刻不容缓的紧张，他转动着大脑，下意识地说道：“那、那个，有没有想过给您儿子找个家庭教师？”

说的是些什么啊！

鲸

在意识到天已经亮了之前，鲸便感觉到下雨，睁开了眼睛。他一动不动地躺着，注视着划过头顶上挂着的塑料布后落下的雨滴。

这里是新宿区东郊的公园。面对着大路的是喷泉和草坪，一切都打理得很好，而鲸正待在位于广场背面台阶下方，一处隐藏在美丽公园的阴暗面，本身则并不美丽的地方。这里没有喷泉折射出的阳光，也没有父亲给儿子扔球时画出的弧线，以及那轨迹在草地上留下的鲜活倒影，它是一处与一切清新祥和无关、充满湿气的洼地。以前这里曾经盖过公园的管理办公楼，办公楼被拆除后，只留下一片大约九百平方米的方形空地。由于地处喷泉广场背面的低洼处，日照也不好。

就在这个地方，挤满了各种塑料布、纸板和帐篷。一眼看上去就可以明白，这些都是未经许可的。

鲸曾经听说过，最初定居在这里的那个流浪汉假装成来赏樱的游客。或许他真的打算找一处可以赏花的场所，但是从那里看不到樱花。他铺上塑料布后，公园的管理员曾要求他“滚出去”，可他装傻说自己只是“为了赏花”，而等樱花季过去之后，也就那么留了下来。于是没过多久，流浪汉们络绎不绝地聚集而来，不知从何时起，这里竟形成了一座小小的聚落。

鲸来到这里时正值夏末，如今已在这里居住了将近两个月。

鲸觉得这也是一座城镇。虽只是一片大约九百平方米的潮湿土地，却有十几个成年人揣着各自的行李和心事生活在这里，从这个意义上说，这里就是一座城。

“我们这些人啊，并没有生活，只是活着而已。”旁边那座帐篷里的中年人曾经在大发雷霆时这样说。那时，区役所的工作人员正带着满脸悲怆来到这里，告诉他们“不可以在这里生活”。

“没有生活，只是活着”——这抗议也有它的道理，鲸记得当时睡在旁边的自己还因此睁开了眼睛。

鲸并没有搭帐篷。他用纸板随意拼成一张床，上面只挂了一层塑料布做屋顶。没有墙壁，所以风吹来时会感觉冷，但还没到无法忍受的地步。鲸就横卧在那两层纸板铺成的床上，听雨滴落下的声音，凝视着它们连绵地渗进地面。

他缓缓地坐了起来。

有几个人已经起来了。有人在整理帐篷，有人在认真地做伸展运动。若雨势再强些，应该会有人出来洗头，不过现在这雨还不行。台阶旁边，能看见两个男人正在生火。纸板可有可无地遮着，他们一边避雨一边烧着锅。

鲸扫了一眼身边的手机，已经过了上午十一点。他抬头望向天空。乌黑的云朵鲜活而有质感地飘着，可或许是因为风势太强，肉眼都可以看出它们移动的轨迹，好像液体形成的旋涡一般。到下午雨应该就会停了吧。

"哎哎。"

旁边有人出声，鲸条件反射地站起，转过身，手便朝声音的主人伸了过去。对方的脸都还没有看清，就已经抓住衣领提了起来。

"唔……"对方脸色苍白地呜咽着。因为被鲸锁住了喉头，无法发出声音，舌头也伸了出来，只能勉强挤出几句"对不起"。

鲸松开了手。

原来是同样住在这里的一个四十几岁的男人，脸色总跟感冒了似的，夏天也穿着厚厚的外套晃来晃去。他表情痛苦地摸着喉咙，不停地咳着。已开始花白的胡子上星星点点地粘着食物残渣，还有一些地方看上去像是牛奶干了之后的颜色。一股恶臭钻进鲸的鼻孔，也不知是污垢还是他头上油脂的关系。"那个那个，"白发上沾满灰尘的男人指着鲸的身后，"田中、田中啊，让我来喊你、喊你。"他身体前倾，慌张地说着。重复同样的话似乎是他的怪癖。

鲸转身向后。他看见两个人正带着满脸不安的表情站在锅边，其中一个应该就是所谓的田中吧。

来到这里之后，鲸跟谁都没有说过话，连个招呼都没打过。住在这里的人们应该早已注意到体格健壮、既不友好也不搭帐篷的鲸，可谁也没来找过他，只是远远地观察。莫名其妙的伙伴意识挺麻烦的，鲸一边想着，一边跟在男人身后走了过去。

"来了来了。"看到他们走近，矮个子的男人一边拿筷子在锅中搅拌一边说道。张开的嘴里没有门牙，应该已经过了退休的年龄。

矮个子男人旁边是一个戴着眼镜的瘦弱男人。住在这里的人都是瘦子，可在这些人里面他算得上是特别瘦了，面颊像是被削过似的凹了进去，大概四十多岁。由于黑眼圈很重，看上去有些显老。头顶的鸭舌帽上画着的竟然是放大镜，这孩子气十足的图案显得与他格外不相称，手中还举着一把残破的塑料雨伞。

“有什么事？”鲸发出低沉的声音。

“是田中，田中好像想跟你谈谈。”豁牙男躲开鲸的视线说道。

那么，旁边那个瘦弱的“放大镜帽子”就是田中了。可能是腿脚不好，他右手还抓着类似拐杖的东西。放大镜男拨开刘海，指着鲸说：“你啊，夜里说胡话了。”

鲸眯起眼睛，尝试着回想自己昨晚睡觉时的情形，但没成功，连是否做过梦都想不起来。

“你，最近，有烦恼。看得出来。”田中继续说道。

旁边的两个人一脸担心，好像生怕同伴惹恼了谈判方的大人物，战战兢兢地瞟了鲸一眼。

“我？烦恼？”

“周围，一直，能看到，怪东西。”田中说得断断续续，说完又连忙拨开刘海。

“怪东西？”鲸再次眯眼。

“田中啊，田中他看得见的。鬼怪啊幽灵啊什么的。”白发男小声嘀咕着插嘴道，一股动物才会散发出的腥恶口臭迎面扑来。

“亡灵一样的东西，总是飘浮在你四周。现在也是。穿着高级西装的，男人。”田中接下来又描述了那亡灵的样貌或者说是轮廓。

鲸一边听着一边确定了，田中现在看到的，无疑就是昨晚在酒店被他逼着自杀的政客秘书。

“好像，在说尾巴啊什么的。”

“应该是在说人的名字吧。是梶。”

“你，因为这个在烦恼。所以，说胡话。是吧？”田中肆无忌惮地喷着唾沫。

鲸很想一脚踢翻被几个人围在中间的锅，然后立刻离开这里。

“你啊，你想，想收手吧？”

“田中啊，你再说得，委婉一些不好吗？”豁牙男又像谈判人员似的，试图插手两人的交涉。在他还是个上班族的时候，恐怕也一直担任着这样的角色。

“你在说什么？”鲸压低嗓音问田中。

“你周围的怪东西，是你的工作导致的，对吧？”

“或许。”或许？当然不是什么或许，是肯定。出现在身边的亡灵，都是自己让他们自杀的，没有其他人。

“所以，只要别干那工作就行了。”或许是为了推心置腹，田中改变了一开始断断续续的方式，开始流畅地说起话来。鲸正想着，发现田中镜片后面眼睛里的浑浊消失了，皮肤变得光泽亮丽，积存在嘴角的唾沫也全都不见，整个人显得威风凛凛。他甚至散发出一种魄力，手中的拐杖好像随时都会打过来。

这到底是怎么回事？自己睡过头了？是错觉吗？搞不清楚。田中现在的气质与其说是流浪汉，倒更像是出色的教师或者医生。他那锐利的目光似乎要将自己射穿。

这时豁牙男开口道：“田中大哥啊，以前是心理顾问呢。肯定不会胡说的。”

“你还是停止现在所做的工作才好。那样一定可以得到解脱。”

此时田中说的话听上去是那么优美而珍贵。鲸感受到对方投来怜悯的目光，帽子上的放大镜似乎正审视着鲸。

“只要停止就可以吗？”自己发出的声音，竟伴随着宛如身处困境的少年推开教堂大门时的恳切，令鲸感到意外。

“嗯。”

“怎样停止才好？”

“光明正大地去做就好。”田中磊落地说道，“从身边的事和人开始，逐一地去解决。除去不必要的杂音后，留下的就是必要的东西。只要将那些存在于你生活中的复杂烦琐的东西抹去就好。你需要清算。”

“清算？”

“从头开始。清算。”

一时间，鲸有些困惑，不知该如何回应。舌头在口腔内翻转，却想不出该说的话，就连唾液也挤不出半点。“那样做，痛苦就会消失吗？”

“嗯。”田中俨然展示出一种康庄大道的指路人才有的强大，“如果在工作上没有什么未了的心愿了，那么痛苦就会消失。”

鲸开始翻找记忆，回想以前的工作。虽然是一个突然袭来的瞬间，但他还是闭上眼睛，反省起曾做过的工作。田中一言不发地注视着他，豁牙男和白发男则显得摇摆不定，他们搞不懂这段空白的时间里到底发生了什么。不一会儿，鲸睁开了眼睛。

“只要没有什么未了的心愿……”

当田中以一种心理医生的姿态再次说话的时候，鲸忽然插嘴了。“不，”他说道，“我还有没了结的事。”

“是吗？”田中一副果然如此的样子。

“十年前。那是唯一的一次，我失手了。”鲸想起了十年前新宿地铁站旁边的城市酒店，他原以为那段记忆已经埋在脑海深处，忘得干干净净了，可从昨晚开始它却不停地重现，令他悔恨交加。

身处城市酒店单人房的，是一名女性议员。走平民路线的她身着廉价西装，穿着跟并不高的鞋，面色苍白地站着。“我为什么必须要自杀呢？”她说着这句所有受害人都会念一遍的经典台词，身体颤抖。虽说是十年前，但鲸当时也早已对让人自杀这种事驾轻就熟，这对他来说是一份极为简单的工作。

“是这未了的心愿让你放不下吗？”田中问道。

“唯一的一次。而那一次，让我悔恨至今。”

女议员写完遗书之后，转身跟鲸四目相对，努力平复着情绪。身高的差距让她需要抬着头才能说完下面这段话：“到十字路口去，向人们跪下磕头，亲吻大地，因为你对大地也犯了罪。然后大声地告诉所有的人：‘我是凶手！’”

一瞬间，鲸睁大了双眼，打了个大大的趔趄。并不是被她说的内容所打动，而是因为这段话出自鲸唯一看过的那部小说当中。这令他十分意外。

“是我误解了，我误以为那女人或许跟我志同道合，所以我没能完成那次工作。我放过了她，太愚蠢了。”

女议员拣回一条命，但也已狼狈不堪，仓皇逃出了酒店。

“最终结果怎样？”是田中的声音。

“被另外一个家伙抢先下了手。”

第二天，在日比谷的一个十字路口，女议员冲到一辆黑色四驱越野车前送了命。找鲸做事的那个政客同时也找了推手——这传言鲸事后有所耳闻。

“你很后悔？”田中缓缓道。

“后悔。因为一个愚蠢的误会，没能完成工作。”

“悔恨是祸根，是所有灾难的源头。从这层意思上来说，就这样隐退，恐怕你的烦恼也不会消失。”

“是啊。”鲸微微点了一下头，凝视着比自己矮一头的田中，“那我该怎么做？”

“决斗吧。”

鲸回味着在旁人听来或许会觉得滑稽的“决斗”一词发出的回响，体会着空气从头顶的发旋中被一丝丝抽出的感觉。

“喂，这个给你。”豁牙男的声音让鲸回过神来。他迅速地眨了几下眼睛。眼前的景象跟刚才没有什么差别，仍旧是那三个流浪汉。位于正对面的田中又变回了一开始的样子，脸上堆满了阴郁、贫困和病弱，心理医生的影子已经荡然无存，只是一个稍显肮脏、不健康的男子。刚才的对话到底是怎么回事？鲸感到讶异。连这些也是幻觉吗？怀疑的心思像枷锁一般缠绕在鲸身上。他将这些从脑海里一扫而空。

豁牙男用筷子拨弄着锅里正煮着的东西。“这个这个，吃吧。”

鲸凑过去，一眼就看出那是鱼。他花了几秒钟才想到，应该是从公园的池塘里抓来的鲤鱼。

“你，是你吧？”豁牙男使尽全身力气说道，“今天早晨的报纸上写啦。”他指着锅下的火苗。恐怕他口中所说的报纸已经被当作柴火扔进去了。“昨天夜里，水户那一家人好像让人给杀了。”

“那又怎样？”

“是你，帮我们干的吧？是吧、是吧？”

不明所以，鲸没有回答。

“就是那家的小子放火烧了流浪汉，我们周围这些人全都知道。那个人被杀掉了，我们都觉得，那应该是你做的。没错吧？啊？”

“你们找错人了。”鲸冰冷地答道。他们确实是找错人了。

“你啊，是站在我们这边的吧？是吧、是吧？”豁牙男恳切地问着，好像棒球队的捕手在恳求裁判的判决一样。

“不是。”鲸回答，“我只做委托给我的工作，既没有委托也没有约定的事情我不做。”说完他转身就走。被扔下的几个男人含糊不清地和他道别。

鲸回到自己的住处——那块铺着纸板的地方。那些亡灵现在似乎仍然盘绕在四周。为了赶走他们，鲸伸出右手轻轻挥动，看上去好像在驱赶蚊虫。就在这时，他的手机振动起来。

决斗。这个词在鲸的耳边回响。决斗，然后洗手不干，这样或许也不错。决斗吧，清算吧。

鲸再次转过头，望向刚才那群人所在的地方，可三个人的身影都已消失不见。刚才那些果然只是令人不快的幻觉吗？鲸有些愕然，可又发现冒着热气的锅还在那里。那些人肯定只是去打水了，他告诉自己，一定是这样。不过就算那些是幻觉，又有什么差别呢？

他接起电话，听见梶那轻松得有些不自然的声音。

蝉

离开岩西的公寓后，蝉顺着河边的小路走到地铁站，从旁边的车棚里偷了一辆看上去还不错的自行车。雨势已变得很弱，如果不仔细看，几乎都不能确定是否还在下了。他跨上自行车蹬了起来，在刚开门的超市买完东西后，回到了住处。

这是一栋只有一扇小门的旧住宅楼，是建于昭和年代后期的钢筋结构建筑，每层有五户人家，一共三层，看上去像个横放着的魔芋块。

二楼最里面那一户就是蝉的家。他将手伸到门边的煤气表后面取出钥匙，打开了门。这是一套地面贴着地板纸、大约十二叠的两居室。虽然比起铺地毯来，这样冬天没那么暖和，但一想到地毯表面的灰尘和寄生虫，蝉还是觉得这样好些。西面的房间里摆了一张单人床，一个塞满 CD 的架子占据了大部分空间。架子正中摆着一个方形的钟，时针正指向上午十一点。

蝉走向厨房，把刚买回来的蚬子倒进盆里。为了让它们把沙子吐出来，蝉又往盆里倒了水。他准备将盆一直放到开始准备晚饭的时候。

他仔细看着盆里，发现有水泡噗噗地浮了上来。是蚬子在呼吸。它们悄无声息地张开壳，呼吸着空气。蝉聚精会神地盯着。活着真好啊，他想。

让蚬子吐沙，凝视它们，是蝉最幸福的时刻。其他人怎么样他不知道，对他而言，没有什么时候比看蚬子呼吸更能获得安宁了。

人如果也这样……蝉时常这样想。人如果也这样，呼吸的时候可以通过水泡或者烟雾的形式被看清楚，会不会就能更切实地体会到活着的感觉呢？擦肩而过的人们，如果能看到对方口中扑哧扑哧的呼吸，那就难有动手施暴的冲动了吧？一定是这样，蝉想。不过，这些蚬子我是要吃掉的。接着他又开始着迷地注视蚬子发出的那悠然而安静的生命信号。杀掉它们再吃下去，这对蝉来说很重要。杀掉，吃掉，活着，这种理所当然的道理为什么很多人都不懂呢？这是他内心无法按捺的疑问。

不知道时间究竟过去了多久，毫无生气的手机铃声让蝉回过神来。他离开厨房回到了房间，从挂在衣架上的皮衣口袋里掏出手机。会打来电话的只有那个人。“你就是我的木偶！”专横跋扈的老板的声音再次响起。

“让人回去却又叫回来的时候，必须诚恳地道歉才行。”蝉坐在摆在墙边的一把装饰木椅上，瞪着手肘撑在铁桌子上的岩西。同一天里两次来到岩西的公寓，这还是头一次。“你最最敬爱的杰森难道没有说过这样的话吗？”

“是杰克·克里斯宾。”岩西似乎很不高兴，唾沫都飞了出来，“反正你也没什么重要的事要做吧？估计你也只是在房间里看看电视而已。”

“是蚬子。”

“蚬子也能换频道吗？”

真够无聊的，蝉叹了口气。“总之，不让一个昨晚刚工作回来的人休假，立刻又找他做事，你到底在想什么？”

“真够啰唆的。有委托上门了我也没办法啊。而且，这种事也是头一次，你就宽容一点嘛。”

“少厚脸皮了。”

“杰克·克里斯宾曾经这样讲过，‘原谅只限于最初的一次’，也就是说，第一次是可以原谅的。啊，有道理吧？”

“有个屁道理。”

“而且，这也不是简单的工作。委托人可是个政治人物。”桌子后面的岩西拿起手边的杯子，露出一副极力压抑着内心愉悦的令人厌恶的表情。

“从政治人物那里接了委托就喜笑颜开，真没出息。求你了，能不能像样点？虽然一开始就知道你没什么本事，但你也别接二连三地让我绝望啊。”

岩西露出不快的表情，好像被人揭了短处似的满脸通红，随后为了掩饰又加强了语气：“才不是那样。”

“那是哪样？你说的政治人物是谁？”

“你知道梶吗？那可是众议院议员，还是执政党的。他经常在电视上乱吼乱叫。”

“梶？不知道。”

“你啊，你知道过去人们为了争取选举权，付出了多大的努力吗？”

“又来了。你听着，我只为自己当下的生活拼命，对政治之类的东西完全没兴趣。”

“告诉你，总这样不闻不问，有一天是会被洪水吞没的，懂吗？对那些政治人物必须擦亮双眼，否则明天可能连歌都唱不了了。”

“这也是你偶像的话吧？”

“‘真正引领国家的人，不会以政治人物的形象出现。’杰克·克里斯宾的歌里曾经这样唱过。了不起吧？法西斯不会扮作法西斯的样子登场。他是这样讲的。是不是很犀利？”

“政治人物什么的，谁当还不是都一样。”

“蠢蛋。”岩西挺起胸膛说，“一直放在同一个地方的东西总有一天会腐烂——这话你没听说过吗？如果政权总是握在同一个人手里，肯定要烂掉。正因为不管谁当都一样，才更应该定期换人。就像水一样，放在那里不管，就会长水草，最后臭掉。在这么长的时间里都由同一个人来领导的国家，也是十分罕见啦。”

嘴上说得冠冕堂皇，你现在还不是在向执政党的政客摇尾巴？简直是打自己嘴巴啊。蝉愣住了，连话都说不出来。“那，这个姓梶的委托我们做什么？”

“杀人。去书店的人大部分是去买书，来找杀手的当然是要杀人。这还用问！”

“我最讨厌政客。”蝉掏着耳朵说，“那些家伙只会为自己考虑。自己和自己选区里的选民，他们眼中就只有这些。真正的政治家，不是应该就算置自己的支持者不顾也要为国家大局考虑吗？”

“错。”岩西撇着嘴，“政客才不是那种考虑大局的家伙。”

“那政客是怎样的？”

“他们是用金钱和权力说话的家伙，就像来找我的这个。‘今天下午，在东京站的巨塔酒店跟一个身高一米八以上、体格健壮的男人见面，把他给我干掉。’虽然只是通过电话，这家伙的口气听起来仍然是那么居高临下、高傲自大。”

“他姓梶，是吗？”

“是。这才是所谓的政客。”

“我的对手是个大块头啊。”蝉悻悻地说，“这可不是我擅长的领域。”

“擅长的领域？”

“你昨天不是说过嘛。全家惨死这类别人不愿意做的工作，才是我擅长的。这次的委托，既不是一家人，也不是女人、小孩，而是个大男人。”

“别挑肥拣瘦了。这是工作，而且报酬也不错。对方是政客嘛。”

“是政客没错，可为什么非得杀掉那个大块头？”

“你小子，别人来买色情杂志的时候，你会问他为什么要买那本吗？问不出口吧？”

“就算问了也不会被骂。”

“肯定会被骂。其实我原本也没想要接这活儿，你刚做完一件事很辛苦，这我心里很清楚，很清楚哦。你会因为这事跟我大发脾气，我也早就想到了，所以一开始我本来想拒绝。”

虚情假意，蝉这样想着，并未将岩西的话当真。

“从昨天开始，业界可是闹翻天了。”

蝉望向岩西身后靠阳台的那扇窗户，堆积在空中的雨云已消散得差不多，明亮的日光开始照射进来。“什么业界？”

“干我们这一行的业界啊。”

“你不是认真的吧？”蝉的眉头紧皱，“你是不是跟娱乐圈什么的搞混了？杀人犯竟然也有了业界，这是想干什么？”

“少废话。情报和熟人是很有用的东西。如果有新的业内人士出现，那相关情报就得立刻搞到手，因为那也算是竞争对手嘛。有些必要的传闻也得马上了解。你不也经常在那个成人书店里搞情报吗？”

岩西说的是一家叫作“桃”的色情杂志店，位于距东京站不远的一条小巷里，由一个女人独自经营。或许是图方便，又或许店名本来就是取自女店主的名字，那位女店主也被大家叫作“桃”。

“少废话。我只是单纯地喜欢去那家店而已。”

“喜欢色情杂志？”

“裸女封面的杂志一本本整整齐齐地摆着，多壮观啊！我喜欢那样的场面。”

“好色的小鬼。”

“才不是呢。我是觉得，比起那些装模作样的女人，像那样摆好姿势、脱下衣服的女人反而更了不起。没什么好隐藏的，让人心安，干净，甚至让人觉得清纯呢。”

“你是傻吧？”

“要你管。跟我想法相同的家伙好像还不少，所以那地方才能听到各种各样的传闻。”

“你听着，那家桃也是业界的一部分，是业界各种消息和流言蜚语集结的地方。”

“话说回来，之前是不是有个叫黄蜂的？”蝉想起了公寓外走廊上看到的昆虫尸骸，问道。这也是他从桃那里听来的。

“用毒杀人的那个吧？最近好像没什么消息。反正黄蜂什么的刺一下之后自己也就完蛋了，是一次性的，没什么好害怕。”

“你说的那是蜜蜂，黄蜂可是能刺很多下。”

“还有鲸呢。”

“那是海里的动物吧？”

“是专门让人自杀的男人。经常接受大人物的委托，让目标自杀死亡。”

“听上去不像什么好差事。说到底，要做还是得正面出击，用刀或枪什么的。自杀这种事，就算放着不管，一年到头也有成千上万的人自己去做。自杀不是工作，是一种现象。”

“你真够吵的。”

“当然吵，因为我是蝉嘛。”

“寺原这个人你应该也知道吧？”

“千金吗？”蝉记得有一家叫这个名字的公司，就是由一个姓寺原的男人经营，专卖一些违禁药物，还干贩卖人口的勾当。虽然跟他们没有直接关联，但关于他们的恶评听到过不少。其中最令人发指的传闻，是说他们将女人软禁起来让她们不停地生孩子，然后将那些孩子作为器官交易的活体卖到国外。虽然不知道真假，但就算只是传闻，那也不是什么好东西。

“其实，就在昨天夜里，寺原的长子死了。”岩西煞有介事地说着，鼻翼都跟着动了起来。

“那还真是可喜可贺。”蝉愉快地应道。他是真的感觉愉快，虽然没见过真人，但他听到过不少关于寺原长子的恶评，知道他在老爹的庇护下胡作非为，是一个不管谁听到了都会眉头紧皱、战战兢兢地议论的人。“是让谁给杀了？”

“被车撞死了。一辆小货车。”

“那就是天谴了。那小子经常酒后驾驶，还撞死过人吧？我还听说他唆使手下故意开车去撞那些上学路上的孩子呢。”

“有传言说他的死并不是一起简单的交通事故。”

“可他确实是被撞死的吧？”

“可能是被人推到路上的。”

“推？什么意思？”

“有人专门干这个。”不知是不是岩西觉得解释太麻烦，很少见他有不含糊其词的时候，就像是胡乱将一堆纸屑攥成了一个球。

“这个是哪个？又是谁找这个人干的？”

“谁知道。寺原这个人可是四处树敌。”岩西高举双手做投降状，“总之，寺原如今像疯了似的，发动部下，四处托人调查，为了找出杀自己儿子的人，眼睁得溜圆。”

“反正我们这里人家也看不上眼吧。”

“也是。”岩西脸上浮现出一种小本经营者的自觉和自嘲，“取而代之的，就是另外找上我们的工作了。”

“就是梶吧？”

“业界其他的人现在都因为寺原的命令忙得昏天黑地，全在找凶手。所以啊，梶估计是除了我这里也找不到其他能接下委托的地方了。这可是个机会，对吧？在大家都忙着参加运动会的时候，我们就可以拉到新客户了。”

“反正我是不想干。”水户的工作所带来的疲劳还没完全恢复，最重要的是，蝉不愿意这样随意受岩西指使。“连续工作是很危险的，几个小时之前你不是刚说过嘛。”

“你给我听好了，这工作你必须干。”这种斩钉截铁的口气让蝉很不舒服。

蝉默默地咽了一下口水。被人指着鼻子说“因为你就是木偶”，这就是他现在的感觉。电影中的场景一幕幕不停地在脑海中闪过，他感觉自己被错觉所包围，仿佛现在身处精神病院，被牢牢地绑在病床上。

铃木

为什么要假装成家庭教师，连铃木自己都难以理解。他为自己的可笑和荒诞感到困惑，可立刻又觉得这或许也不是什么坏事。如果真的当上了家庭教师，那就有了定期来这里的理由，如果运气好，一个星期甚至可以来好几趟，如此一来，就更有可能确定这家的一家之主是否是推手。

槿在一瞬间露出一丝难以置信的表情，随即说道："原来如此。"

铃木实在不明白这句"原来如此"到底是什么意思，只好试着露出附和的笑容，但实在不怎么好看。槿紧接着又问："要不要到家里来坐坐？"

"哎？"

"先听你介绍一下情况也无妨。"

铃木完全没有想到槿会是这样的反应，一时间竟有些不知所措了。"真的可以吗？"他反问道。

"你如果不愿意也无所谓。"

“倒不是不愿意。”铃木有些回不过神来，以至于完全没意识到自己到底是怎么走进门口，而大门又是朝哪侧打开的。右半身紧张，左半身迷茫，这就是他此时的最佳写照。他慌张地检查了一下自己的脚——还好，鞋子脱掉了。

铃木被带到客厅，坐在了米色的沙发上。发现自己无意识地跷起了二郎腿后，铃木随即又端正了坐姿。他用右手的拇指轻轻地摸着左手的食指，随后又放到左手的拇指上捏了起来。坐立难安的铃木甚至开始有些认真地担心起来：如果人会因无所适从而死，自己此时大概已经离死不远了。他望向旁边的饭厅，那里有一张餐桌，再旁边是组合式厨房。

“……是吗？”

听到说话声后，铃木赶忙抬起头。不知什么时候槿已经坐在了对面的沙发上。

“什、什么？”刚才槿说了什么，他一点也没听到。

“你是负责销售的？”

“嗯，是啊。”他生硬地回答，紧接着立刻又改口道，“不，销售会负责，不过教课也是我。”如果不这么说，就进行不下去了。

“挺辛苦的啊。”

“不、不过，我习惯了。”如果自己真的负责销售的话。

“你想做健太郎的家庭教师？”

“是的。”铃木像是下定决心了一般，直视着槿回答道。

槿给人一种自然的感觉，头发好像只是随意地用手打理过，但看上去很干净，不像一般的中年男人。他有一种魄力，是眼睛的缘故吗？槿的眼睛很大，清晰分明散发出锐利的光。不对，不是眼睛，是眼球。那眼球泾渭分明，白眼球的部分是毫不浑浊的白，黑眼球里的瞳孔呈现出漂亮的圆形。

铃木觉得这眼睛似乎在哪儿见过，思忖一番，他想起了昨天晚上在车里指向自己的枪口。槿的眼睛看上去就像那枪口，比子弹更恐怖的枪口。铃木此时就像面对着那枪口时一样动弹不得。围绕在瞳孔四周的虹膜，是无边无际的黑。眼睛上方的眉毛更是有棱有角。脸颊和脖颈四周没有丝毫赘肉，而眉间和嘴巴四周虽然有皱纹，也并不是疲劳或衰老的证明，看上去倒更像某种伤痕或印迹。

“这片小区里有小学生或初中生的人家，我都会上门拜访。”铃木继续着他那不知要进行到何时才好的谎言。

“你负责销售，怎么没有名片？”槿的话一针见血。

“啊……”眼前瞬间一片漆黑，整个人似乎就要倒下，铃木挣扎着忍住。这简直就像下将棋时刚走完第一步就不得不认输，然后俯首称臣。“其实，在上一户人家那里的时候，我的名片刚好发完了，真是非常抱歉。”铃木的心脏在剧烈地跳动。

接下来，铃木开始介绍起自己的情况。为了不至于牛头不对马嘴，他尽量注意着前后一致地进行说明。当然，这些说明都是假的。家教中心的名字、办事处的地址、签约教师的人数和他们过去的业绩、客户对于指导方式的评价，以及身为家庭教师的自己的学历和经历……铃木的谎言一个接着一个，包括没有带宣传册和广告单就上门拜访的理由，甚至还扯出一堆不穿西装而是穿休闲装搞销售的好处来。不知不觉中，这所家教中心已经扩大到了全国规模，而铃木自己则从上个月开始成了根户泽花园小区的负责人。

这就像是一场走钢索的表演。不过，在别人面前靠堆砌谎言换取信任这种事，他已通过一个月来在千金作为临时员工兜售减肥食品练得驾轻就熟，所以也勉强算得上是蒙混过关了。

一番话说完，铃木深深地吸了一口气，又从鼻孔呼了出来。还不错。临场发挥，在没有剧本的情况下，这还算可以吧。铃木想着。“所以，如果可以，请一定给我个成为健太郎家庭教师的机会。”

对面的槿眼睛里似乎射出了异样的目光，让铃木胸口一紧，感到浑身发冷。

“这样啊。”槿的声音比想象中平静，但眼神没变，“价格呢？”

“啊。”铃木发出高亢的声音。这一点他完全忘记了。“是我说明得不够充分。”他夸张地挠了挠头。如今家庭教师到底是个什么价位呢？“价格可以商量。”他抬起眉头说，“我们会尽量迎合您的要求。”只能模棱两可地应付了，简直是不负责任至极啊。

“迎合我的要求啊。”槿露出微笑。他的身体随之散发出一种性感的气息，像是微风吹过树林晃动着枝叶。铃木头一次发现，中年男人居然也可以有性感的一面。就在这个时候，裤子口袋里的手机响了。单调的铃声不断地重复着，他的身体也随之一震，目光跟着落了下去。

“手机响了。”槿简短地说道。

“是啊，我想应该是公司那边打过来的吧。”铃木说完站起身问道，“我能去接个电话吗？”对方毫无疑问是比与子，因为这手机是从千金领来的。

“嗯。”槿轻轻挥了挥手，“没关系。”

铃木站起身，拿出手机来，立刻按下接听键放到耳边，转身背朝着槿走到墙边。

“怎么样？”对方直接问道。这一句“怎么样”听上去既模糊又单纯，就像是一把铁锤敲在了头上。

“刚刚做完说明。”铃木一边注意着背后槿的反应，一边装作普通的公司员工回答道。

“说明是什么意思？你已经到那人的家里了？”

“是。现在正在说明情况。”你就配合一下我说话不行吗？

“什么玩意儿啊，干吗搞得这么毕恭毕敬。”

真是个见识短浅的女人！现在没工夫跟你扯这些，铃木心想。他斜眼偷偷瞄向背后，才发现槿已经不在沙发那里了。

“我去把健太郎叫过来。”几乎同一时间，背后传来了说话声，让铃木起了一身鸡皮疙瘩。他转过头，发现槿的脸就在身后。他并没听到任何有人靠近的声音，而槿则带着一脸平静的表情，指着二楼的方向。铃木背后的汗毛不禁竖了起来。他是什么时候站到自己身后的呢？完全没有意识到。

铃木僵硬地转动着脖子，脸颊都抽搐了。目送着槿走出房间之后，他才再次将话筒放回嘴边。“我现在正在跟他说话，你就饶了我吧。”他强忍住怒火，压低声音说道。

“那也都是你的错，总磨磨蹭蹭。”比与子的语气简直是抑扬顿挫，“到底在哪儿？你倒是说啊。”

“他们还平安吧？”

“他们？”

“就是车后座的那两个人。”那对品行和头脑都不怎么好的男女，其中的男人看上去很像我那该出手时就出手的学生，那个建筑工人的儿子。

“当然了，没事。”比分子的口气听上去无论如何都让人觉得可疑，“杀了他们对我们也没什么好处。不过，你如果再不赶紧告诉我你在哪儿，那他们就会有事了。”

“所以我……”铃木加强语气，语速也加快了。还不能完全确认他就是凶手，虽然成功进入了他家里但好像真的还有家人在，以及自告奋勇要做他家小孩的家庭教师——铃木注意着门口的动静，一口气将这些全说了出来。

铃木感到一种恐慌，生怕槿在自己说话的时候忽然出现在身后，然后一把将自己推出去。尽管这里是没有地铁经过的住宅区，自己身处一户普通的人家，但铃木总觉得如果真的被槿推出去，就会有一列加速飞驰的地铁为碾碎自己而冲过来。他眼前满是地铁车头穿过水泥墙壁和木门板，将玄关撞得支离破碎后冲向自己的画面。那车头飘在半空中呼啸而来，就像野马嘶鸣着扬起前腿一般。细长的四方形地铁车头会将我碾碎，虽然这里没有铁轨。

“你是不是傻啊？”

“啊？”

“家庭教师算什么玩意儿？”

“我不是说了嘛，是为了……接近他。”铃木结结巴巴地回答，“我觉得这个计划还不错。”

“也不知道你到底是当真还是开玩笑，你真觉得那样的方法查得出他是不是推手吗？”

“那你倒是说说，推手竟然有个可爱的儿子，这事你相信吗？”

“我信。再坏的人都会有老婆，寺原不也有孩子吗？”

听到这个姓氏，铃木的太阳穴再次抽动起来。“不管怎么样，我要先确认他到底是不是凶手。要不了多少时间，你就再等一下吧。”其实是为了拖延时间，但这种话他可说不出口。

“我倒是可以等你，不过寺原可正动怒呢。他找了很多人。总之还是抓紧点吧，你好自为之，一个不注意小命可能就不保了。”

“啊？”

“假设那个男人是凶手，那他绝对不会这么轻易就放一个来历不明的人进自己家，你不觉得吗？更别提雇那个人做自己孩子的家庭教师了，绝对不可能。如果他真的这么做了，那他要么是个蠢到了家的杀手，要么就是早已经看穿了一切，故意将你留在身边然后伺机杀人灭口，二者只有其一。你冷静地想一想，我觉得恐怕答案是后一个，你说呢？”

一时间，铃木也不知道该如何回答是好。他试着整理思绪，可它们只是不停地在脑子里打转。

“喂，你到底在没在听？”

铃木没有在听，因为耳边传来了有人靠近的脚步声和说话声。他愣了一下，慌乱之中背朝着门口压低嗓门说了一声“一会儿再给你打过去”，随即挂断电话。

“电话打完了？”槿走进了客厅。

铃木隐藏起脸上的紧张，点了点头。

“正好，我老婆也回来了。”槿朝玄关的方向摆了摆手，“我老婆和小儿子。”

是否还要继续将这场家庭教师的戏演下去呢？铃木不知道。可就算想要罢手，又该如何是好？

鲸

正坐在出租车里的鲸忽然头晕起来，他皱起了眉头。竟然连这种地方也开始了，不分时间和场合，毫无规则，毫无顾忌。

靠着后座的椅背，不经意地看向车窗玻璃时，头部传来了一种被摇晃般的震动感。一开始以为是出租车走的路不好，可胃部的痉挛也随即开始，鲸知道不对劲了。太阳穴像是被拉紧了一般，眼窝深处传来一阵剧痛，他只得紧闭双眼。

“大白天的就打车，真够奢侈的啊。”

从驾驶座传来了说话声，他抬起头，通过后视镜跟司机四目相对。准确地说，那并不是司机。鲸坐上车时，手握方向盘的是一个一口东北[1]口音、戴着眼镜、头发乱蓬蓬的中年男人。而此刻，看着鲸的却是一个长发女子，四十岁左右，相貌优雅。“好久不见。”

鲸没有回应，再次望向窗外。

①指日本东北地区，位于日本本州岛北部。

一家店面不大但井然有序，外观呈绿色的照相馆正朝后方消逝而去。广告牌的旁边摆了一座圆形时钟。虽然看不太清楚，但从时针的位置判断，应该快到正午了。上了开往东京站方向的国道之后，突然就开始堵起车来。车流停滞不前，就像水管里的水流忽然间变作了泥浆。

雨应该早已停了，可车窗玻璃上却不时溅起水滴，或许是从行道树上落下的吧。前方车辆的刹车灯不时地闪烁起红色的光。旋涡状的云朵淡淡地蔓延着，消失在远方的天空。“天好像快晴了。”女人悠然地说，“可以问个问题吗？为什么我非死不可呢？我只不过是一所私立大学的文员而已。”

是三年前被迫从公寓顶层跳楼的女人。鲸记得委托人是一个外表沉稳的官员，具体在哪个部门工作记不清了。他来找鲸的时候说是一个私交不错的政治人物介绍的。

“我为什么被杀了呢？”

“是你自己要死的。”等鲸意识到时，他已经做出了回应。自己是否真的发出了声音，或者只是在脑海里对话，他无法判断，可以确定的只有他是在无意识的情况下做出了回答。

她露出柔软的微笑。“说得挺轻巧。的确是我自己跳下去的没错，可我是被强迫的啊。就像被迫殉情一样，我被迫自杀。”

“有人觉得你碍事了。”鲸从委托人口中听到过事情的大概。还是老一套，那个官员背着妻子有了别的女人，就是这个在私立大学上班的长发女人。可当他发现比起和妻子，自己和这个女人做爱的次数更多时，他却忽然害怕起来。“我说的可不是仅这一年之内的次数，而是所有的次数都加起来，竟然比跟我老婆的累计次数还多。”

他打心里感到恐惧，害怕妻子和这个女人的地位会因此发生改变。

“就算是这样，也没必要杀人吧？”

“还不是因为你失去了理智，把那个男人逼得太紧。”

“真正不对的是那个男人啊。”

“不管什么时候，不对的都是‘那个男人’。”

车流仍旧处于停滞状态。或许是不耐烦了，前方有人按响了喇叭。其他车上的喇叭声也跟着响起，就像野狗通过叫声相互呼应一样。前面的越野车熄灭了刹车灯，缓缓蠕动起来。鲸乘坐的出租车也紧跟着前进，可司机的模样没有发生任何改变，还是那个女人。

“那件事先不提了。我在想，你真的要去那家酒店吗？”她的眼睛不时通过后视镜望向鲸，睫毛很长。“打电话来的那个人，是姓梶吧？我总觉得他不可信。”

“比那个男人更不可信？”

“几乎差不多。”

大约一个小时之前，梶打来了电话。

“昨天的事吗？”鲸一面想着在酒店上吊的秘书，一面问道。

梶却用一种轻松得近乎不自然的语气说：“那事不用管了，已经解决了。”随后又道，“我另外还有一件事想找你做。”

“很可疑吧。”驾驶座的女人将右手放到嘴边，笑着说，“昨天还六神无主的，今天忽然就装得跟个没事人一样。”

“装？”

“他那不是装又是什么呢？那个政客，心里其实怕得要死吧。”这女人的轮廓竟然如此清晰，让鲸觉得不可思议的同时又有些不舒服。幽灵、亡灵什么的不是应该看上去更模糊，更暧昧不清吗？你就没有身为亡灵的自觉吗？

“那个疑神疑鬼的人看中了我的做事能力，所以又有新的工作想找我。事情就这么简单。”

“你自己也觉得可疑吧？你其实也不相信他只是单纯的回头客吧？就在昨天，那个梶还在担心你会不会乱说话呢，可到了今天，就忽然有新的工作想拜托你了，这怎么可能呢？这岂止是态度转变，简直是判若两人啊。绝对可疑。”

“搞政治的有谁不可疑。”

“你真的要照他说的，去巨塔酒店？很危险哦。”

梶的委托内容是这样的：一点过后，到东京站附近的巨塔酒店，在大厅见面。问他为什么，他只回答想商议一下接下来的工作内容。鲸反问“在电话里讲不就好了吗”，他却稍带怒意地说：“不见面很难说清楚。情况很复杂。”鲸知道，人的愤怒来源于恐惧。被压迫、被嘲笑、被中伤、被看穿、被欺凌……这些情况下，人会产生一种“自己处境很危险”的不安情绪，也即恐惧，所以才会愤怒。

鲸同意在酒店见面。而作为交换条件，他要求梶“一定要亲自来”。理由说得很清楚：“如果你不来，那我只好认为你是在骗我。”

“就算发现自己被骗了，你又能怎么办呢？”

“那我就亲自去见你。”只要想查，住址肯定查得到。

梶很识趣，没有继续追问来见我想做什么之类的话。“知道了。我当然会去。”梶的声音在话说到一半的时候开始有些颤抖。

“你想让谁自杀？”

“我的秘书。”

“秘书昨天已经上吊了。”

“是另一个秘书。”

“你有那么多秘书，光靠秘书投票，你就可以当选了。”

“总之，”梶说，“这个秘书，如果你能让他跟昨天那个一样，就帮我大忙了。”接着，他一一报上了那个秘书的姓名、年龄、住址、家庭情况。

“绝对是骗人的。连续两天秘书自杀，任谁都会遭到怀疑。再蠢再多疑的政客也不会做得这么极端，这绝对是另有企图哦。”

这种事，我当然也知道。

“这只是为了让你上钩哦。”

这种事，我当然也知道。

“对方根本没把你放在眼里哦。”

这种事，我当然也知道。随即，鲸才恍然大悟，原来是这样。这个女人，是我自己产生的幻觉，所以，她的想法理所当然地都跟自己一样。

国道的车流终于顺畅起来，当出租车驶上超车道时，鲸又感到一阵轻微的头痛。他轻按太阳穴，闭上眼睛，等待着痛楚结束。

“这位客人，你没事吧？”

听到问话，鲸睁开眼睛。驾驶座上坐着一个男人，通过后视镜看过来的眼睛睁得很大，像是在观察一条毒虫似的流露出恐惧的眼神。

“我说了什么吗？”

“是、是啊。”司机露出一丝犹豫的神情。

“说什么了？”

司机半张着嘴巴，犹豫一番之后，带着一脸“既然你问起，那我也没办法”的表情说道：“杀人啊自己要死啊之类的狠话。”

“哦。”鲸觉得十分不快。跟亡灵对话的自己一定被司机当作疯子看待了。不过那又怎么样呢？“还说了别的什么吗？”

“别的……”司机似乎犹豫了很久，不知到底该不该说。他的嘴唇在动，却发不出声音，就这样金鱼般一张一合几次之后，终于说道：“还说了……回头客。”

蝉

岩西交代的时间是下午一点。蝉走进离岩西家最近的车站，坐上地铁。这条线路不在东京站停车，但在附近下车就可以。巨塔酒店的位置他也知道，估计可以提前到吧。

“守时即守身。”

蝉竟然想起了岩西一直反复引用的话，一时间心情变得阴郁起来。他甚至产生了一种错觉，觉得自己的行为、思考、爱摸鼻子的习惯，以及那过时的笑话全都是模仿岩西。怎么可能？那个岩西光会动嘴皮子，工作什么的还不是全部都要靠我去做！他告诉自己，那绝对不可能。是吧？是吧？他一遍遍地问着，可总也没有人回答。蝉越想越觉得焦躁，甚至想认真检查一遍自己身上是否缠着提线。

出了地铁站，蝉便朝东京站的方向走，中途却在一家电器商场停了下来。其实没什么特别的目的，只是觉得有所期待，或许在这种喧闹的地方，被这些烦闷的噪音包围着，就不用考虑那些无聊的问题了。蝉穿过聚集在入口处的人群，朝里走去，不一会儿就发现了一部手扶电梯，于是在旁边停了下来。这里摆着靠煤油做燃料的暖炉。他忽然想起家里还没有取暖设备，于是便盯着看了起来。

“准备买暖炉吗？”回过头一看，店员就站在旁边。是一个高鼻梁大个子的男人，比起在电器商场工作，去西餐厅开红酒似乎更适合一些。

“没打算买，就随便看看。”蝉瞟了一眼商场熙熙攘攘的人群。明明有这么多人，不用专门盯上我吧？蝉觉得难以理解。

“哦，这样啊。”店员收起了刚才还故意堆积在眼角和嘴边的笑纹，一副木然的表情，转身便走，嘴里还发出了一声轻微的“嘁”。

“喂，你！”蝉连忙抓住店员的胳膊，“你刚才是不是嘁了一声？”

正巧走在旁边的一对男女听到了他们的对话，瞪大眼睛看了看，继续朝前走去。

“什么啊？”店员并没有任何反感的样子，只带着一副冷淡的表情转身应道。

“你，刚才嘁了一下吧。”

“没有啊。”那冷漠的眼神却好像在说：我就说了，那又怎样？

“你看我年纪小，就以为我好欺负？”

“我才没有呢。”店员似乎对自己的臂力很有信心，态度很强硬，似乎在表示就算打架我也不怕。仔细一看，蝉发现他的身板很厚实，胳膊也很粗。与其在西餐厅开红酒，还是应该去高级酒吧做保镖。

“你还是道个歉比较好。”蝉说着，似乎完全事不关己。

“是客人您误会了。”

蝉将右手伸进口袋，抓住了刀柄，全身上下满是要立刻将刀子塞到店员嘴里从口腔内侧戳穿的冲动。虽然如此，蝉却只能忍耐。

忍耐了，又不耐烦起来。为了压抑这不耐烦的情绪，他开始转身朝出口走去。店员还在唠叨着什么，蝉暗下决心，如果他敢追上来，就毫不犹豫地捅上去，可对方似乎并无此意。

商场外侧的手机卖场也十分热闹，从年轻人到中年人都在挑选各种小型手机。身着白色制服的女促销员正手持麦克风说着什么，大致是介绍这些手机的功能是多么丰富、多么便利之类。她身上还佩戴着一条彩带，上面写着“世界因手机而完整”，在蝉看来无论如何都像是虚张声势。

“跟神对抗的唯一方法，就是不生小孩。”蝉想起了某部小说里的话。可如今不一样了，跟神对抗的唯一方法，就是不带手机。

促销员仍在大声介绍着手机上的高性能摄像头。蝉并不打算买，可还是挤进了人群当中，过了一会儿又独自离开了。

穿过十字路口，走过倒闭的寿司店，蝉拐进小巷。这是一条被石灰墙壁包围的羊肠小道，一直走到头可以通往东京站，是条捷径。不过，与其说是路，这捷径或许只算得上是条缝隙，很难走。他想起了十几岁的时候，学校的老师曾经对他说：“越是捷径，越是困难重重。”当时的蝉曾经反驳说：“才没那回事呢，捷径当然更省事。”如今他也还是这样想。

脚下满是空罐头瓶、旧杂志和夜总会的传单。蝉绕开用来装垃圾的塑料桶和空调机，一路朝前走去。走了二十几米之后，他听到了说话声：“这里禁止通行。”声音低沉凶恶。

是三个男人。两个身着西装的男人正面对一个蹲在地上的男人站着。跟蝉说话的是站着的西装男之一，肩膀宽阔，留着运动员般的短发。“走开。”男人朝蝉挥了挥手，那架势好像在赶一只野狗。

明明你自己的头发就跟柴犬的毛似的，蝉心里骂着，继续前进。

气氛之险恶一目了然。身着西装的两人手上都拿着拳头大小的石头，看相貌三十出头。虽穿着西装，可两人脸上都有很多疤痕，散发出危险的气息。蹲在地上的男人双手被绑在身后，嘴上贴着胶带。

“喂，小子，赶紧滚。”另一个男人开口道。

蝉心里很不爽，可还是开口问道：“你们这是在干吗？”

“跟你没关系，快滚。”这个男人长发，塌鼻梁，圆脸，手上戴着皮手套，腰上缠的不是皮带，而是锁链般的东西。看上去好像横纲身上的绳子①，蝉心想，又觉得更像是一只被拴着的土佐犬。站在前面的是柴犬，后面的是土佐犬，情况就是这样，蝉自顾自地分析着。

“两只狗竟然还欺负起人来了。”蝉用下巴朝蹲着的男人示意道。男人眼睛肿了，头发也乱七八糟，一些地方头发明显更稀疏，有可能是被人用力扯掉的。

“你说谁是狗？”柴犬皱起眉头。

哇！你做出这样的表情之后，就更像柴犬啦。蝉有些乐在其中。

“你小心自己也跟着吃苦头。”土佐犬的嘴巴一歪一扭地动着，或许是正在嚼口香糖。

“你们这是在动私刑吗？”蝉耸耸肩问道。

柴犬和土佐犬没有发怒，也没有朝蝉扑过来。“没工夫跟你这小鬼浪费时间。好了，你要过就赶紧过去，但这里的事情不准跟任何人提起。”丢下这些话后，两人便不再管蝉，继续转身看着地上

①横纲是日本相扑力士的最高称号。在举行进入相扑场的仪式中，横纲会在腰间缠上绳子，以象征其崇高地位及仪式之神圣。

的男人。

这不是一般的打架或争斗，蝉这才反应过来。他们是在做事。蝉看着两人毫无表情的侧脸和不耐烦的动作，终于想明白了：他们是在完成自己的工作。

“你差不多也该说了吧？”柴犬蹲下身子，拍了拍男人的脸颊。被胶带封住了嘴巴的男人满眼泪水，摇着头。

“推手的事情，你小子是知道的吧？”土佐犬抬起脚，做出要朝男人头上踹的架势。皮鞋的鞋尖正好停在男人耳朵旁边。

推手？这个从未听过的词在蝉这里正要左耳进右耳出，却在中途停了下来。“推手是什么？”刚问完，蝉就明白了原因。是因为“推”字。这个字在撩动蝉的思绪。他想起了大约一个小时前从岩西那里听来的话：“寺原的儿子可能是让谁给推了一下。”

“喂，你们刚才说的推手，是什么？”

“你怎么还在，快滚！”土佐犬的脸色十分难看，“就算你是小孩子，该死的时候还是得死。”

“不告诉我推手是什么的人，估计，也得死。”蝉此时说话的声音比预想中还要大，连他自己都有些意外。

柴犬和土佐犬互相看了一眼。两人似乎靠这无声的交流决定不再跟这个年少轻狂的家伙啰唆，没有再理蝉，而是转回到男人那边。“你小子，要是再不说，寺原他们可就要来了。现在跟我们说，或许还能轻松点。”

寺原，听到这个姓氏，蝉几乎要叫出声来。这可是中了大奖啦！

柴犬再次蹲下身去。他伸出手，抓住男人嘴上的胶带，猛地往左一扯。男人惨叫一声后，张开了嘴。鲜血从口中喷了出来，顺着嘴唇两端不停地往外流淌，紧接着嘴里又零零散散地吐出了许多碎片。蝉以为那是小石子，后来才发现是砸碎了的啤酒瓶。那是些粘满了鲜血的碎片，可能是被两人强行塞到了嘴里。男人发出不知是呼吸还是说话的声音。“我不知道！”口水和血液飞溅着，他拼命喊道，“推手的事情，我真的不知道！”

“都已经吃了这么多苦头还不说，搞不好是真的。”土佐犬转头看着柴犬说，“怎么办？”

“手指折断了，脚趾折断了，耳垂割了，嘴巴也割了，也只是这么点而已嘛。”柴犬像是掰着手指在数似的说道，“不过，看他的样子似乎没说谎。”

“是啊，是啊。”男人不停地点头恳求着，“我是真的不知道。”

“喂，那个推手什么的，到底是怎么回事？”蝉有些着急了，走了过去。刚巧旁边地上有个装大米的塑料袋，一不小心缠到了脚上，发出噼啪的响声。

“你怎么还在？”柴犬和土佐犬同时开口，朝蝉走了过来，“真够烦的。”

“推手到底是什么人？”蝉也继续迈步向前。

“跟你没关系。”

“该不会是那个吧？是不是跟寺原的蠢儿子被车撞死有关？”蝉刚说完，两人表情一下子就变了，眉头和太阳穴青筋暴起，大喊一声“你小子知道什么”便冲了上来。土佐犬不知什么时候摸出了一把折叠式匕首，攥在右手上。

想跟我比刀，这家伙很强吗？蝉有些兴奋。

土佐犬朝前踏出脚步，一步，两步。蝉能听到他吸气的声音，同时也随之调整着自己的呼吸。刀子刺了过来。蝉并不慌张。男人的动作并不慢，但也不快，一举一动尽在眼底。蝉甚至有闲暇对其进行一番嘲笑。

蝉后退一步，朝左侧身避开刀锋。土佐犬没收住身形，朝前一个踉跄，随后重心后拉，想要调整姿势重新站好。蝉抓住机会朝前踏上一步。先虚晃一刀，接着后退，这套战术蝉早已想好。他右手立刻朝对方腹部挥了过去，手掌在接触腹部的瞬间握成拳头，配合腰部回转时的力量发出重击。

紧接着蝉将左手握着的刀子送到了前方。刀子挥了出去，刀尖闪烁着在空中划出一道圆弧。目标是土佐犬的脸。刀尖扎向右边脸颊，可能是撞上了牙齿，只扎进去一点就停下了。蝉随即拔刀。土佐犬双目圆睁，手上抓着的刀子也掉到了地上。完全不像样，一点也不强嘛，蝉感到无比失落。

“你小子！”土佐犬的眼睛都快瞪了出来，他伸手摸脸，接着又看了看沾上鲜血的手。你还有心思摸脸？蝉一边朝左踱步，一边将刀换到右手。对方只是傻傻地站着。他立刻一个蜷身，钻到了土佐犬脚边，右手奋力一挥，刺向土佐犬的皮鞋。刀子瞄准右脚背扎了进去，刺穿鞋子，扎破皮肤，穿过脚骨，手腕上接连感受到一连串触感。几乎没有什么肌肉的脚背总有一种奇妙的手感，令人兴奋。土佐犬发出了难以形容的惨叫。柴犬愣在当场不知所措，可能还没弄明白到底发生了什么事。

蝉收回刀子，心想，真麻烦，干脆三个人都捅死算了，柴犬、土佐犬，还有地上那家伙。可就在这时，他忽然想起一件十分重要的事情——时间。

他抬起左腕查看时间，离下午一点还有不到十分钟。一阵慌乱后，他大步流星地跑了起来。抱着脚呻吟的土佐犬，不知所措的柴犬，还有地上抽泣着的男人，这些都已经不重要了。

要迟到了！完蛋了，一想到又会被岩西说闲话，蝉脚下步子更快了。可没过一会儿，他又停止了奔跑。仔细一想，迟到这种事有什么好在意的？

铃木

从玄关走进屋的女人，用爽朗的声音打了个招呼。她看上去十分年轻，完全不像是已经成了家的样子，更像是快乐的学生。如果槿没有介绍说这是自己的妻子，铃木一定不会察觉。

槿介绍了铃木，又解释了他到家里来的原因，女人露出了意外的表情。“我叫堇。”她报上名字之后又说，“这个人居然会接待客人，真是少见，连我都感到意外。”声音中略带一丝调侃。那神情，越看越像个大学生。她戴着黑框眼镜，给人一种知性的感觉。头发剪得偏短，染成了茶色。铃木发现堇的腿边还跟着一个小男孩，好像是故意藏在堇的腿后。

“那边那个，就是我的小儿子，”槿说道，“孝次郎。”

可能是因为害羞吧，孝次郎像个躲在巢穴里的小动物般窥探着外界的情况。他的右手抱着一本相册般的东西。

“你好啊，初次见面。”铃木生硬地低下头打着招呼。孝次郎又害羞地将脸藏了起来。

“家庭教师……”堇一边思考一边开口道，“可我家健太郎还是小学生，是不是有些早了啊？”

“嗯，话是有道理，不过……”铃木应道。

一言不发地坐在沙发上的槿接话道：“搞销售的这么轻易就退缩了真的好吗？”

铃木慌忙回头，看着槿的脸。他在训斥一个销售人员，可是那声音在铃木听来，仿佛是在说他已经看穿了自己这场“家庭教师”的戏码。面前的人就像是湖泊，毫无波澜的湖泊。铃木盯着他的脸，可是什么也看不出来。他想要揣测出湖泊背后的真相，却被一种无力感包围。“不过，可是……”铃木慌忙寻找说辞。他觉得自己绞尽了脑汁，不得不一个个检视任何可用的素材，“学习这种事，应该早早就养成习惯。”自己当老师的时候似乎都没有说过这样的话。

健太郎走到孝次郎身边问道：“怎么样了？”

“只是普通的感冒。是吧，孝次郎？”堇低头对像树袋熊一样紧紧地抱着自己的孩子说。

不知是因为素未谋面的铃木，还是平常就是这个样子，孝次郎微微点了一下头，用几乎难以察觉的声音答道：“感冒。”

“医生，很可怕吧？”健太郎说，像是刻意摆出了一副大哥的架势。

孝次郎将右手放到嘴边，做出一副说悄悄话的样子小声回答道：“嗯，很可怕。”接着又说，“不过，妈妈又给我买贴纸了。”

铃木不知道为什么孝次郎要刻意做出说悄悄话的样子，看上去那就是他日常说话时的方式。

“哦。”健太郎说着，拿过孝次郎抱在怀里的册子。尽管弟弟发出了“啊”的一声，健太郎还是翻了起来。“集了不少嘛。”完全是一副哥哥的口吻。

铃木也看了过去。健太郎翻开的是一本贴满了昆虫贴纸的笔记本一样的东西，他大致猜到那应该是零食包里附送的玩意儿。如今这个年代，对昆虫贴纸着迷的孩子应该很少见吧，他想。

“今天集到了甲虫的贴纸。”孝次郎声音很小，可还是听得出炫耀的语气。他说着指了指哥哥翻开的那一页的右上角。

“这就是甲虫？好厉害——”健太郎也显得很兴奋，发出了不知到底是感叹还是惊叹的声音。铃木应声望去，随即吓了一跳。那是一只看上去就像一根木刺一样的绿色虫子，摆出的姿势也很奇特，虽说多少也有些可爱的地方，可那外形几乎要让人怀疑“这难道真是一只虫子吗”。铃木看了哑口无言。

人真的跟昆虫很像啊。铃木的脑海里浮现出教授说这句话时的脸。不对，这东西怎么看都跟人不一样，完全不像。

总之，孝次郎抱着的应该是专门为收集这种贴纸而准备的画册。

“喂，大哥哥，你会什么呀？”健太郎抬头看着铃木。

“嗯？”

“家庭教师，都会些什么呢？”

“会些什么……”这种问法有时候听上去竟像是在追问一些涉及人本质的东西，铃木只得苦笑。你到底能对这个世界做出什么样的贡献？你倒是说说看啊。他感觉对方是在这样质问自己。

“先告诉你哦，”健太郎态度分明地宣布，“我很讨厌学习。”

堇不禁笑出声来。槿的表情倒是没有变化。“对了，老公啊，”堇说话了，她看着槿的侧脸说道，“从后天开始，我不是刚好要到京都出差嘛。”

“是吗？”槿歪头回想着。

“要是他能照顾健太郎他们，也算是帮我忙了。”

铃木看着堇，心中瞬间充满了期待，这说不定是意料之外的救命之声啊。他的拳头握得更紧了。

“可是……”槿站起来，伸了伸懒腰，“这不是家庭教师，而应该是保姆的工作吧？”

那平淡的声音几乎渗进了铃木心里。不能就此败下阵来。“没关系，这样的工作也完全没关系。”他立刻回答道，“虽然我们主要是补习教课，但是孩子除了课桌上的东西之外，还有好多东西应该学习呢。”他随即又补充了一些毫无内容的大道理。“从广义上来说，家庭教师啊，其实就是跟保姆差不多嘛。”绝对不是这么回事。

“哇，大哥哥，那你会陪我玩喽？”健太郎问道。

“你开心吗？”槿看着健太郎。他在关心自己的孩子，可是看上去却让人有种冰冷的感觉，就像是在观察小动物一般。

“那是因为爸爸都不陪我玩啊。”健太郎像是在就上司的失策之处做出反驳。“大哥哥你会陪我玩的吧？”健太郎接着像是在念自己并不熟悉的咒语般说道，“因为你看上去是、个、老、好、人。”

既然被称作老好人，铃木也不便发火，只得微微点头强调：“是啊，我会跟健太郎玩得很好的。”

“足球也可以吗？”

“足球也可以哦。”铃木双手抱臂，“嗯嗯”地点着头，“高中的时候，我可是以国家队为目标呢。”

“国家队跟足球有关系吗？”

“要说有的话还是有一点。”那说没有就没有了？

“嗯——”这时健太郎以一种宣布世界和平这类伟大口号的语气，表情严肃、语气认真地对槿说，“爸爸，我觉得可以雇这个大哥哥。”

“雇”这个字从一个小学生嘴里说出来，让铃木有些意外，虽然如此，他也无疑是自己强有力的帮手。

“怎么样，试一试吧？”铃木又补充了一句，“按照刚才说的，如果他们的妈妈要出远门，就那几天也可以。作为试用期先雇我试试？”他试图为这场谈判找到最终的平衡点。

槿抱起手臂思考起来。而堇也问他：“怎么样呢？”铃木咽了下口水，等待着他的回答。

“那，”说话的是健太郎，“那，大哥哥，不如我们现在就出去玩吧。去踢足球。我们出去玩的时候，让爸爸妈妈商量商量。你们决定好，到底是雇这个大哥哥，还是解雇他。”

“都还没有雇呢，也谈不上解雇。”铃木纠正着语病，健太郎却不管那么多，拉起了他的手臂。

“走吧，走吧。”健太郎一个劲地朝门口走去。“孝次郎也一起来。”

孝次郎又把手放到嘴边，做出说悄悄话的样子。“我不去。”他说道，“因为我感冒了。”

“好吧，那大哥哥赶紧走吧。”健太郎继续拉着铃木的手臂。铃木只得拿起外套。“踢足球用不着穿外套。”健太郎说，“放着吧。”

没办法，铃木只好拿出手机带在身上，走出了客厅，在玄关穿上鞋子。明明是为了查明推手的身份才来到这里，为什么会变成这样呢？铃木迷茫了。他轻轻地摇了摇头，仍旧没有丝毫真实的感觉。这出戏到底是为谁而演呢？他感到困惑。但既然事已至此，那就只有拼啦。就像你说的那样。不是吗？

走出房间，雨已经停了，天空开始有放晴的迹象。阳光穿过云层之间的缝隙照射下来，有些晃眼。公路上的积水，以及附着在门边围墙上的每一粒雨滴，似乎都在不断地蒸发消失。

“走吧。”健太郎从院子里抱出足球跑了过来，拉起铃木的衣袖，右手指着屋外，“那边有个河岸，我们就在那玩吧，踢足球。”

走在住宅区的街道上，两边排列着外观完全一样的房屋。这些房屋没有任何个性可言，完全就像是以给来访者造成困扰为目的而设计的。

穿过毫无个性的街道，再走一小段路，就来到了河岸。路程并不很远。河岸边有用来踢球的运动场，可能因为排水很好，几乎没有什么积水。由于表面铺的是砂石，也不会溅泥。运动场上摆着球门，除了他们没有其他人。

两人拉开大约二十米远的距离，踢了起来。

一开始两人慢悠悠地，瞄准对方的脚边，玩起了传接球。温柔地将球推出去，送到对方脚边。渐渐地，踢球的力道开始加强，球也飞了起来，落点开始左右交替变化。

健太郎踢得非常好，不管是踢内弧线，还是用脚背射门，都既有气势又很细致。重心脚的脚尖永远朝着踢球的方向，没有出过差错。他对足球很擅长。

脚蹬向地面，移动重心，弯曲身体，咬紧牙关，摆腿。

健太郎停住球，加强力道踢了回来。有些偏右，但看上去是计算过铃木跑动后刚好可以追得上的位置。铃木伸出右脚，勉强将球停了下来。既然你想这样玩……铃木想着，也故意将球的落点移到了健太郎的右方。不赶紧跑可就追不上了，他心里忽然间响起似乎在警示对方的喝令。可健太郎的动作比想象中更加灵敏，只见他一阵小跑追到了落球点附近，竟然没有停球就直接踢了回来。

挺嚣张啊，铃木也追到球，不停球直接踢还给健太郎。他开始忘记对手只是个小学生了。面对着不管踢到哪里都可以稳当地将球传回来的健太郎，铃木也逐渐认真起来。不知不觉间，摆腿的力量也越来越强了。

这样下去也太没面子了，铃木感觉到一丝焦躁。什么面子？大人的面子？曾以国家队为目标的人的面子？还是说作为家庭教师的面子？明明就是个冒牌货。

他觉得头脑里似乎出现了一片空白。已经没有余力思考其他事情了。到底应该怎样踢，踢到哪里，才会让对方佩服自己呢？专注地思考着这些事情的铃木觉得自己十分可笑。

让身体动起来真是一件好事，这是最原始的喜悦，原始才是一切的根源。他这样觉得。

随着一次次给健太郎传球，铃木脑中比与子的声音越来越小，被车碾轧过后的寺原的惨状也逐渐淡去，压在胸口的重担似乎都消失了。就连“你再不早点报告，那对男女可就没命了”这些威胁的话也都不再出现。啊，那对男女是谁？他用左脚脚背接住了传回来的球。

“不安和愤怒，这些都是动物的习性。”他想起了亡妻的话，“追究原因，寻找对策，不停地烦恼，这些一定是只有人类才有的东西。”

“所以，你想说人类才是最伟大的吗？还是你想说人类最没用？”铃木反问道。

“你可以试着去问问那些动物：‘你们为什么活下来了？’它们绝对会这样回答：‘只是碰巧而已。’”

也就是说，绞尽脑汁地玩弄计策，拼命让自己苦恼，都是人类的缺点——或许这才是她想说的话吧。确实，当自己踢球的时候，铃木竟觉得问题已经得到解决，虽然实际上事情完全没有进展。

脚背再次接触到足球，有种一把抓住的感觉。摆动腿脚之后，球又会沿着轨道再次飞起。虽然已经远去，仍旧能感觉到飞出去的球就是自己身体的一部分。那个球画出柔和的抛物线，就像是从自己身体里射出去的箭矢一般，而它最终会精准地抵达对方脚下，像是粘住了一样被对方接下来。

推手也好，比与子也好，都无所谓了。全身心地投入到这一传一接的过程后，铃木的思绪开始放空。真舒服，一种恍惚的感觉在体内蔓延开来。

“休息休息！”直到健太郎发出喊声为止，周围都没有响起过任何声音，铃木也没有发觉无名指上的戒指没有了。戒指没了。完蛋了！铃木脸色苍白，慌忙望向脚边。

“你该不会是把戒指弄丢了吧？”似乎听到了亡妻的声音，铃木立刻在心里答道：怎么会！怎么可以弄丢呢！

亡妻总是害怕自己将她遗忘。

平时的她无论遇到什么事都不紧不慢，不管是电费上涨，晒在外头的被子忘记收回来，还是铃木失去了当老师的自信，她都只是笑笑说："没关系，都不是什么大不了的事。"可是，偶尔她却会自言自语道："总有一天大家会将我遗忘吧。无论什么地方，都再也找不到我存在过的证据。"虽然神情轻松，还故意装出感叹的口气，可是铃木知道，那是真正存在于她内心里的不安。

或许原因是我们没有孩子吧，事到如今铃木才这样觉得。"如果有孩子，那个孩子就会记住我们。而孩子的孩子也会记住关于自己父母的事，这样或许就永远都不会被遗忘了。"铃木记得，这样的话亡妻说过好几次。

"别担心。我不会那么简单就把你给忘了的。"铃木这样告诉她的时候，她的回答却让人摸不着头脑："可是，滚石乐队的吉他手布莱恩·琼斯，现在不是已经被遗忘了吗？"

"大家肯定还记得布莱恩·琼斯。"铃木立刻说。

"瞎说。你又没有证据。"

"他的唱片啊 CD 啊什么的总还留下来了吧。"铃木还想说，戈达尔的什么电影里他还出现过呢，只不过那部电影里的布莱恩·琼斯看上去十分寂寞。

"是吗？"她发出夸张而怀疑的声音，"布莱恩·琼斯曾经是滚石乐队的一员，这种事肯定没有人还记得了。一点点证据都没有。"

"我看不记得的只有你自己吧。"

不知道到底有几分是认真的，她十分害怕自己被遗忘。

"那这样好了。"铃木这样说的时候，正好是她出事两个月前。一番冥思苦想之后，他终于想到这么一个可以让她安心的方法，虽然这方法既平庸又简单，可他还是觉得有一定的说服力。他伸出左手的无名指。"就是这个戒指。"他告诉她，"每当我看到这个戒指的时候，就会想你一次，从今天开始永远不变。这样就很难忘记你了。”

“很难忘记？什么叫很难啊？你直接说绝对不会忘记不就好了。”她打趣道。

“这世上啊，应该没有什么事情可以说得上绝对吧。”

“那是你不够努力。”她指着铃木说，“为了不要忘记我，你要更加努力。”

“我已经够努力了。”

“瞎说。一直都是我更努力，不管是打扫卫生还是做饭洗衣，都是我在干，公司加班什么的肯定也是我的时间更长。”

“我们在讨论的努力，跟你现在说的努力好像不是一回事吧。”

“其他还有呢！”她开始掰着手指数了起来，“给棒球队加油的时候也是我更努力，做爱的时候也是我更努力，找好吃的点心店时也是我更努力。”她说个不停。这哪里是在炫耀自己的努力，简直就是来自“努力”的无间断地毯式袭击。

铃木被她的气势压倒，只得赶紧说：“这么活蹦乱跳的你，我怎么可能忘得了。”可现在回想起来，那些或许都是她为了掩饰自己内心的害羞吧。

这个戒指如果丢了，那麻烦可就大了。铃木将脸贴近地面。应该是踢球的时候脱落了吧，他一边回想着自己跑动过的轨迹，一边匍匐在地上仔细寻找。

很幸运，戒指只是掉在了大约一米开外的地方。捡起来，拂去灰尘，戴在无名指上，铃木觉得，亡妻此时正斜眼瞪着自己，好像在说：你心里真的还有我吗？当然有了。正因为有你，现在事情才变得这样复杂。

健太郎踢着球走了过来，两人在长椅上坐下。“技术真好啊，大哥哥。”健太郎喘着粗气，抬头看铃木。

“你技术也很好。在学校也踢吗？”

健太郎却只是看着自己的脚尖，噘着小嘴，一副垂头丧气的样子。

“你在学校不踢球？”铃木又问了一遍。

“嗯，”他点了点头，“差不多吧。”

“明明踢得这么好。”

“就是！”

这并不是客套或者鼓励。能踢成这样，在学校的课外活动中肯定可以大显身手。真可惜——铃木正准备这样说时，忽然反应了过来。会不会跟他的爸爸是推手有关系呢？推手不可以太过引人注目，这一点是肯定的。那么是否也就意味着，他们不会在一个地方定居太久？“你是不是经常搬家？”铃木旁敲侧击地问道。

健太郎看着铃木的眼睛，小嘴张了一下，却没有说话，又紧紧地抿了起来。或许是家人告诫过他不要随意谈论吧，铃木推测着。“对了，大哥哥，你踢球真的踢得很好。”健太郎开心地说。

“我不光是个老好人吧？”

“嗯。”健太郎就像是刚得到了一只小狗，或是将一只野猫认作了宠物，双眼闪烁着光芒，“喂喂。你踢得这么好，一定知道那个吧？PK 到底是什么单词的简写？英语我不太懂。[①]”

---

①此处的 PK 为足球判罚术语 Penalty Kick 的简写，即罚点球。

“啊。”听到这个问题，铃木不经意地发出了感叹。他又想起了亡妻。“你知道 PK 是什么单词的简写吗？”某一天她忽然这样问自己，“搞不好有一天我们的孩子会问哦。”这样的担心只能让人觉得她实在是想得太多。

“那不是英语单词，而是单词的首字母，”铃木对健太郎说，“维尼小熊的首字母的简写[①]。”当初他也对亡妻说过同样的谎话。虽说是个幼稚的谎言，可他觉得这样反而更适合对小孩子说。“净胡扯。”亡妻那时候对这个答案很不满。铃木给出的理由是如果向小孩子解释罚球规则，实在令人沮丧。她听完才勉强表示认同。

“啊——”这样的回答令健太郎感到意外，随即又噘嘴说道，“大傻瓜——”他说的时候声调平平，听上去像是在说外语一样。

“因为世界上第一个罚点球的就是维尼熊嘛。当时的守门员就是那只老虎，名字我想不起来了，就是那个又蹦又跳的家伙。”

“跳跳虎？”

“对，就是它。”

“大傻瓜——”健太郎又说了一遍。

这就好像是……铃木忍不住想道，这感觉就好像是……在带自己的孩子玩一样啊。他真想对亡妻笑一笑。我们如果有孩子，一定也是现在这个样子吧。“大傻瓜——”铃木学起健太郎说话的样子，喊了一句。

①维尼小熊英文为 Winnie the Pooh，日语只取 Pooh，日语中熊写作 Kuma，故维尼小熊日文简写为 PK。

鲸

巨塔酒店对面，隔离带对面马路的人行道边，鲸走下出租车。顺着台阶走上人行天桥，穿过天桥，就是酒店二楼的入口。

这座酒店一共四十层高，如果不大幅度地仰起头，很难看清全貌。砖红色的外墙看上去有种老旧的感觉，可仔细看就会发现，这是故意做旧的装饰。明明迟早有一天自己会变旧的东西，却要人为地提前将其展示出来，鲸完全不明白这种做法的意义在哪里。老成的少年，匆匆度日的青年，这些在鲸看来都令人觉得愚蠢。说到底，人都想早死吧？就是这么回事。

走过自动门，顺着手扶电梯下楼。大厅用的是中庭吊顶的设计，鲸注视着天花板上垂下的华丽灯饰，不觉间就到了一楼宽敞的大厅。脚下地毯的触感颇具弹性，似乎是为了向人们证明它的高级。

自动门的位置、台阶的位置、电梯的位置，还有客人的数量和行动，鲸掌握了四周的情况之后，在大厅沙发上坐了下来。看看手表，现在是下午一点十五分，梶还没有出现。他跷起二郎腿，从皮外套口袋里掏出小说读了起来。俄罗斯青年那曲折纠缠的世界立刻开始无限地扩展。虽然只是用眼睛看文字，但是他可以感觉到，那个由文字所构筑的世界正将自己覆盖包围。

“你果然来了。”大约十分钟过后，有人跟他说话。鲸从书本中抬起头，看到一个小个子男人站在对面。一头白发，眉间已有皱纹，蓄着小胡子，看上去就像刚用胶水粘上的一样。跟电视上一模一样啊，鲸想。这人浑身上下散发出一种廉价的威严，完全感觉不到任何深度，只是个浅薄的男人。鲸合上小说塞回外套口袋，站起身来。梶下意识地后退了一步。他眼神游离，试图掩饰恐慌的样子一目了然。要么是被鲸那鲸鱼般的体魄所震慑，要么就是有什么不得不令他恐慌的隐情。

“是后者。”

“什么？”鲸这句没头没脑的话令梶露出了讶异的表情。

“没什么。”鲸说道，“昨天刚做完一件，今天又要找我做事吗？”

“先去客房吧。在这种人多眼杂的地方，如果被谁看到我跟你说话就麻烦了。这样我无法跟你解释。”

“你可以不用解释。”

“政治家，就是一个被要求解释的职业。”

你有过哪怕一次令人信服的解释吗？鲸几乎就要说出这句话。那些根本不是解释，只是蒙骗。“你只要将秘书的名字、照片和住址告诉我就可以了，本来就没有必要见面。”

“这次很复杂。你不明白。”梶朝电梯的方向走去。

鲸跟在后面。“这只是为了让你上钩哦。”脑海里响起了那个亡灵的声音，“对方根本没把你放在眼里哦。”

我知道。那又怎么样?

二十四楼的二四〇九号房间，梶先走了进去。这个房间十分宽敞，衣柜很大，位于房间中央的双人床也很气派。梳妆镜前面放着一张长长的桌子，上面摆满了化妆品。房间给人洁净的感觉，如果有哪个政客带着女人来这里打算享乐，甚至可能会想“对于肮脏的我来说，这里有点太干净了”，于是不得不离开。

窗边摆放着圆桌和沙发，鲸坐到沙发上。梶完全没有要坐下的意思，站在屋里打量着四周。

“怎么了？”鲸问道。

“没事。”对方回答，接下来却什么也不说了，突然间又转过身，朝门口走去。你到底打算干什么？鲸也站起来跟着走了过去。梶打开了走廊一侧的房门。鲸站在他身后朝里面看。里面是梳洗台和卫生间，旁边是玻璃隔间的浴室。可能是因为开着换气扇，可以听到风扇叶片旋转时的声响。似乎是被梳洗台的镜子里自己的身影吓了一跳，梶又关上了门。

“磨磨蹭蹭的做什么？”鲸站在梶背后质问道。梶露出了十分难办的表情。就算有人告诉他，国民们现在已经走投无路了，恐怕他都不会如此困惑。

武器，或者人，肯定是其中之一。鲸猜测着。他将自己带到这个房间的理由，肯定是其中之一。要么是事先在房间里准备好了枪、刀或安眠药之类的药剂，打算以此跟自己对抗，要么就是安排好了合适的人先藏在这里，一定是这样。“还是谈谈工作的事吧。”鲸装作毫不知情的样子，走回窗边。照射在窗户上的阳光给人一种久违的感觉。“把你希望自杀的秘书的情报给我，这样我就可以立刻行动了。”

“也算不上是什么情报。”梶说着打开了公文包，那是一个闪烁着光泽、一看就很高级的黑色皮包。他抽出一张纸，递给了鲸。是简历，上面贴了照片，字迹看上去有些女性化。

“这纸真够旧的。”照片上的胶水都开始脱落了。

“在我的秘书当中也算是个老部下了。”

“老部下还杀？”

“不是杀，是他自己死。不是吗？”梶说得理直气壮，却带着一丝不自然的神态。鲸目不转睛地看着站在那里不动的梶，注视着他。人的思想可以透过眼球显现。

忽然间，鲸想起了自己十几岁打工时那个店里的老板。那是一个野蛮的中年男人，动不动就踢人，恶俗地装腔作势。他一直都看鲸不顺眼，从来没把鲸放在眼里。他眼中浮现出的对鲸的蔑视，此刻在梶的眼中也可以看到。眼前的这个政客，说到底跟那个老板是一路货色，只不过是只一无是处的害虫。

“借用下厕所。”鲸说完，朝走廊那边走去，“可能要花些时间，你先坐下。”他对梶说。或许是不大习惯被别人命令，梶愣了一下。

鲸打开门走进卫生间，面前是一个涂成了淡粉色的马桶，上方有一个架子，摆放着浴巾。鲸伸手拿下了浴巾旁边的浴袍，抽出上面的腰带。两手抓起腰带两端，拉了几下。很牢固，足够用来做成一个圈，套在脖子上勒住颈动脉自杀了。

站在镜子面前，鲸看着自己的样子。一头短发里已经开始夹杂白发，额头宽阔，可以看见横着一道淡淡的皱纹，细眼睛，大鼻子，没有什么特别的表情。鲸看着眼前的这个男人，完全像是在看一个素不相识的陌生人。

需不需要遗书？鲸问自己。有没有必要让梶写遗书呢？不需要。大选在即，政要议员自杀虽是大新闻，但也不是什么值得怀疑的事。对一个老奸巨猾、疑神疑鬼的议员来说，自杀的理由肯定是要多少有多少。

鲸拿着那条腰带，重新回到房间。他看到梶正慌忙挂掉刚刚还放在耳边的手机。

"在打电话？"

"打不通。"梶说得略显可怜。

"你雇了谁？"鲸靠近他，质问道。

"你说什么呢？"

"你为了做掉我委托了其他人，是吧？你事先跟那个人约好了，会带我来这里，但那个人现在却没有出现。"

"你说什么呢？"

"我很同情你。"

"你说什么呢？"

"你找我做事，可事情做完后你又觉得我不可信，想委托其他人把我也杀掉，是不是？可是，即使你的计划成功了，接下来你又会无法相信那个人，会继续烦恼，不是吗？你会永远、永远地将这个委托继续下去。确实，这个国家怎么说也有一亿多人，你的这种做法也不是完全不可行。可这的确不是什么明智的做法。"

"你是想说我很蠢吗？"只在这个时候，梶才显露出一丝不快。

好像你不蠢似的。"你对不安十分敏感。"

“你说什么呢？”

“有一个简单的解决方法。”鲸说着，又逼近了一步。

梶挺起腰，太阳穴在抽搐跳动，他试图看着鲸。此时他的瞳孔已开始扩张，眼神也发生了变化。他被鲸的话操纵了，呼吸的频率逐渐跟鲸的呼吸吻合。“什么简单的解决方法？”他发出求救般的声音。

“只要死就好了。”

“少说蠢话……”

“好像你不蠢似的。”这次鲸终于说了出来。

“死又能怎么样？”

“死了，所有的不安就都会消失了。”鲸语气中没有任何劝诱的意思，他只是平淡地说着。

一开始，梶的身体很僵硬，跟在催眠师面前全力抵抗、不相信自己会被催眠的道理一样。可是渐渐地，他的肩膀松弛下来，像是得到了解脱，露出一副释然的表情。

太简单了。每个人都向往着死亡，就像现在这样。是时候了。眼前的梶跌跌撞撞地靠近沙发，紧张和恐惧或许已令他浑身无力。

“我先把窗帘拉上。”鲸开始按照以往做事时的顺序，去做自己该做的事，直到完成。

蝉

蝉来到东京站，只身穿过洪水般汹涌的人潮，朝八重洲口方向走去——并不是要坐地铁，而是为了横穿过去。眼前走过几个抱着一大堆行李的年轻人，挡在他面前。这些家伙为什么非得从我面前走？他不禁一肚子无名火，几乎要将手伸进口袋掏出刀子。他看了一眼车站内的钟，现在是下午一点二十分，自己已经迟到了二十分钟。

他甚至想，要不干脆就别管这次会面，让那个政客发火去吧。惹毛那个“梶先生”，让岩西去着急。等岩西脸色大变，责怪自己“你看看你都给我干了什么”的时候再顶撞他，“有本事你就解雇我啊”。这样或许也挺有意思。

可是最后，虽然已经迟到，蝉还是决定去做这次的工作。职业道德，这种东西只是冠冕堂皇的说法，其实他是无法下定决心放下任务不管。

这次的工作也没有那么麻烦。那个委托人梶，事先会在大厅跟目标碰头。他原本要求当场干掉目标，岩西拒绝了。这是理所当然的，大厅实在太过招摇。“可不可以把对方带到房间里或者其他什么地方？”岩西似乎这样跟他交涉。

“那，我直接去房间就可以吗？”蝉这样问岩西时，对方开玩笑似的答道：“电影里面不是经常出现嘛。杀手扮作服务员进入客房，打开餐车上的盖子，里面放的却是一把手枪。”

“那种事根本就不现实。一旦进了房间，只能立刻袭击对方。必须要快攻啊，快攻。”

“你想怎么干就怎么干。”

“那我要怎样才能进那个房间？”

“可以的话，我想你最好先进房间，埋伏在里面。”

“埋伏？”

“梶先生希望尽量避免他和目标两个人在房间独处。他希望一进房间立刻就把事情解决。”

“避免两个人独处，这种台词，只有可爱的小女生才可以说吧。”

“如今这世道，哪还有什么可爱的小女生。你见过吗？”

“我是没见过。但很多东西就算没见过，也是可以有的嘛。”

“你举个例子听听。”

“比如说旅鸽。”

“那东西早就绝种了，已经没了。总之，害怕两人独处，这种台词从一个政客嘴里说出来也无可厚非。”

“知道了知道了。”蝉掏着耳朵答道，“反正那些政客不管说什么都不会被问罪。”

“那家酒店每个房间都会为客人准备两把钥匙，是那种门卡式的。你先去前台取一张进房间，然后藏好。”

“我说过不喜欢躲躲藏藏。”

“蝉不是要在地下躲藏七年多嘛。”

“那不是躲藏，是蓄势待发。”

“随你怎么说。反正，你给我把随后进房间的人干掉。别搞错了啊，要你杀的是一个大个子男人，矮个子留胡子的是梶先生。你可别杀错了人。”岩西随后把房间号码告诉了蝉。

“那个大个子男人是干什么的？”

“这跟你的工作有什么关系？你该不会想说因为人家体格好所以杀不了吧？”

“才不是呢。”蝉加强了语气，“大个子在我这里都是见面就倒。不过，你就不能多少告诉我点情报？”

“我也不知道啊，那种事情反正无所谓。不过你给我听好了，要通过这次任务得到梶先生的信任，这非常重要。好好干！”

“我知道。想获得信任，就别犯错，是吧？”蝉故意以一种引用了某人的话的语气说道，其实这只是他临时想到的。

果然，岩西嘟嘟囔囔地想了一下之后，以一种略带试探的口气问道：“这个，是杰克·克里斯宾说过的话？”岩西因为这句连自己都不知道的话而感到不安。

“是啊。”蝉骗他。

“是、是嘛。”

杰克·克里斯宾的话对这家伙的影响还真是不小啊，蝉在心里感慨。这个音乐家竟然没有在歌里唱过“多给年轻人点钱”这种话，简直令人深恶痛绝。

从京叶线站台的方向走过来一大群人，几乎都是大人带着孩子。每个人手上都抱着很多购物袋，上面都印着那只戴白手套的老鼠。虽然造成了通行不便，可是蝉却对这些拖家带口的人采取了宽容的态度。那只老鼠，我倒是不讨厌。蝉这样想。

到达巨塔酒店门口时，是下午一点三十分。踩着富有弹性的地毯，蝉走向前台。三个服务生站成一排，像是在瞪自己，让蝉感到一阵不快。

梶现在应该正在酒店房间里着急吧，心想着怎么还不来，怎么还不来。这真是让人愉快。现在他应该正和他想杀掉的那个人共处一室，说着一些没头没脑的话，冷汗直流。他可能有些生气，但只要这边能够做得漂亮，他应该也不会有什么怨言。蝉是这么想的。如果顺利，他或许还会笑着对自己说："虽然有些令人担心，不过还算很好嘛。"搞不好还会跟自己握手，说，"搞政治的人需要一些刺激。"有时候稍微迟到一会儿，反而会让人心存感激。

蝉跟前台最左边的那个男人要二四〇九号房间的门卡，对方立刻就给了，眼神中满是轻视和侮辱，好像在说"你这毛头小子要这有什么用"。蝉立刻板起了脸。

手里拿着银行汇票一样的门卡，蝉走向电梯。电梯门正好打开了，他走了进去，立刻按下"关"的按钮。似乎想让门关得快些，他的手指敲在按键上，重复了好几次，急促而执着。

电梯很快就停了下来，让人有些怀疑是否真的这么快就能升到二十四层的高度。蝉走出电梯，看了一下位于正面的房间位置示意图，然后向右迈出脚步。他站在二四〇九号房间门前，左右看了看，没发现人影。既没有客人，也没有服务生。如果是在库布里克的电影里，现在应该会出现血潮了吧[①]，他想。蝉将右手伸进外套口袋，摸了摸里面的刀子。事到如今他才想起来，忘记带替换的衣服了。焦躁和羞耻一点点地渗进皮肤。我到底在搞些什么啊！因刀刺而喷出的血溅到自己身上，这种事情经常发生。为此，平时他都会穿着一次性的衣服去做事，这次明显大意了。原因他也不知道。并不是自己粗心，也没有态度不端正，可是，却没有带更换的衣服。

算了，蝉打起精神。花点心思防止对方流血就可以，如果发生意外，那就把外套处理掉。他看了一下手表，已经比约定时间晚了，这是肯定的。他将左手拿着的门卡插进门把手下面的那条细缝，又马上拔了出来。旁边的小灯亮了一下，响起开锁的声音。他预想着接下来自己的动作：走进房间，确认目标的身形，找到那个大个子，接近他，下手。就这么简单。

右手拿好刀，左手转动把手打开房门，身体撞上门，冲进房间。室内可以看见人影。头的位置看上去很高，蝉立刻断定，是这家伙，大个子。蝉脚一蹬，冲向房间中央，刀刃摆到身前，身体旋转，挥舞出去。

蝉停下了脚步。

因为他发现，他所攻击的目标并不是大个子男人。

之所以看上去像大个子，是因为身体吊在半空中。天花板的换气扇口上拴着一条毛巾似的东西，脖子挂在上面吊了下来。

嗯？为迅速停下，蝉用脚抵住地面，拿着刀的手也垂了下来。

---

①酒店走廊中的血潮是美国导演库布里克电影《闪灵》中的著名场景。

这是什么？

一个蓄着胡子的男人口吐白沫地挂在半空中。如果描述得详细一点，男人的身体还像灯塔的光似的正在旋转。再详细一点，男人脚下还有一摊液体，应该是小便失禁。脏死了。这不都渗进地毯里了嘛。汗液的味道混杂着垃圾般的恶臭，一股脑地钻进鼻孔。

蝉茫然呆立了一会儿，垂下肩头。是不是因为自己迟到，梶这家伙太失落，所以上吊自杀了？他想。要是这样，那自己可就犯下大错了。

铃木

健太郎一进家门，便将足球扔到院子里。“东西用完之后，要放回原处。”铃木立刻教育他。铃木自己以前也经常因为这样被亡妻说教。健太郎气鼓鼓地嘟起嘴，不情愿地把球放回架子上。“我怎么知道原处在哪儿。”健太郎嘴里嘀嘀咕咕地狡辩着进了家门。“球放在哪里还不都是球”——听到他的话，铃木想起自己也曾经这样跟亡妻顶过嘴。

刚一进房门，一股独特的芝士香味就直往鼻子里钻。铃木感到一种幸福。芝士和奶油有着独特的气味，跟那些人造的东西不一样，夹杂着某种既丰富又不确定的感觉。它们时刻提醒自己，自然界的东西是会腐坏的。这就像汗水和口水一样，夸张一点说，它们都让人感受到生命力。

“意大利面！”健太郎喊着，赶忙脱掉鞋子，“妈妈做的意大利面可好吃啦！大哥哥也一起来吃。”那口气就像一个正在发号施令的国王。

我小的时候可没听说过意大利面什么的，铃木听着，脑子里想的却是一些无关紧要的东西。

刚才在河岸边踢球，球场的排水虽然很好，鞋子上还是沾了一些泥土。为了弄掉这些泥土，铃木又来到屋外。泥土沙沙地落下，露出本已变脏的鞋底。接着，就像是早已算好了时间，铃木口袋里的手机响了。急切、焦躁和恐慌在瞬间袭来。是比与子打来的。于是铃木离开房门，一直走到院子的大门口才接起。电话也太频繁了。这超乎寻常的频繁，无疑说明了他们此时的焦急和无奈。铃木一边注意着玄关处开着的房门，一边将手机放到耳边。

“怎么样？”她又这样问道。

“还没怎么样呢。”

“你到底在哪儿？”

“我还不知道。”那个男人到底是不是推手还不清楚，因为至今为止他所做的只是和那个人的儿子踢足球，其他没有任何进展。

“你到底在做什么？”

只踢了踢球而已。“先从外围开始着手吧。”铃木想起了当初还是中学教师的时候，为了从学生那里得到有用的消息，他总是单刀直入地询问，却失败过很多次，所以必须从周边的事情开始，绕个大圈子去寻找答案。要绕圈子，要不紧不慢。

“又不是城市，哪来的外围！我们这边可等不了了。”

“我也很拼命啊。”

“已经死两个人了。”

“嗯？”这种事用顺带一提的口气说出来真的好吗？

“是我们这边的员工，因为磨磨蹭蹭，十分钟前刚被寺原用枪打死了。”

“为什么？”

“员工不好好做事，他生气了呗。”

怎么可能有这样的公司！他想回嘴，可忍住了。正因为这样的公司真的存在，铃木现在才站在这里。妻子被杀，发誓复仇，结果落得个追踪推手的地步。铃木绞尽脑汁地分析着。自己目前的处境，比与子和寺原现在的情况——他将这些东西一一排列在脑海中，立刻开始盘算起来。他们在找铃木。可是，还没有找到。或许正顿足捶胸，咬牙切齿，可是除了手机之外，他们没有任何方式能接触到铃木。“如果我现在逃跑了会怎样？”

“逃跑，为什么？”

“只是随便一说。现在我如果跑掉了，搞不好还能得救呢。反正你们也不知道我在哪里。”

“你家在哪里我们可是知道。”说完，她将铃木家的地址背了一遍。

“我可能不回那里啊。”

“你以为这样就平安无事了？”比与子的声音变得有些强硬。

“没这样以为，可你们不是也找不到我嘛。”

“就算是这样，也不代表你就能平安无事地跑掉。”比与子的声音更大了，“怎么可能让你逃掉？而且，你要是这样说，那么那对男女就只有死路一条。你也不会有好果子吃，到时候可是比死还痛苦。”她威胁道。

比死还痛苦的事情已经发生了。此时的铃木冷静得连自己都感到意外，没有任何情感，像是一把冰冷的勺子。妻子已经死了。

是他，那个轻浮而自私的年轻人杀死的。那才是比死还痛苦。

“你就赶紧问那个男人‘到底是不是推手’，然后回来不就好了？”比与子又变成了一开始那种事不关己的轻率口吻。

“我挂了。”铃木觉得烦，生硬地说道。他和比与子之间的联系现在就只有这部手机。只要切断这条电波，至少现在这一刻可以得到解放。“我人在屋外，现在正准备回他家里。”

槿跷着腿坐在沙发上，正读着杂志，并没有回头看铃木。

“好有意思！”健太郎喊道，“大哥哥技术不错。”他说完，好像想起什么事似的，走进了旁边的房间。

“那很好。”槿的声音听上去好像他早已知晓这世上并不存在任何美好的事物。

铃木有些不知所措地在客厅和餐厅之间徘徊。是该坐回沙发上，还是去找健太郎，告诉他一定要推荐自己做家庭教师？他很苦恼。

回过神才发现，孝次郎已经站在了腿边，铃木吓了一跳，虽然没有真的跳起来，可确实吓到了。孝次郎抬起头，柔细的头发晃动着，小声地嘀咕道：“你坐啊。”

“啊，好。”铃木借机坐到了槿对面的沙发上。“感冒怎么样了？”他问道。

“感冒？”孝次郎先是愣了一下神，随后满脸严肃地点头道，“没事的。我会努力。”

这可不像小孩子的口气，铃木不自觉地笑了。同时，他又想起了亡妻那句“你不够努力”。因刚才跟比与子对话而感到紧张的头脑，如同松了绑一般，一下子松弛了下来。“是嘛，你在努力啊。”

“那个，”孝次郎跟坐下来的铃木差不多高，朝着铃木小声问道，“你能教我们什么？”

“教什么……”说实话，自己什么能教给小孩子的东西都没有。

“爸爸什么都不教我。”孝次郎偷偷看了一眼槿的侧脸，“所以，你教我点什么吧。”他的眼睛里闪烁着求知欲和好奇心。

“我，代替你爸爸？”被孩子这样一说，好像自己成了他爸爸似的，铃木有种不可思议的感觉。这感觉还不错。“你太冲动，想法太极端。”他好像听到了亡妻揶揄自己的声音。无意中看到了时钟，快下午两点了。“有一股很香的味道呢。”

槿还是那种看穿一切的眼神，盯着铃木。“迟来的午饭，好像是意大利面。你也吃点吧？”

复杂的情绪瞬间在铃木的内心深处交织起来。邀请吃午饭，是意味着已经接受自己了吗？还是只是试探？真是苦恼。

“可以吗？”

“量应该是够的。她做饭最大的长处就是量足。”槿没有笑，甚至连视线都没有离开手中的杂志。

“对。这就是我的量产型意大利面。”听到说话声后，铃木转脸看向左侧。不知什么时候，堇已经站在了那里，双手还端着盛满了意大利面的盘子。

铃木毕恭毕敬地将盘子接了过来。可能是闻到了香味，健太郎也出来了，开始摆起餐具。孝次郎则追在健太郎身后来回转着。

“我跟你们一起吃，真的没问题吗？”铃木问道。

堇愉快地点头道：“当然当然。”那情感分明的说话方式既爽朗又轻快。

意大利面都摆好以后，所有人都坐到餐桌旁，动起了叉子。戈贡佐拉奶酪的香气充满了整个房间。“真香！”铃木率直地说道。

“是吧——”健太郎夸张地拖长语调，然后看着坐在旁边的孝次郎说，“你干吗呢？”

孝次郎翻开了昆虫贴纸的册子。异常鲜艳的甲虫和黏糊糊的蝴蝶幼虫直逼眼前，铃木实在想拜托他吃饭的时候可不可以别这样。孝次郎将餐盘推到旁边，拿起笔写起明信片来。他的脸贴得那么近，像是要去舔那明信片。

“在干什么呢？”铃木问道。

孝次郎慢慢地抬起头，满脸认真的表情。“换甲虫。”声音还是那么小，像是昆虫在摩擦翅膀。

“把十张重复的贴纸寄过去，就可以换一张甲虫的。是一种特别恶心的家伙。”堇解释道。

“是长戟大兜虫。”孝次郎一如既往地小声嘀咕着，接着扭头转向了明信片，然后又忽然转头对着铃木问道：“这个怎么念？”他将册子的背面递给铃木看。好像是寄信的地址。“黑冢企划，奖品配送中心”，名字怎么看怎么可疑。“东京都文京区辻冈。”铃木念起地址来。

“东、京、都……”一边认真念字一边奋笔疾书的孝次郎看上去很可爱，“文、京、区……”他继续念道。字不是很工整，却能从中看到他那执着的心情，铃木想。

“怎么样，铃木先生，我家的孩子你看能照顾吗？”堇擦着沾在嘴边的酱汁笑道，“现在决定，还附赠恶心的虫子哟。”她开玩笑道。

“哈哈。”铃木毫无底气地应和着，似乎既没自信也没气势。

槿叹了一口气，不知道是不是因为听到了铃木的回答。或许是在感叹：真没用。

“喂喂，孝次郎，你知道PK是什么吗？”健太郎对孝次郎说道。他将手盖在明信片上，不让孝次郎继续往下写。

“是什么？”孝次郎一脸严肃地看着哥哥。

“是小熊维尼。小熊维尼的首字母简写就是PK。是大哥哥告诉我的，很无聊吧——”

孝次郎好像没明白意思，只是一副不可思议的样子盯着哥哥。而堇则礼貌般地笑了笑。

“当然，我还可以教很多其他的东西。”铃木带着一丝表明态度的意味说道。

“那，那，大哥哥，你吃过那个吗？”健太郎忽然转变了话题。为什么突然从“那”就转到了食物的话题？真搞不懂。“电视和漫画上不是经常出现嘛。老鼠爱吃的，有很多洞的那种三角形奶酪。”他认真地比画着奶酪的形状，“那东西看上去好像很好吃呢，你吃过吗？”

“啊？”这个出乎意料的问题让铃木摸不着头脑。

“我问爸爸的时候爸爸都不理我。那种奶酪，到底哪里才有啊？”

应该是看过动画片和漫画之后十分好奇吧。铃木决定说谎应付。“那种奶酪真的很好吃啊。”

健太郎和孝次郎互相看了一眼，一副果然如此的表情。“果然，那种奶酪一定很好吃。”

接下来都是一些“鼹鼠是戴着墨镜的吗”或者“猛犸象的肉真的可以生吃吗”之类的问题，也不知道他们有没有认真在问。铃木无法像父亲一般解答孩子们的这些问题，只能做到在不敷衍的情况下尽量回答。他答得很认真，甚至自己都觉得这样应对算得上诚恳了。

“还有那个东西好像也很美味。”孝次郎将右手放在嘴边，小声对铃木说。

“什么？”铃木问道。为了听到他细小的声音，所有人都安静了下来。

“在雪山里迷路的时候，来救援的狗狗。”孝次郎说。

“圣伯纳犬？”铃木想象着遇难救援犬的样子，回答道。

“嗯，就是那种大大的狗狗。”

“那个可不能吃哦。”

“嗯——”孝次郎摇着头，“不是，是那个，挂在脖子上的，木桶里面的……”

“威士忌？”铃木抢在他前面说道。

“对对。”

看着孝次郎那严肃的样子，铃木和堇都笑出了声。槿虽然沉默着，眼睛却眯成了一条线。健太郎也嚷着说：“嗯，那个，我也想喝喝看。”

铃木也曾经对那些圣伯纳救援犬脖子上挂着的桶十分好奇。那一定是十分美味的威士忌吧。

“要不我们也遇难一下吧。”孝次郎小声嘀咕着，铃木和其他人听到都大声笑了起来。

一阵大笑过后，铃木正准备喘口气，一阵眩晕袭来。因为这一切都太不真实了。如此融洽的餐桌对话，让他不得不困惑起来。生活在这样一个祥和的家庭里，实在无法想象槿做的竟是推手这样一种阴暗而违法的事。并且，铃木也无法相信，自己跟踪推手，打算调查这个家庭，这样的事真的在现实当中发生了。要画出怎样的一条线，才可以将眼前这个家庭跟寺原那帮人连接起来呢？我到底是卷进了怎样的风波之中啊，他感到了不安。

铃木转动着手里的叉子，卷起了意大利面。随着叉子的转动，蘑菇，酱汁，都跟着旋转起来。铃木默默地看着，感觉自己也被吸入了这旋涡里，虽然还睁着眼，却像是突然间来到了梦境之中。脑海中闪现出各种场景，一个接着一个，如上演节目般出现在眼前。

最先出现的是大量的汽车。外表气派的纯黑色汽车一辆接着一辆地驶进住宅区，停在这座房屋前面。十几个身着西装的人下了车，冲进庭院。有体格健硕的，也有戴着眼镜、看上去很有学问的。这些人应该是寺原的部下，千金的员工。他们踏着庭院里的石板路，冲进房屋。人群正中间的正是比与子，她指挥着这些男人。铃木接着看到了客厅的桌子。桌子下面是蜷缩成一团的健太郎。孝次郎坐在旁边，左右张望着小声地问哥哥“怎么了”。两个人都很害怕，却都不知道事态已经发展到了怎样一种令人绝望的地步。堇在厨房里，脸色苍白，一动不动。灶台前面，素未谋面的两个男人正拿枪指着她。一开始她像是想笑，可当发现一切既不是玩笑也不是恶作剧之后，嘴唇开始抖动起来。

场景还在继续。这次是昏暗的仓库。两个孩子被绑住手脚，倒在地上。堇发出惨叫，拉扯着自己的头发。看得出她刚经历了威胁和审问的痛苦。

“你没事吧？”槿的声音让铃木回过神来。

叉子卷着面条，送到下巴附近之后，他就停止了动作。

“你刚才好像电池没电了一样，大哥哥。”健太郎说道，说话时嘴里还喷出了酱汁。

“刚才在考虑一些事情。”他无法说我在想着你们受苦的样子。一不小心就想到了一些恐怖的事情，简直就像是在预言未来一样。铃木的心脏在快速地跳动。

“考虑什么事情？”健太郎大声说道，完全不顾嘴里正在咀嚼的面条都被看得一清二楚。

“什么？”孝次郎也小声地说。明信片已经写得差不多了。

虽然没有说话，堇也用好奇的目光看着铃木。好奇心旺盛的女大学生，她的气质果然还是如此。

意大利面吃完了。看着残留在盘子里的酱汁，铃木觉得很可惜，可又不能舔干净，只得作罢，放下叉子。“那个……”铃木说着，看向了槿。要试探就要趁现在了，他想。那就只有拼啦。就像你说的那样。

“槿先生是做什么工作的？”铃木放弃了绕圈子，选择端着枪从正面刺向对手胸膛。就在刚才，就在看见那些想象中的画面之后，他慌了。他禁不住想，如果再磨蹭下去，那些不祥而恐怖的画面或许真的会变成现实。铃木的眼睛一眨都不眨地盯着槿。他期待着槿的回答。即便不回答，多少也会露出狼狈的神色吧。

“工程师。”回答的是坐在铃木旁边的堇，“是叫系统工程师吗？我其实也不大清楚，反正就是那样一种工作。”

"这样啊。"

"他从来不把工作内容告诉我。"堇耸耸肩。

槿的表情没有任何变化，既没僵硬，也没舒缓。

"那是……是那种吗，电脑程序之类的？"

"嗯，就是那种。"槿含糊地回答，好像在发出挑战：怎么样，可疑吧？

铃木不作声，在心里寻找着说辞。如果此时能想到几个问题，几个一下子就能检验出他是否真的是系统工程师的问题就好了，可惜没有成功。吸气，屏住呼吸，想了一阵之后，叹气。我最想知道的东西到底是什么？铃木困惑了。是想确定他就是推手吗？还是想要找到他不是推手的证据呢？是想把他们的情报供给千金吗？还是想保护他们？或者说，我只是想离开这里？

"你知道蝗虫吗？"槿突然开口。

"嗯？"铃木被这突如其来的问题弄得不知所措，他狼狈地思考着，"蝗虫……是说昆虫的那个蝗虫？"

健太郎兴趣满满地凑过身，而一旁的孝次郎不知是对"昆虫"起了反应还是被"蝗虫"激起了兴趣，连忙翻起了自己的画册。

"这个人啊，时常说些不可思议的话。"堇笑了。

"我说的是飞蝗。"

"是绿色的那种吧？"

"啊，嗯……算是吧。"槿安静地说，"不过，也有不是绿色的。"

"不是绿色的？"

"如果是在密集的环境下生长，就会繁殖出群居型的品种。"

"密集……是指人口密度高的那种密集吗？"

“对。这个品种是黑色的，翅膀很长，而且很凶残。”

“黑色的吗？”

此时坐在对面的孝次郎指着摊开的画册，小声说道：“这个。”小手指不停地敲着一张贴纸，上面印着跟泥土颜色差不多的蝗虫。“就是这个。”他将手放在嘴边告诉铃木。

“同样是飞蝗，也有很多种类。从逻辑上解释，就是同类太多的地方食物就会不足，为了能到更远的地方，所以飞行能力进化了。”

“听上去很有道理。”虫子为了存活下去而想出的策略都很精巧，铃木想。这点努力和变化完全可以想象。

“我觉得……”槿顿了一顿，将面前的餐盘推开，撑起手肘，两手交叉一动不动地看着铃木。黑色的眼睛看上去就像是一口井，深不见底，只能听见回声。“我觉得，不光是蝗虫才这样。”

“什么意思？”

“不管什么动物，只要生活在同类密集的地方，都会产生变种。变黑，变得急躁，变得凶残，等意识到时已经变得跟飞蝗一样了。”

“凶残的飞蝗？”

“群居型会大量聚集，集体行动，四处觅食，同伴的尸体也吃。同样是蝗虫，绿色的跟黑色的完全不一样。人类也是这样。”

“人类？”铃木感觉好像是自己突然间被点名了。

“人类如果在拥挤不堪的地方生存，也会变异。”

“这样啊。”

“人类也是密集地生活着。上下班的地铁，还有拥堵的旅游景点，着实震撼。”

铃木还没反应过来，就狠狠地点了头。他想起了当初那个教授的话，不禁说了出来。“人类不像是哺乳动物，倒是更接近昆虫。”

“是啊，一点没错。”

听到被别人这样说的时候感觉还真是好啊，铃木想。在这种时候，如果有人问“那企鹅也是昆虫吗”这样的话，确实会令人不快。

“再绿的蝗虫都可能变黑。而且，长出翅膀、逃往远方这种事，人类可做不到。所以，只能变得凶残。”

“那么，人类全部都是那种群居型蝗虫吗？”

“尤其是都市人。”槿的目光变得锐利，却不像是对铃木的威慑，“想要安稳地生存下去尤其困难。”

铃木想起了在人群中生长、安静纤细、不为所动的树木。同时他发现，强烈的怀疑开始在自己体内滋生扩张。表面上是蝗虫的话题，可不管怎么听都像是在自白：“我就是推手。”槿的表情没有变化。可是，铃木却可以在他眼睛深处看到那似乎是在试探自己的光芒。不，如果非要看，那月亮上都可以看出兔子，可不能光凭这个来断定。“接下来你自己考虑。”好像有人在这样对自己说。

铃木强忍着想要咽口水的冲动。他感到危险，似乎只要自己的喉咙发出哪怕一丁点声音，槿瞬间就会露出推手的本性，冲向自己。“你觉得，人类如果减少了，就能变得平和吗？”铃木发觉，自己提问时的声音是如此紧张。

“应该会吧。”槿立刻回答。

“你一定是为了让变成了黑色飞蝗的人类再变回来，为了减少人类的数量，所以才把人推到车前的吧？”铃木想立刻趁势问出这句话，却还是忍住了。

这个男人到底是什么人？面对着槿，铃木不停地思考着。通过“推”的方法去杀人，这种事是否能够成为一种职业本身就值得怀疑。可是眼前这个男人身上混杂着一种奇妙、静谧而又奇特的魄力，这是毋庸置疑的。他到底是什么人呢？假设他真的就是推了寺原的人，那我又该如何是好？铃木无法再继续质问自己了。在毫无对策的情况下投入敌人的怀抱，自己早已失去了攻击的手段。他呻吟着，除此之外别无选择。

过了一会儿，当铃木无意间转头时，才发现孝次郎正拿着他的手机在看。手机是他随手放在桌子上的。孝次郎正用双手按着按键。铃木慌忙抓住手机抢了回来。如果在孝次郎乱按的时候一不小心打通了比与子的电话，一切就都完了。可能是铃木的动作稍微有些粗暴，孝次郎露出了惊愕的表情。

“这个很容易坏，不能乱摸。”铃木只得做出模糊又毫无说服力的解释。

“说谎。”健太郎敏锐地说道，“绝对是说谎。这个口气，一定是怕被别人碰。”他对着弟弟的耳朵小声说道。

孝次郎木然地点了点头，接着便一副无所谓的样子重新转身看着他的明信片。“东京都，文京区。”他念道。

好像真的在照顾自己的孩子一样，铃木看着两个孩子心想。那不也挺好嘛。他似乎听见了一声怡然自得的回应。

鲸

鲸回到公园，穿过草坪，看到喷泉正气势磅礴地喷着水。水滴画出优雅的曲线落回池里。水面上榉树的倒影因水滴的冲击而摇晃起来。早已落了叶的树枝倒映在池水中，像是复杂而且正在蔓延着的血管，而这血管的颤动看上去是那么奇妙。

忽然间，喷水停止了，周围的一切都趋于平静，像是在淡淡地说“刚才的一切，都是假的”。天空中的云已是零零散散，整个公园看上去更明亮了。

鲸前倾着身体朝平时睡觉的地方走去，脑海里回想起一小时前跟梶之间的对话。

“凭什么我必须要自杀呢？”一开始梶表现出愤慨和困惑，但随着跟鲸之间对话的进行，他逐渐接受了。梶有三个女儿。万一情况有变，鲸本来打算以这三个女儿作为要挟，或者直接掏出手枪告诉他“如果你不想死，那我就让你去死”。结果是没有那个必要了。

他质问梶是否欺骗了自己，对方立刻承认了。“其实，为了除掉你，我雇了其他人。”他坦白道。“除掉”——用词如此老套，鲸的表情有些不快。“鲸”可不应该被除掉，而应该被保护才对，鲸暗暗想道。

“本来他应该已经在这个房间里了的。”梶痛苦地说道。

“我表示同情。”鲸只简单地回答。

之后，梶便忽然失去了生气，变得软弱无力。

鲸想，恐怕这个男人已经不自觉地意识到，自己已成为政界没用的老东西，一块老朽的绊脚石了。或许他早已在寻找退出政界的机会。自己的死，将会成为投向政界这片汪洋的一颗石子。鲸甚至能感觉到一丝浪漫主义的气息。

“就以我的死，来给你们注入一丝活力吧。”梶情绪亢奋地自言自语着，拿起钢笔在信纸上写了起来，“我都能想象，看到这封信之后，媒体那惊呼感叹的模样。”他说得唾沫横飞，或许他早就梦想着某一天能有这样一个机会。写完这封信并没有花多长时间。

“为什么你会选择从政呢？”最后当梶站上椅子时，鲸问道。

梶已神志不清，恍惚地俯视着鲸。“那是因为……”他说，“谁不想成为一名政治家呢？”这样的回答完全在意料之中,鲸微微点头。

当梶的身体开始痉挛的时候，鲸拿起了桌子上的信。“给那些未死之人”——写在信封上的这行字看上去是如此做作，鲸不知该说什么好。出房间，进电梯。离开酒店之后，在去往东京站的途中，鲸来到一家百货商场的门口，将信封撕碎丢进门口的垃圾桶里。

“怎么样了？”察觉到有人在身后跟自己说话，鲸停下脚步。他正身处被帐篷所包围而形成的堪称十字路口的地方。转过身，一个戴着帽子的男人站在那里。那是一顶带有放大镜花纹的鸭舌帽。那人戴着眼镜，身材消瘦，面颊干瘪，看上去像个死期将至的老人，又像个失去希望的青年。是田中。他右手拄着拐杖，身体略微前倾地站立着。或许他的髋关节有毛病，站姿歪歪扭扭。“你是去工作了吧？”他的声音清晰透彻。

鲸有些混乱了。这到底是现实，还是又是幻觉？他感到迷惑。如果是幻觉，自己却并没有头晕。更重要的是，这个田中也不是被自己强迫自杀过的人里的一员。自己的记忆里并没有他。“工作？”

“感觉你的表情就像是刚刚完成一件工作，所以才这么说。早上所说的未了的心愿已经解决了吗？”

“不，”脑子里又浮现出推手这个字眼，“还没有。”

“那是解决了其他棘手的事情？总之，你看上去有种释然的感觉。”

“应该是梶吧。”

“尾巴？”田中的表情很复杂，像是理解了，又像是没有，“那桩未了的心愿，最好早点去解决，然后，就赶紧隐退吧。如果一直像现在这样……”

“像现在这样？”

“你也会变成一个死人。”

“就跟你一样？”

“嗯？”

“你是活着的吗？”

“连这你也看不出来了吗？”

“你觉得光靠看就看得出来吗？”鲸的语气更强硬了。

“你会被幻觉吞噬。”田中说。

“什么？”

“很快，你的人生就会被幻觉吞噬的。如果再这样下去，你将会分不清到底哪边才是现实。”

已经分不清了——鲸想这么说，但没说出口。

“是有征兆可以证明什么是幻觉的。比如，当你站在大街上，眼前的信号灯总是在闪烁却又不停止，一直走一直走可是脚下的台阶却总也走不完。或者，你在车站里等车，驶过面前的列车却永远都没有尽头。这列车可真长啊——当你有这样的疑惑时，就证明幻觉来了。所有这些，全都是你正身处幻觉之中的证据。信号灯和列车很容易成为幻觉产生的契机，是开始的契机，也是结束的征兆。”

“那么，不管是谁都有可能产生幻觉，对吧？”

“是啊。”田中淡然地回答道，“对了对了，换个话题吧。”田中将握拳的右手放到左手手掌之上。“我最近读的一本书上写了这样一句话：‘未来都写在上帝的菜谱里。’”他略带羞涩地背诵着。

“未来？菜谱？”

“总之，大概就是这个意思啦。将来的事情，其实早已在我们不知情的情况下被决定好了。那本书里，一个稻草人开口说出了刚才那句话。”

“你是带着怎样的表情去读那本稻草人会说话的书的呢？”其实鲸一点都不感兴趣，“那只是小说的世界，跟我们身处的现实世界毫无关系。”

“哪边是小说，哪边是现实，只经历过其中一个世界的人是无法判断的。而且，比起这些，你那桩未了的心愿到底准备怎么办？”

田中继续说道，“未来早已经决定了，只要顺其自然就好。你今天已经完成一件工作了，这可能就是一个契机。由此开始，或许一切都会像缓缓流淌着的河水一样，全部联系起来。”

“河流总有一天要入海啊。”

“这个尾巴的工作结束后,没有得到什么关于接下来的线索吗？”

“线索？”鲸觉得听了一场神神秘秘的演说，很不耐烦，却无法忽视他的话。

“比如说，一个新的开始。”

“啊。”鲸说着，手伸向了外套口袋。里面装的是他在酒店记下的电话号码，是梶在那个房间里最后打过的号码。那是他为了杀掉鲸而找的杀手。鲸也不知道自己为什么要将这种东西记下来，只知道回过神时，笔已经拿在手上了。

“这都是写在菜谱里的。”田中说道，像是已经看透了鲸。

“就算是这样，”鲸瞪了他一眼，“那又能怎么样？”

决斗啊。田中说道。但实际上他有没有发出声音，鲸也不知道。

从头开始清算。鲸觉得这是他自己不经意间说出的话。

蝉

该怎么告诉岩西呢？这让蝉很是伤脑筋。酒店房间里那个脖子上套着绳子，一副典型的上吊姿态，就好像画里画着的一样吊在半空中来回摇摆的，应该就是那个姓梶的男人。“要你杀的是一个大个子男人，矮个子留胡子的是梶先生。你可别杀错了人。”蝉回想着当初岩西的话。上吊的男人不是大个子。这个不会错。那个人的个子的确算是矮的，而且嘴巴四周的东西也怎么看都是胡子。

蝉来到车站，原本打算直接坐地铁回去，可无论如何都提不起精神，于是走进了车站旁边的一家百货商场打发时间。一想到岩西又要打来电话，悠然自得地问自己“事办完了吗”，蝉就心烦意乱，干脆把手机关了。

快速获得自由的唯一办法就是杀掉双亲，蝉想起某部小说里的话。现在不一样了。如果想从这个世界解脱获得自由，只要关上手机就可以。单纯，无聊至极，毫无梦想可言。所谓的自由，也只是这点程度的东西而已。

“这都是你的错！”想都不用想就知道，岩西肯定会大发雷霆，“你如果不迟到，事情怎么会变成这样？迟到不说，事还没做成，你让我怎么有脸去跟委托人报告！”

可是——蝉在想象中跟岩西辩解，那个委托人梶已经自杀了，想报告也没人可报了。“也就是说，没什么问题了。”

“那报酬怎么办？本来已经是到手的钱了。你小子，没觉得自己有责任吗？”

“为什么是我的责任？”

“还不是因为你迟到了！”

对话肯定会变成这样，而且，确实“迟到”这个错是在自己。

在店里喝了咖啡，又在步行街转了一圈，时间不知不觉就过去了。

“哎哟，蝉，你怎么在这里呀？”蝉突然被别人拍了一下肩膀，吓了一跳，赶忙转身。

“是桃啊。这么冷的天你穿成这样算怎么回事！”

站在面前的是一个体态丰腴的女人，身上穿着的也不知道该算是内衣还是连衣裙，薄纱下面的肌肤若隐若现。丰满的乳房呼之欲出，可是看上去并不让人觉得色情下流。

“正找你呢。啊，可不是我，是岩西正在找你。”她像是一个久不运动的人忽然运动完般上气不接下气，呼吸急促，“你怎么在这里闲逛，该不会是打算到我店里来吧？”

“也许吧。”虽不是刻意而为，可自己确实走到了这条步行街上。来东京站附近的时候，他几乎都要上桃的色情杂志店去转转，差不多快成习惯了。这次估计也是打算往那边走吧。

桃的年龄很难看出来。半年前，她曾经说："今年是我的本命年哟。"可是在蝉看来，她看上去既像二十四岁又像三十六岁，甚至要说是四十八岁也可以。嗯，十二岁肯定是不可能。

"岩西在找我？干什么？有事打我电话不就好了。这可是文明的利器啊。难道他不知道吗？现在的电话已经可以带在身上四处走动了。"

"我说，"桃皱起了眉头，鼻子附近挤出皱纹来，一下子老了好多，二十四岁应该也不可能了，"你的手机，关机了吧？"

"你这么一说好像还真是。"

"岩西刚才打电话来了，他可真够啰唆的。'蝉肯定是去你那里了吧。手机都打不通。你如果看见他就跟他说，让他给我打电话。'简直就跟联系不上自己女朋友的男人发愁乱窜一个模样。"

蝉感觉嘴里像是在嚼着苦胆。真烦,太烦了,烦得全身都痒。"那家伙，真以为把我攥在手里了。估计就是因为这样，所以只要稍微联系不上我，他就慌了。"

"难道你不是被他攥在手里吗？"

"你说什么？"桃的话几乎是挑中蝉最敏感的部分刺了下去，令他意外。

"难道你不是乐在其中吗？"她不耐烦地动着嘴唇。好像她从一开始就是这么说的。被攥在手里——难道是自己听错了？

"反正，法律也没规定手机一定要开机。"

"你这样弄得别人找不到会很危险，这个世界就是靠情报编织而成的。你看这街道之所以能够存在，靠的不是大楼、道路或者行人，而是情报。你听过那个故事吗？美国的棒球大联盟里，大约二十年前，创造了四成打击率纪录的那个白人选手。”

“我家的棒球名人录里反正没有。”

“你知道他为什么能保持那么高的打击率吗？因为对手的暗号他全部知道。每次击球的时候，他都让人在观众席上拿着望远镜看对手的暗号，然后告诉他。”

“那又怎么样？”

“说明收集到情报的人才能存活下来。”

“他那纯粹只是作弊而已吧。”

“在我们这个业界也一样，情报就是武器。”

“又是业界，岩西也这么说过，听上去傻乎乎的。杀人犯都有自己的业界了，到底是想干什么？”

“你小子是真的很讨厌岩西呢。”

“讨厌。太讨厌了！”

“‘恬静一何极，蝉声入岩隙。’松尾芭蕉不是写过这么一个俳句嘛。”

“那又怎么样？”

“岩西跟蝉，都在这个句子里出现了哟——蝉声入岩隙嘛。你们两个人不管怎么折腾，其实本来就是一对。”

“只不过是个谐音的文字游戏罢了。”蝉感到一丝不快，耸了耸肩膀，“那，岩西都说什么了？”该不会是梶的尸体已经被发现了吧。

“嗯，应该是想确认一下事情做完了没有吧。他以为你到我店里来了呢。不过，你明明每次都不买色情杂志，倒是还经常往我店里跑。”

“要你管。我会打电话给岩西。”蝉觉得不耐烦，想要转身离开。

“对了，”他忽然停住脚步说，“你有没有听到什么关于寺原的消息？”

听到这个姓氏，桃的眉头皱得更紧，明显露出了不快。“不用打听都知道，现在不得了啦。所有人都给叫出去了。”

“所有人都是什么人？”

“业界的人啊。”

又是业界，蝉很是恼火。“说起来，刚才我还看到两个可疑的人撒野呢。”他想起了小路上朝自己挥刀子的男人：柴犬和土佐犬。“推手是什么？有人为了问出相关的情报在行凶呢。”

“是那个啊，那个。”桃伸出手指，带着要刺穿什么似的锐利，“就是因为那个人把寺原的儿子杀了，所以现在才闹翻了天。真是万恶之源啊。”

“叫作推手的人，真的存在吗？”

“我也不太清楚。说是专门在马路上，靠推别人的后背来杀人的杀手，但相关情报几乎没有，连我都没怎么听说过。”

“一点都没有？”连桃都不知道，还真是少见。

“多多少少听说过一点，可详细情况一概不知。其实啊，我原先还以为推手只是个城市传说，是大家编出来的故事呢。”

“为什么？”

“比如，不是有很多人像你这样嘛，接受委托，然后去杀人。那么这些人一旦失手，不就可以说‘被推手抢先了’或者‘被搅和了’之类的话来推卸责任吗？所有的失败都可以归罪到一个虚构的、并不存在的推手身上。我原先一直这么认为。”

“就像有什么不顺利的事，全部都怪到温室效应上？”

“或者是用来吓唬人的，比如‘再不赶快去做事，就要被推手抢掉了’什么的。”

“‘说谎话要被阎王爷拔舌头’，像这样吗？”

“没错。”她的表情那么认真，弄得蝉也不好意思嘲笑她。“关于推手的消息，就是少到了这样的地步。别看我的店看上去不怎么样，消息情报还算是很多的。”

“那你知道鲸吗？”蝉将刚刚学来的知识搬了出来。

“自杀手。他很有名。”

“还有名啊？”

“是个大个子，很危险的男人，真的长得跟头鲸似的。我只远远看过一次。”桃的口气就好像在海里看到了货真价实的鲸。

“寺原的儿子真的是被推手干掉的吗？”

“谁知道呢，只是有这个可能性吧。闲言碎语可是有很多。他那个儿子平时为人就不怎么样，应该到处都有仇家。”

“也是。”

“关于他的传闻太多了，净是些哪个帮派又被寺原的儿子攻击啦，十分恼火啦什么的。”

“听上去很有可能。”

“不过，好像寺原的一个手下已经找到地方了呢。”桃不间断地继续说道，“可那个手下居然不向上报告具体的位置在哪里。”

“啊？”蝉皱了皱眉头，“那把他揪出来，逼他说不就行了。不是手下吗？寺原竟然这么没用，真是出乎意料。”

“怎么揪？又不知道那个手下在哪里。现在只能通过电话联系，具体人在哪里根本不知道。因为啊……”

“因为什么？”

“东京太大了。”

“真令人吃惊。”

“而且，现在的电话已经可以带在身上四处走动了。”

“太神奇了。”蝉听了也只得摇头。那个手下为什么非这样自找麻烦呢?

“或许是那种喜欢反抗上司的类型吧。”桃说。

“你说什么？”

“不想被上司牵着鼻子走呗。”

“也不是讲不通。”如果真的是这样，那他的心情多少可以理解。那个手下或许想借机摆脱寺原。“不过，那家伙也真够傻的。”弄成这样，他怎么可能会平安无事呢?

“确实傻，还有点蠢。”

两种都有吧。“那寺原准备怎么办？”

“正四处收集情报呢。我这里也来过了，岩西那边应该也有联络吧？”

“才没人把他放在眼里呢。”蝉说着，忽然意识到，这件事情自己或许还占了先机。想到这里，他脸上立刻露出了笑容，皮肤表面的汗毛似乎都在颤抖，胃的深处则在不停地蠕动，全身上下逐渐充满了小小的期待。“你说，如果能找到那个推手，算不算立功了？”

“还立功，你到底是什么年代的人啊。”

“大家不是都在找推手嘛，可至今还没人知道他在哪儿。那不就是先下手为强嘛。”

“可我刚才听说，”桃继续说道，“他们好像是要想办法把那个手下给叫出来。”

“慢着，叫他出来难道他就真的会出来？那个手下自己也应该很清楚吧，事情闹成这样，他不可能平安无事，一定会被折磨到招供为止。与其现在这样磨磨蹭蹭地出来，那干吗不当初就直接说出来？”他应该不会蠢到这种地步。

“我也这么想。”桃摊开双手道，“不过，可能那家伙还没认清形势呢。”

“认清形势？”

“那个手下现在既没有被人用枪指着，也没有被重重包围，而是正常地生活着。就算周围的人正满眼血丝地找他，他自己或许根本意识不到。虽然脑子里可能会觉得‘现在很危险’，可是真正的危险他却根本没感受到。”

“会是这样吗？”

“比如说啊，”桃竖起了一根手指，“假设强台风来了，登陆了，那些看了新闻的人会觉得外面很危险，于是躲在房间里不出门。但如今的房子大都很结实，墙壁外面到底什么情况根本就不知道，既听不见风声，也看不到雨滴。而一打开电视，里面放的却都是灾情。在这样的情况下，你知道人们会怎么做吗？”

“不知道。”

“会朝屋外看。”似乎是为了强调，桃说得很慢，“他们会打开门或窗户，确认外面的情况，嘴里还说着‘是不是真的啊’之类的话。很多人都是这样。结果呢，非得让暴风吹来的树枝啊什么的砸到了头，受伤了，才慌慌张张地关上窗户，最后还要深有感触地说一声‘这台风真不得了啊’。”

“原来如此。”蝉明白了她话里的意思，“就是说，寺原的那个手下虽然自知很危险，但还是有可能现身。”

“不吃点苦头，谁都不会长记性。”

这时蝉发现，自己心里正不断涌现出新想法。“喂，”他对桃说，“你知道他们进行拷问的地点在哪里吗？”

“就算知道，你又想怎么样？”

“我去把那个人抢过来。”

“说什么傻话呢！”桃露出一副不可理喻的样子，“你还想跟寺原对着干不成？”

“抢来问出推手到底在哪儿，然后由我去替他干掉那个推手。”

“什么意思？”

“我要抢在寺原那些磨磨蹭蹭的手下前面，替他报了这个仇。如果是这样，寺原也不能太生气吧？”

“或许还要谢谢你呢。”桃这样说着，可看上去却像是认定蝉做不到。

“对吧。”蝉做出一副信心满满的样子给她看。他坚信这件事自己做得成。“这样的话，迟到的事就能一笔勾销啦。”

看着自信满满的蝉，桃忽然说了一句：“搞什么？你还想靠这事立功不成？”

“都什么年代了，还立功。”

铃木

餐盘从桌子上撤了下来。堇的动作十分利落，在铃木的注意力还停留在槿的视线时便洗完了餐具。“咖啡能喝吗？”她问道。铃木满以为是在问自己，然而顺着她的视线看过去才发现，那是在问健太郎。

“怎么会不能喝哪。”噘起小嘴的健太郎看上去十分可爱。“是吧？”说完他又对孝次郎说道。

“咖啡是什么？”孝次郎小声问道。

“就像很苦的茶一样，是苦茶。”健太郎骄傲地解释。

“我不喜欢苦的东西。”孝次郎小声埋怨道，看上去感冒已经完全好了。铃木也稍微安心了些。不知什么时候，孝次郎又拿出了一张新的明信片，脸凑得很近。“文京区，”他开始念，“过冈，三，二。”一边唱歌般念着一边写下地址，估计是想再寄一张吧。如果我们有孩子，也会是现在这个样子吗？铃木想着，脑子里又出现了亡妻的模样——夹在电线杆和汽车之间的脖子扭曲了的妻子。

一眼就看得出来，开车撞上妻子的是一个品行不端的年轻人，一个跟反省和后悔无缘，只为忠实于自己的欲望而活了二十多年的男人。车祸仅仅作为一次普通的交通事故被处理了，铃木无法接受，用积蓄委托信用调查所做了调查。

“铃木先生，这件事还是不要再管了比较好。那辆事故车其实还跟另外一个年轻人有关系。”负责调查的人没过多久便来向他报告了——与其说是报告，倒更像是劝说。

“反正另外一个年轻人也肯定是一个垃圾般的年轻人吧？”铃木愤怒至极的质问似乎跟他的教师身份不大符合。调查员则面色难看地说：“垃圾是垃圾，不过是危险的垃圾，就像核废料一样。所以最好还是不要再去招惹。”说完，他才告诉铃木，之所以会发生事故，是因为寺原的儿子在恶作剧。调查员似乎不愿意再说更多，在铃木的一再强求之下，才说出了千金的事。

“还有这样一个世界吗？”不过是一介教师的铃木，只是单纯地感慨。不管是寺原还是千金，听上去都像是另一个世界的人和事。或许是因为愤怒，他并没有感到恐惧，只有感慨。

“什么样的世界都有。比如，昆虫总共有多少种，您知道吗？”调查员问道。

啊，当时也是昆虫的话题啊，铃木突然回想了起来。

“有上百万种。光种类就这么多，而且，每天都还能发现新的种类。算上仍未知的种类，应该有一千万种吧，有人是这样说的。”

“那就是现在的十倍了。”铃木茫然地附和着。

对方接着又说：“看不到的世界还有很多。”

“你有心事吗？”槿看着铃木的脸问。

“能不能被我们雇用影响很大吗？”堇一脸担心地走了过来。

“倒也不是。”铃木回答后直言道，“只不过是想起了我妻子。”

“铃木先生结婚了啊。”堇探出身子问道，样子就像一个对别人的恋爱故事充满好奇的女大学生。她看到铃木戴在无名指上的戒指，笑了。

“嗯，是啊。”铃木含糊其词，右手慢慢地捏着几乎要从手指上脱落的戒指。

“怎么认识的？怎么认识的？”堇加强了语气。一旁的槿则似乎完全不受她的影响，仍旧沉默不语。

“是吃自助餐的时候认识的。”铃木说。

铃木初次跟亡妻相遇，是五年前独自一人去广岛旅行的时候。乘电车来到市区后，他住进了一家看上去稍微有些高级的酒店。

早餐是顶层西式餐厅的自助餐，在那里，铃木遇见了一个将盘子装得满满的女人——那就是他未来的妻子。当时，她站在队列稍微靠前的位置，左手端着堆成小山的餐盘，西式蛋饼、炸鸡块、肉丸子、芝麻酱拌四季豆、炸鱼排、香肠，全都满满地堆在盘子里。盘子里的食物日式西式参半，胡乱地混作一团，完全看不出取餐的风格。铃木感叹于她的菜居然没掉出来，竟忘记了取早餐，只傻傻地看着。那阵势实在盛大。

她似乎也感觉到了铃木的目光，视线稍稍往这边瞥了一下，似乎在说：“你有意见？”将盘子放到桌上之后，她竟然又跑去排队了。这次拿的是咖喱和蛋糕，几乎所有能拿的东西都拿了个遍。

铃木虽然觉得有趣，但还不至于到强烈好奇的地步，所以也没打算上前搭话问个明白。不过，两人的桌子却是靠在一起的。就像碰到头缠绷带的人总会问上一句“受伤了吗”一样，铃木也礼节性地指着她那些盘子说：“真壮观啊。”

她并没有不高兴。“我啊，”她平淡地说，“我这是在进行一对一较量。”她自豪地说，那态度就像是在鄙视一个连规则都不知道的门外汉。

“一对一较量？”

“早餐的量最后会变成多少，这种无聊的事我才不会考虑呢。”

“我倒不觉得那是无聊的事。”

“站在每一样食物面前，我首先都会问，这个东西想不想吃。”

“问谁？”

“问自己啊。如果想吃就放到盘子里，仅此而已。因为是一对一嘛，最后整体的量变多了什么的根本没关系吧。”

“太有关系了吧。”铃木觉得十分讶异，感叹遇到了个奇人，“不过，每个人看法不同嘛。”

“相反，你的那个才是太过分了吧。”她指着铃木的桌子。铃木只拿了两个盘子，一个盛着面包，另一个放着酸奶。“这种早饭，随便找个商务酒店去吃不就好了。你是瞧不起自助餐吗？这吃法简直是大逆不道！”她竟然怪罪起铃木来。

“我早上吃得少。”

“浪费！”她像是在审视一个罪犯，露出了轻蔑的目光，“既然有这么多的菜式，那就别多想，只有使劲吃啦。”

那就只有拼啦。现在回想起来，从一开始，她就是这样说的。

结果，当铃木准备起身离开的时候，她却脸色铁青地捂着肚子。

盘子里的菜还剩下一大半，吃下去的简直就是冰山一角。“喂，这些，你想不想吃？”她似乎已将刚才那些豪言壮语忘得一干二净，向铃木问道。

“现在知道错了？”

“原本打算一对一较量，可不知不觉就成一对多啦。寡不敌众啊。”

“哦？是嘛。”

“我是觉得，如果能把这些东西全都吃完的话，每天的那些烦恼也就全都可以消化掉了。”

看她一脸认真却又那么痛苦，铃木说：“消化食物跟消化问题是两码事。”

两人一个月后开始交往，一年半后结了婚。蜜月旅行去的是西班牙，而在酒店吃自助早餐的时候，她又干起同样的事来。“我啊，是在进行一对一较量。”

人会重复同样的过错，铃木真切地体会到了。

“自助餐，是那种酒店的早餐吗？”

“嗯。是那种自助餐，而且还就是在酒店的餐厅。”

“那你是在取餐的时候，跟你妻子搭讪了？”

“倒也不是搭讪。”

“那，今天如果能在这里签约，你妻子也会开心吧？”堇说得很直白，毫不拐弯抹角，铃木却也没有感到不舒服。反倒是自己的妻子已经死了，无法回应她的期待，让铃木觉得有些不好意思。

这时候，铃木的手机响了。又来了。“不好意思，接个电话。”

铃木从口袋里掏出手机，站了起来，“可能是命令我别吃意大利面了赶紧回去什么的。”他开玩笑道。不过，基本上也八九不离十吧。电话是比与子打来的。铃木走到屋外，将手机放到耳边。

“快点回来！”比与子的声音针刺一般地飞过来。

“像在叫自己的男朋友似的。”

“有闲工夫说这种风凉话，还不如赶紧回来。怎么样，弄清楚了吗？那男人是不是推手？这个问题我还得问几遍才行？总之你赶快回来，然后把地点告诉我。”

“还不行。”铃木觉得自己好像一个不管花多长时间都解不出问题的差生。还不行，还解不出来。能不能放过我！“我还需要点时间。”他恳求般地说道。事到如今，只有继续往下拖。

“不知道你到底在想什么，哪需要花那么多时间！算了算了，那个男人肯定就是推手。我们不是警察也不是法官，我们只要觉得可以就能下手，只要有可能就是有罪。总之，你赶紧回来，就算是先报告一下进展也可以。”

“我要是回到你们那里，搞不好会被严刑逼供。”

“你觉得我们会做这么凶残的事情吗？”

“难道不会吗？”铃木简直不知道该说什么好了。

“当然不会。对我们又没好处。”

“那两个人没事吧？”铃木突然想了起来，问道。

“谁啊？”

还有谁啊！“你昨天用药迷倒的那两个人啊，塞到车后座的那对年轻男女。”那个看上去像我从前的学生的青年，就是那个接了父亲的班，成了一名建筑工人的学生。

“啊，没事没事，都告诉你没事啦。”

“怎么听都像是骗人。”

“是真的。那两个人现在正关在公司总部呢。”

“关？”

“还是说软禁比较好？可没给他们上锁链哦。那两个人可能是药效还没散，迷迷糊糊的。总之，他们还没死，在总部呢。他们倒是很单纯，或许还会雇他们呢。他们自己好像也有点那个意思。”

“胡扯。”

“这事也一起见面谈谈吧？啊，对了，你现在在哪儿来着？”

“哦，”问得那么自然，差点儿就说出答案了，“地点我还不能说。”

“居然没上当。”比与子嘿嘿笑着，“再给你一个小时。四点，你到品川站来，有家老酒店的那一边。我们开车去接你，然后带你回总部，到时候再听你解释。”说完，她报了一个地铁站前面的公交站牌的位置。

“抱歉，我不能到那种地方跟你碰面。”或许自己还傻站着的时候，就被人强行拖上车了。

“你担心地点？那你说哪里好？”

“不，也不是这个问题。”铃木含糊道。

“反正，如果你敢迟到哪怕一分钟，这次绝不饶你。就算我能原谅你，寺原也会发疯。杀不了你，他也会去杀别人。”

“谁？”

“比如说，所有跟你同姓的人。”

“姓铃木的可有很多哦。”

“值得一试啊，不是吗？”

“怎么可能？”铃木试着笑出来，但没有成功。也不是不可能。

自己竟然已经在看手表确认时间了，铃木很吃惊。难道真打算去见面吗？他难以置信地问自己。明明很可能是个陷阱。不，或许他们不会对我做出太出格的事，铃木心里也不是没有这种想法。

比与子的口气虽然还是像平常那样若无其事，却给人一种紧迫感，让人觉得再这样下去他们就会不择手段了。这次那对男女真的会被杀掉吗？我怎么能眼睁睁地这样看着他们去送死？这样的担心已经占据了上风。

面对哑口无言的铃木，比与子像是还要继续紧逼。“还有一件事，”她说，“不过对你来说可能不是什么大不了的消息。”

“那你就别说啊。”

“那个蠢儿子已经抢救过来了。”

“啊？”

“寺原的蠢儿子啊。要说坏人命硬还真是呢。经过医院一番抢救之后，他现在已经恢复意识了。”

“撒谎！”脑海中回想起脖子已经弯曲了的寺原的儿子，铃木吼道，“怎么可能？”

“具体情况你来了再说吧。怎么样，有兴趣了吧？你老婆的仇可还没报呢。换个说法就是复仇还不算完成。”

“都那样了，不可能活得下来。”

“好奇？那就来吧。”

“不可能。”

“我一直以为，那个蠢儿子只是受了他父亲和那些政客的包庇，”比与子继续道，“但可能连上天也在眷顾着他呢。”

鲸

下车出了地铁站之后，鲸便顺着河边一直往前走。准确地说，走河边是因为这条路是到达目的地的最近路线。风猛烈地吹过，打在脸上。抬起头，只见一只鸟在盘旋，展开的翅膀好像张开的双臂，不知道是黑鸢还是红隼。原本打算靠叫声分辨，可正好跟风声叠到一起，听不出个所以然来。那只鸟的眼睛到底都能看到些什么？鲸想。在那只在空中横行霸道的猛禽眼底，我到底看上去是不是一个还活着的人呢？

下午四点，太阳还没下山，却也已落到天边，躲在左边的高层建筑群后面。

鲸开始觉得河流在晃动。迂回曲折的河流横在面前，似乎随时都可能泛滥成灾。他不禁皱起眉闭目不看。虽然只有那么一瞬间，可所有的声音和气味都消失了。这时，他才将眼睛重新睁开。

“为什么要给岩西打电话？”有声音传来。

这次又是谁的亡灵？鲸不耐烦地朝旁边看去，却没有看到身影。

左右打量一番，四处都空荡荡的。

“那个政客雇了谁，你就这么在意吗？”还是能听见声音，却没有身影。

这次竟然连亡灵都看不到了，鲸想着，抬起头。那只鸟还在。不像是在飞，飘浮——这样形容或许更贴切些。是它在跟我说话吗？不知道是黑鸢还是红隼，不过或许真的是它在对自己说话。“你该不会真的相信那个田中的话吧？”

周围没有其他人，连车的声音都听不见。是偶然，还是因为自己现在身处幻觉之中呢？

三十分钟前，鲸拨打了抄下的那个号码——梶试图联系的那个号码。脑子里并没有想好对策或者计划，他仅仅是觉得电话接通了或许会有什么新的进展。

盘旋着的鸟又发出了声音。“就算是这样，那个姓岩西的立刻就把公寓地址说出来了，不可疑吗？”

“那家伙慌了。”鲸在不知不觉中已经开始跟鸟对话了起来，“他只是个毫无思想、得过且过的人而已。”

他回想起刚才电话中的岩西。电话刚响了一声，岩西就接了，还没听这边要说什么，就大吼起来。“蝉吗？为什么把手机关了！”简直像一个父亲在训斥不听话的孩子。

“蝉？”鲸反问后，岩西才换了口气。“啊，原来不是，不好意思。那，你是谁啊？”听得出来，他试图通过气势来掩饰自身的不安和羞耻。

鲸听着声音推测对方的样貌和性格。从措辞和语速来看，只能说是个粗暴浅薄、不知礼数的家伙。就是你接受了梶的委托吗？鲸在内心问道。被要求来杀掉我？刚才你究竟在做什么？为什么不来约定的酒店？梶已经死了，你的任务明明已经失败，那不紧不慢的样子到底算什么？可他又重新思考了一下。或许这个人并不是负责动手的人。从他的声音里，鲸并没有感受到杀手所特有的慎重和警戒。他有可能是类似中介或者负责人的身份。于是鲸决定试探一下。“你的部下现在正倒在酒店里。”完全只是胡说而已。这里不是酒店，也没有人倒下。

“蝉？”对方立刻发出了激动的声音，“倒在地上的是蝉吗？”

“是蝉。”鲸顺着他说道。

“怎么搞的，那个笨蛋！一直联系不上，真是的。啊，对了，你现在在什么地方？”

“我会把他送过去，你把地址告诉我就行。”鲸顺着他的话应道，就像沿着对方指出的河流，毫无抵抗地顺水行舟。

“你让蝉接电话。”他说。

“他倒在地上，还在昏睡。”显然只能这样应对了。“要不把他送去医院或者交给警察？”对方绝对不希望这样，鲸判断之后说出了这番话，对方果然立刻做出了他期待的回应。

“不用搞成那样。你把他送过来就行。”

“地址呢？”

“你到底是谁？”都到了这个地步，你终于想起问了啊。

“我是梶的手下。”鲸撒了个谎。只要搬出委托人梶的名字，对方应该就会放松警惕。

“啊，是嘛，是梶啊。”所以才知道这个号码——他表示认可，报出了公寓的地址。鲸在背下地址的同时，心想对方这令人惊叹的毫无防备实在让人感动。他就是这样做事做到今天的吗?

“把他放到公寓门口就可以了吧?”鲸故意不耐烦地说道。

“帮我搬到房间来不行吗?六〇三室,岩西。”对方果然再次上钩,连房间号码都报了出来。

“我现在过去。”鲸准备挂电话。

“稍等一下。”对方忽然插嘴道,“蝉应该好好做事了吧?梶的工作已经结束了吧?”

“做了。”鲸骗他。非常遗憾,我还活着呢。“我现在过去。”重复一遍之后,鲸挂了电话。考虑到时间和行车路线,鲸觉得与其坐出租车堵在路上,还不如坐地铁去更快些。于是他走进面前的地铁站,乘上了正好驶来的列车。

“电话里的那个人,粗心大意得有些过分了吧。”鸟说道。如今它已经不再像黑鸢或者红隼,更像是一片模糊的剪影。“我们这一行做事最重要的就是要小心,慌张简直是不可想象的。那家伙真的是杀手吗?难以相信。”那只鸟继续在空中盘旋,好像已经对一切了如指掌。

“真正做事的是那个叫蝉的家伙。”

“你见到他,又打算怎么办?”

“跟他说话。”鲸回答完之后才想道,原来是这样。原来,我是打算去说话的。

“应该不光是说话吧。”鸟做出一次小小的回旋,“只要一跟你说话,那个岩西就会死。你是自杀手,肯定会让岩西自杀。你是准备去让岩西自杀,没错吧?可为什么要杀他呢?”

因为觉得麻烦，为了把一切再次变成白纸。鲸像是要说服自己体内的什么东西，开始自言自语起来。“从身边的事物开始，一个个地抹去。”跟我有关的事物，至少是看上去跟我敌对的事物，都应该全部处理掉。这样就会逐渐清晰起来。

“清算。”

“那是田中说过的话吧。”鸟像是在嘲笑他，“你啊，已经受到影响了。”

“不对。这是我自己的想法。”

这时鲸感觉到头在晃动。闭眼，再睁开，眼前的景色看上去比刚才更鲜艳了。飞舞在空中的鸟已经消失不见，右手边的电线杆上却停着一只乌鸦，应该不是为了代替那只鸟而出现的吧。从河堤的下沿传来一阵欢呼声。一看才发现那里有一个四周拉着防护网的网球场，四个人一身完全不怕冷的打扮，正挥舞着球拍。

似乎又回到现实中了，正这样想着，鲸又立刻摇了摇头。这是不是幻觉，谁又能知道呢？至少，在我看来是无法分辨。或许，现在这一瞬间自己仍旧站在虚幻和幽灵的世界里，跟现实根本没有哪怕丝毫的接触，就像战场上的士兵在死亡之前看到的梦境一样。再这样下去，从自己头脑中流淌而出的那既不是液体也不像气体的妄想，会不会一直流向天空，扩散到云层，进而吞噬掉整座城市呢？

虽然离市中心有点远，鲸还是不一会儿就找到了那栋公寓楼。一共九层，老鼠般的灰色，即使没有下雨也仍旧让人感到阴冷潮湿。

鲸跨过正面的入口，走进电梯，按下六楼的按钮。那个姓岩西的现在应该在房间里吧。自己的那些谎话，他到底相信了多少还不得而知。有可能他现在已经跟那个叫蝉的取得了联系，发现自己说了谎。“哦，蝉啊。哎，刚才有人打电话来，说你在酒店昏倒了。”“我现在一个人好好的。”“那刚才那通电话是怎么回事？”“应该是陷阱吧。”“现在那个人正朝我这里来呢。”“那你最好防备一下。”不能完全否定他们之间已经有过这样对话的可能，或许他早已知晓鲸到来的目的，正拿着枪在六〇三号房间里严阵以待。

那也无所谓。鲸这样想。思考竟如此冷静，连自己都不敢相信。因为他坚信，为了让复杂的环境变得更加清晰，就应该抛弃所谓的算计和揣测去行动。既然是单方面的清算，那也就用不着什么计划。

鲸在走廊边发现了黄蜂的尸体。黄色和黑色的搭配散发出诡异的气息。潮湿而阴郁的空气在四周萦绕纠缠，让人不禁怀疑，这栋楼该不会是靠尸体堆积起来的吧。他在六〇三号房间门口站定，毫不犹豫地按下门铃。没有回应。再按一次。还是没有回应。

果然是陷阱啊，鲸虽然有些怀疑，可并不打算退却。他将手搭在门把上，缓慢转动后，安静地一拉。门没有上锁。一只脚才刚踏进去，里间便有人说话。“真够慢的。”随后是一阵脚步声，“守时即守身啊。”

听到那语气的瞬间，鲸立刻明白了，这个悠闲散漫的男人根本没做任何准备。既没有手持武器准备朝自己开枪，也没有向别人求救。没有准备，没有觉悟，他似乎真的相信，梶的手下会把蝉送过来。这不是什么单纯或者老实，简直就是愚蠢。按照罪犯的标准来衡量，他这种无知简直就是犯罪。客厅尽头的门口出现了一个瘦弱男人的身影，戴着眼镜却没什么学者风范，小脸，尖下巴，脸色看上去很不好。

“来得真够慢的啊。蝉在哪里？你不是帮我把他带过来了吗？那小子，净给人找麻烦，完全不跟我联系，可把我愁坏了。梶也没跟我联络。”他飞快地说完，立刻站到鲸的面前，“喂，你这算什么，怎么穿着鞋进别人家？啊？”

“你就是岩西？”鲸质问着靠近他。

“你这是什么态度？”

对于这个事到如今居然还搞不清楚状况，甚至连一点危机意识都没有的男人，鲸除了厌恶之外更多的是羡慕。

“你干什么？摆着一张臭脸，”岩西朝后退着，一步、两步，“也不打个招呼。不知道要讲礼貌吗？礼貌！你没听过那句话吗？‘礼貌是实现人生意义的最大武器。’你知道这是谁讲的吗？”他快速地说着。“蝉应该已经按照约定，干掉那个大个子了吧——”他唾沫横飞地说着，而就在这时，张开的嘴却忽然不动了。他终于注意到正在靠近的鲸正是那个大个子了吧。“你……”他嘀咕着。过度的惊讶让他失去平衡，瘫坐在地，随后又立刻翻身，几乎是连滚带爬地回到房间里。

鲸追上去。推开房门，走进房间。地上铺着地板，沾在鞋子上的泥土在地上留下了痕迹。左边是黑色的沙发，正前方是铁制的桌子。

岩西绕到了桌子后面，正翻着抽屉，脸色苍白，就像一只褪了色的螳螂。

鲸一言不发地靠近。左脚踏地，右脚踢了出去。这一脚狠狠地踢在手伸进抽屉里的岩西身上。岩西一个趔趄便朝后倒去，手里抓着的枪也掉到了地板上。

"到底想怎么样，你？"

鲸看都不看一眼滚落在地的枪，直接站到一屁股坐倒在地的岩西面前，弯下腰，迅速地伸出右手，抓在岩西嘴边。"疼！"岩西小声惊呼，鲸又像捏苹果般捏紧他的双颊，惊呼声随即停止了。鲸顺势将整个人拉了起来。岩西的身体浮在半空中，离开了地面的双脚软弱无力地踢来踢去。

或许是摩擦到了牙齿，从岩西嘴里流出来的口水渗着鲜红的血，落在地上。嘴唇周边开始泛出血沫，那模样就像是将饱满的草莓整个塞进嘴里咀嚼一般。鲸松开手，岩西顺势跌倒在地。他伸手抚摩着自己的脸颊，发现手指上沾有血迹后大声嚷道："看看你干的好事，你这家伙！"

鲸左右扫视，打量着整个房间，想找出适合上吊时套脖子的东西，却没找到。或许可以用洗手间里的毛巾，他想。可就算找到了绳索，这里也没有柱子或通风口。他检视了一下房间最里面那扇窗户的大小，差不多可以钻过一个人。虽说不是最合适的，但也不是不可能。"这次是跳楼啊。"鲸低头看着正支起膝盖慢慢站起的岩西，自言自语道。

"我跟你，到底有什么仇？"

"梶来找过你吧。"

这时岩西似乎终于确信了，眼前的鲸，就是蝉没能杀掉的大个子。"原来就是你啊。"

"你打算杀掉我吧。"

"这有错吗？既然接受了委托，那就得做事。"岩西似乎并不在意体格或力量上巨大的劣势所带来的不利。他并非在逞强，仅仅是不在意。真愚蠢。“而且，你应该也没什么好理直气壮的，反正你多半也是干着差不多的事情。”

“差不多的事情？”

“杀人啊。”

“不。”鲸斩钉截铁地否认，自己都觉得难以置信。“我并没有杀人。只不过是出现在我面前的人，都轻易选择了自杀而已。”

“自杀手？”岩西的表情一瞬间僵硬了。

“你知道啊。”

“听说过。原来是这样，你就是鲸。真够壮的。”

“你觉得鲸会很小吗？”

接着，岩西似乎又想到了鲸之所以会到自己家来，堵在自己身前的理由。“喂，是我吗？你要干掉我吗？”

“这里只有你。”

“慢着！喂，为什么，为什么要让我自杀？我从梶那里接下工作就这么让你不开心吗？”

“不是。”

“那是为什么？”

“为了从头开始清算。”

“什么意思？”岩西说完，瞪着眼睛不动了，眉毛保持着竖起的样子，嘴巴稍稍张开，“蝉怎么样了？他不会被干掉了吧？”

鲸朝前踏出一步，双手捏住岩西的双肩，盯着岩西，低声说道：“你，跳楼吧？”

岩西的瞳孔在晃动，微弱地颤抖着，虹膜似乎要渗到眼白中去。“啊——”他发出了某种感动的呻吟，额头和嘴角附近的皱纹看上去似乎有些消散。

跟以前一样，鲸想着。人在自杀之前看上去都是一副平静的表情，像是解脱了一般，带着无欲无求的表情、做梦一般的神色。轻松，或者也可以说是淡然。

其实原本就想死吧。

抵抗、哀叹、小便失禁、伺机逃跑、指甲抓挠着深陷进颈动脉的绳索，说到底，这些人对寻死这种事难道不是从心里感到高兴吗？鲸忍不住这样想道。“后面。”鲸抬起下巴，朝岩西背后示意。

岩西带着空虚恍惚的眼神朝后转身。

“外面的景色都可以尽收眼底。”鲸说。

岩西像被指引着一般，朝窗口迈步走去。

鲸注视着这一切，他确信，接下来即便自己什么也不做，对方也会跳下去。

这时，他感到一阵眩晕，而连对此表示愤怒的机会都没有，疼痛便袭来了。竟然在这种时候！他不耐烦地咂嘴，大脑感受到有一种不得不紧闭双眼才能承受的压力，就好像被什么人一下子捏住了脑子，沉重而痛苦。

持续了几秒后，鲸的头痛有所收敛，等他再次睁开眼睛，果然不出所料，原本应该就在眼前的岩西已经消失不见，而自己的右边站着一个中年女子。“竟然在这种时候跑出来。你一定在这样想吧？”双颊隆起、下巴堆积着脂肪的妇人——她的亡灵——十分享受地说道。鲸不作声，也不去看她。这根本就不是现实，他告诫自己。岩西就在我面前。虽然看不见，但他一定在那里。

“你是打算让这个戴眼镜的废物男人自杀吧？”妇人指着原本

岩西应该在的位置附近直截了当地说，“我也是被你从公寓楼顶上弄下去的，你是想像那次一样，对吧？”她擅长的就是这种夹杂着厌恶和嘲讽的语气吗？

鲸仍旧不理睬，他拼命凝神注视，可还是看不见岩西。自己仍然身处幻觉之中。

“不过我可告诉你，”不知道妇人是否生前就这副模样，她说出一连串的话，中途却连一次停顿都没有，“这个男人看着你的脸，好像真的要去自杀似的，不过那应该是骗人的。”

“什么？”鲸不自觉地发出了声音，看着站在右边的那个某政客妻子的亡灵。

“这个男人十分狡猾，只是装出上钩的样子而已。”

鲸缓缓地扭头看着前面，可是除了窗户以外什么都没有。茶色蕾丝窗帘对面是已经开始下沉的夕阳。附着在参差不齐的建筑之上的霓虹灯，缠绕在电线杆上的爬山虎，如鳞片般四散在空中缓缓流动的云，这些景象全都可以看得很清楚，但就是看不见岩西。

“再这样天真散漫下去，估计会被开枪打死吧。不过，这样也未尝不是一件好事。”妇人继续说道，“不管怎么说，毕竟人原本就是向往着死亡的。你应该也不例外。”

一瞬间，鲸觉得从脚底传来一种微弱而又熟悉的感觉，就像是伤口四周渗出的淡淡的血液。这是什么？这种汗毛直竖的感觉令人惊恐，可鲸立刻找到了答案。是焦躁和危险的感觉。它们覆盖在自己的身体上，抚摸着自己。再怎么睁大眼睛，还是看不见岩西。现实到底在哪里？鲸的眼球左右转动着。现实到底在哪个方向？

电话响了。

冗长而震颤的电子铃声尖锐地叫嚣着。一瞬间，身体似乎不能动弹了，而当铃声第二次响起的时候，鲸感觉到了一股微弱的冲击，连头都随之一震。他左右摇着脑袋，连续眨了几次眼。室内再次变得明亮起来。啰唆的妇人突然间消失了，岩西重新出现在眼前。从幻觉中回到现实了。刚才明明还在窗户边恍惚的岩西，不知什么时候已经离开鲸的眼前，来到他的右边，正弯下身子趴在地上，一只手臂笔直地伸着。

岩西伸出的右手前方，是刚才掉落在地的手枪。鲸立刻冲上前去。桌上的电话持续地响着，声音单调，却令人心惊。鲸抬起右脚，踢在了岩西的脸上。粘在鞋子上的泥土四散飞溅，岩西被踢飞，撞倒了身后的垃圾桶，纸屑和方便面包装袋撒了一地。鲸朝仍躺在地上的手枪伸出了手。“别乱动。”

“还不是因为你露出了破绽。”

“破绽？”

“你一个人在那儿自言自语，是不是脑子有点不正常？”岩西眼神十分严肃，却勉强挤出一个笑容，“还自杀手呢。”

鲸没有回答，只是摆弄起手枪来。他打开保险，将枪口指向岩西。自己的口袋里也装着一把，可那只是为了让别人自杀用的道具，里面并没有子弹。

“也没什么了不起嘛。自杀手。”岩西大笑起来，“蝉肯定还没死吧？他才不会被你这种人干掉呢。”

电话仍旧执着地响着。

“能接个电话吗？”岩西举起双手，做出投降的姿势说道。

“你觉得我会让你接吗？”

“我都要死了，就让我接个电话吧。”这些话听上去不像是出自真心，反而像是在开玩笑。

鲸拿着枪答道：“随你的便。”这并不是同情。再怎么挣扎，岩西都得死，肯定不会错。“接你的电话。然后，去跳楼。”

“跳楼啊。”岩西凄惨地歪了歪嘴。“杰克·克里斯宾说，”他说道，也不知道是对自己还是对鲸，“‘逃避人生的家伙们，都给我去跳楼吧’。”

是谁说出这么无聊的话？鲸正准备问，岩西已经拿起了桌子上的电话。

蝉

“这个手下会被带到哪里？”蝉问道。他抓着桃的肩膀，来回地摇晃。

桃像哄小孩般地说道：“好好，我告诉你，你别那么闹嘛，告诉你就是了。”实际上她只是装出一副被来回晃得厉害的样子而已。“说到底，不正经的事情只能在不正经的地方做。”她报出一栋建筑的名字。“从品川站下车后往东走大约十五分钟，”她一边说一边拿出记事本，简单地画了一张地图，“那里原本是一家汽车厂的生产车间，可很久以前就废弃了，从那以后就再没有人用过。周围是一大片杉树林，这边很少见，估计是因为容易得花粉症，所以没人看得上吧。杉树林跟那栋建筑之间只隔了一条马路。”

“用花粉驱散人群，真好，像童话一般梦幻。”

“一点也不梦幻，就算是，也是充满了喷嚏和鼻涕的梦幻。那附近净是些老旧的仓库和楼房。其中的一栋呢，就是归寺原的那家公司所有。一眼看上去就很可疑，甚至会忍不住笑出来。原本雪白的墙壁现在已经变成煤灰色，几乎全黑了。玻璃全是碎的，也没有换。”

“你该不会是去过吧？”

“工作需要嘛。”桃一副不以为然的口气。

“色情杂志也送货上门？”

“偶尔也有，不过我不是还有副业嘛，副业。”

“也不知道到底哪个才是你的副业。”

“反正啊，我给寺原做业务时，在那栋楼里做过事。”

“还业务啊。”

“大公司不管什么事都是分派给外面的人做啦。我当时做的是那个，就是翻开电话本，然后打一些骗人的电话。如果是老年人接的，就吓唬他们。‘你家孙子在我们手上，稍微吃了点苦头。’然后再说，‘如果想让我们放人，就汇钱过来。’那种事还真是出人意料的容易成功呢。当时找了十几个人在一间屋子里，每个人发一部手机，不停地打电话。”

“轻松的工作就是好。”蝉又想起岩西交给自己去做的事，不由得叹了口气，“一点风险都没有嘛。”

“是啊。还有专门当托儿的，叫作剧团，是一帮擅长演戏的家伙，负责帮我们演戏给人看，专门学一些挨打时发出的惨叫什么的。”

“那么，那个手下会被带到那栋楼里？”

“你说那个去追推手的口风很紧的手下？应该是吧。寺原那家公司，每次要干什么见不得人的事的时候，都会用到那栋楼。”

那个手下肯定是要吃点苦头。肯定不会轻易放过他。“把凶手的地址说出来。”“不，我不想说。”“那就没办法了，改变主意的时候麻烦告诉我们一声。”事情不可能就这样结束。虽然不知道拷问这个词合不合适，但他要被拷问是肯定的了。

“什么时候？”蝉问道。

“谁知道呢。不过，就在刚才又有什么人被叫到那边去了，估计就是今天，应该就快开始了吧。”

“什么人指的是谁？”

“拷问的行家吧，一帮热衷暴力的家伙，最擅长的就是折磨人，然后问出消息。我听说，他们刚被叫去做事了。”

“寺原动真格了。”

“那当然，自己的儿子被杀了嘛。话说回来，你真准备去抢人吗？”桃的眼神里流露出担忧。

“应该会让他们对我刮目相看吧。”由我来找出推手，然后干掉他。蝉亢奋起来，内心开始躁动，无法再保持冷静。这既不是使命感，也不是优越感，只是一种脚下猛地一紧，能够切实地感受到自我存在的充实感。

“你还是别去自找麻烦比较好。”桃试图劝阻。

蝉却不高兴起来。“你的意思是，我只要乖乖地听岩西的话就好了吗？”

“不是那个意思啦。可是，到寺原的地盘去闹总归不大好吧。他真的很麻烦。”

“告诉你，我是自由的。”

“什么跟什么啊?！”

“我不是木偶。”蝉说完，看了看桃拿在手上的地图，一把夺过便走开了。要去品川东郊的话，还是开车更快。他一边想着，一边在街头转了起来。

蝉搜寻着适合偷的车，脑子里将接下来该做的事整理了一遍。他觉得简简单单地去做就可以。

找到将要发生拷问的那栋楼，把那个手下带出来塞进车里，换一个地方，让他说出推手的所在。地址到手后，立刻开车过去，干净利落地用刀解决对方。等到跟岩西报告的时候，他一定会大吃一惊，明天开始就该叫自己“蝉大哥”了吧。就算那个手下不肯说，自己毕竟将他从拷问者手里救了出来，多少应该能从他那里得到一些情报。如果连这都没有，那就来硬的问出来，大不了就是把刚救出来的人再拷打一遍。

我要立功啦！我要立功啦！蝉很兴奋。我要证明给你们看，就算只有我一个人，也可以漂亮地立下一件大功。

在挤满了办公大楼的街道上走了一会儿，蝉转身进了一条小路，看见一辆休旅车停在那里。颜色黑灰相间，是新车型，车顶上还有专门用来装滑雪板之类东西的固定装置。最重要的是，这辆车似乎是为了证明自己还活着，竟抖动着身体。引擎没有熄火，车门没有上锁，就连方向盘旁边的钥匙也没有拔。估计是司机怕冷，不想关空调，肯定是天真地以为反正马上就回来，没什么大不了的。

“完美。如果我能颁奖，就给你颁个诺贝尔粗心大意奖吧。”蝉自言自语着侧身溜进驾驶座，立刻关上门，挂上挡。好兆头啊！蝉心里又添了一分自信。能在这里偷到这么好的车，这一定是上天的旨意。

车冲上了国道，可是前方的交叉口处堵车了，蝉觉得麻烦，马上又转到旁边的小路。手表上的时针已经指向四点。蝉原本打算选一条稍微空些的小路走，可没走一会儿，就发现前面的车相继亮起了刹车灯。他不耐烦地咂了一下嘴，将车停了下来。抬头一看，前方是缓缓往右弯曲的道路，大概一百米远处正在进行道路施工。有人挥动着红色指挥棒引导车流。再往前，似乎就没有堵车的迹象了，应该是局部施工。只有忍忍了，蝉想着，将身体靠向椅背。

之所以会打电话，完全是因为一时兴起。一只脚踩着刹车踏板等待实在让人厌烦，蝉这才想起来把手机拿出来，开机，拨通早已保存的号码。是岩西的。为什么要给那个人打电话？内心深处不停地有一个声音讶异地问着自己：你小子，是因为现在要一个人到寺原那里去又觉得害怕，所以先打电话给家长求得许可吧？

才不是呢！

蝉挠着头，听着电话的呼叫铃声。岩西那家伙肯定想不到我现在要去追推手。他打算听一下岩西的反应，然后再嘲笑一番。

岩西总也不接电话。呼叫铃声持续响着。上哪儿瞎混去了！蝉忍不住想抱怨。接着，他又想起了自杀后的梶的尸体。在酒店房间里，那具尸体像个拴着绳子的砝码一样，笔直地吊在那里。岩西是不是已经得到消息了？不，房间的门关着，尸体应该还没有被发现。如果是这样，岩西现在应该在等蝉联络他，而且一定气鼓鼓的。

始终没人接电话，而车流最前面的车辆终于开始缓缓前进了。蝉正准备挂断，却有人说话了。“什么事啊？”岩西那自以为是的表情立刻出现在脑海里。

“是我啊，我。电话也接得太慢了吧。笨——蛋！”

“少废话，我这边也有好多事情要忙。”岩西的回答让人觉得，他似乎还要顾及周围不能脱身。

“明明就在家没事可做。反正你除了看电视就只有睡觉了吧。”

岩西稍微停顿了一会儿。“你小子，果然还活着啊。”他说。

“那当然了。说什么傻话呢。”蝉将手机贴紧耳朵。前方的刹车灯开始逐一熄灭。

“蝉，你听好，你如果知道我现在正在做什么，一定会吓一跳。”不知是不是因为兴奋，岩西的声音竟有些颤抖。

“这应该是我要说的话才对！”蝉大声道，“你如果知道我现在要去哪儿，一定不会相信。”

“要去哪儿？”

“品川。”蝉已经无法控制，不觉笑了起来。我可不是只能在你手心里乖乖听话的小人物。“在品川郊区，有一栋楼。”

“楼到处都有。”

“那可是寺原的楼。”

“寺原的？为什么去那儿？”岩西听上去有些心不在焉。

“想知道我去干什么吗？”蝉开始感到兴奋。“我啊，”他停顿了一下，享受着胸膛里的轰鸣，“接下来，要去干掉推手。”

“你、你说什么？”

听到岩西意外的语气，蝉十分开心，简直想大声欢呼。

“你听着，有人找到了推手。千金的人会把那个人叫出来。而我，则打算去把他抢过来。”

“抢人？你小子到底在想什么？”

“哼，反正你就看着吧。有好消息我会通知你。”岩西没有说话。前面的车开始前进了，蝉的脚也从刹车踏板上抬了起来。“喂，那就这样了，我会再联系你。”

“等等！”岩西发出了急切的声音，“哪里？你去哪里？”

“烦死了，是个说不清楚的地方。”都已经通知你了，你要再碍事我可翻脸了。“总之，”蝉迅速地说道，“我已经从你那里解放了，自由了，就是这么回事。惊讶吧？”

“一点都不惊讶。”岩西的口气不像在逞强，也不像上司训斥下属，反而让人觉得满怀深情。

“你说什么？”

“你从一开始就是自由的。”岩西一字一句地说道，“跟我本来就没有什么关系。”

蝉一时间不知道该如何回答。他搜寻词汇，蠕动嘴唇，却没有找到要说的话。他太困惑，以至于都没有发现自己内心的不安，只能勉强应一句：“反正，你就在你那脏兮兮的公寓里等着吧。”

“你真吵。”岩西的声音听上去轻松，可是轻松背后又能感受到深深的阴郁，“那就这样吧。蝉，再会了。”

“说什么再会，反正见面了你也只会跟我要土特产而已吧。我可不再听你摆布了。”

“真的、真的很吵啊，你这家伙。”岩西的声音里满是无奈，“对了，你知道那句话吗？杰克·克里斯宾隐退时说过的那句。”

“我早就想问你了，那什么谁谁谁，真的有这么个人吗？”

“杰克·克里斯宾宣布退出乐坛的时候，杂志记者问他隐退之后想做什么，你知道他怎么回答吗？”

“都说了我不知道。”这种无聊的废话早已经听过好几十遍了，蝉准备直接挂掉电话，可转念一想，还是决定听到最后。等杀掉推手之后，他就准备跟岩西一刀两断，今后再也不见面。既然如此，这次就听他说完也没什么不好。“他怎么回答的？”

“‘我想吃比萨。’”

“啊？”

“他是那样回答的。‘等隐退之后，我想吃比萨。’”岩西笑了起来，听上去又像是在哭。

“不用隐退不是照样可以吃嘛。”

“对啊。”岩西扑哧一声笑了，“很搞笑吧，果然不愧是……”

“真是够傻的。我挂了。”

“所以啊，你给我好好干，蝉。”岩西最后说道，“可别输了！”

这算哪门子鼓励！蝉说不出话来。挂掉电话后，他狠狠踩下油门。打开车窗，风一股脑地钻了进来。这就是自由的感觉啊，他想。

铃木

“我负责的一个学生有些事情需要处理，他们在找我。”铃木撒了个谎，“所以，我得暂时回去一趟了。”

堇听到后笑了，露出洁白的牙齿。“有什么好暂时的，你还打算再回我们这里啊？不去别家试试？”

“啊，不是。”铃木不知该说什么好，“不过，我真的很希望您能够雇我。”而且，到底是不是推手还没查清楚呢。

铃木嘴上说着，心里却忍不住去想寺原的事。比与子的声音还在脑海里回响。救活了？怎么可能？明明都已经那样了。医学进步了？进步得有些过分了吧。最终铃木还是答应了和比与子见面。可能是圈套，这种担忧当然也有。以那对毫无关系的年轻男女作为交换条件，甚至还扯出“寺原的儿子还活着”这样的大谎，或许都只是为了骗铃木出现。这是很有可能的。岂止是可能，简直根本就是这样。

但铃木还是觉得，事态不会发展得太过严重。只要充分小心，他们还是不能那么简单就下手。所以，他通过交涉，要求对方更换见面地点，不是在公交站，而是在以前经常去的那家咖啡厅。“我只是想跟你聊聊，你的要求我会尽量满足。”她平静地说，“那么，就在咖啡店。”

槿一家人将铃木送到门口。“真的回去啦？”看铃木穿好了鞋，健太郎说。

“回去啦？”又响起一个微弱的声音。铃木慌忙朝腿边看，才发现不知什么时候孝次郎已经站在了自己左腿边，脚上还穿着拖鞋。他拉着铃木，手伸到了裤子口袋里。

“那我还来，好吗？”铃木问道。

孝次郎只是将手放到嘴边，轻轻说了一句：“不知道。”

“啊，是嘛。对了，刚才你写的那些东西，如果要寄，我可以帮你拿去寄。”铃木想了起来，随口说道。

孝次郎摇了摇头。“我还要写呢。”他小声回答。

铃木真想问，你手上到底有多少重复的贴纸啊？

“东京都，文京区。”孝次郎唱歌似的重复着这个地址。

“那么，再见。”堇说道。

“百忙之中多有打扰。”铃木应道。

槿还是不说话。

铃木正准备推开房门，堇突然说：“对了，铃木先生。”

铃木感觉像是背后中了枪，抖了一下，转过身来。

“虽然不知道你要去哪里，不过，让我老公开车送你一程吧。”她仍旧露出爽朗的笑容。“哎，”她又对槿说，“你就送送铃木先生吧？”

“好。”槿竟然出人意料地同意了，“我想了一下，从这里到车站还是有一定距离的，开车快一点。”

铃木一时间不知道该怎么回答。为什么要刻意送我？他有些疑神疑鬼起来，想起了比与子在电话中说过的话。“你好自为之，一个不注意小命可能就不保了。”难道是他觉得不能就这样放我回去？既然已经被你知道了，就不能让你活命，他是这样想的吗？恐惧爬上了铃木的脊梁。他让我坐他的车，该不会是想开到什么偏僻的地方结果了我吧？一瞬间，铃木心里涌出许多担忧。

“你要去什么地方？”槿站着不动，依旧是那种清澈透明的感觉。铃木甚至觉得自己的视线都可以穿过他的身体看到背后的台阶。

“去品川。”铃木已经来不及考量照实回答是否妥当，只得和盘托出，“车站边的那家咖啡店。”

“那我就送你到品川站吧。”

“啊，真的不用了。”铃木慌张地摆着手。

“不用客气。”槿还是那沉稳而睿智的口气，好像一阵吹过静谧森林的风。铃木终于还是没能拒绝。

门口停着一辆蓝色私家车。铃木迷迷糊糊地坐到了副驾驶座上。车是什么时候停在那里的，车门是什么时候打开的，自己又是怎么系上的安全带，他完全不清楚。他只记得自己迈出了脚步。既没有人引导，也没有人在背后推，总之就是在无意识状态下上了车。

简直跟出生的时候一样，铃木忽然想到。不知什么时候自己就出生了，不知什么时候自己就来到了这里。“无论什么地方，都再也找不到我存在过的证据。”他又想起了亡妻的话，竟有种恍然大悟的感觉。确实，在不知情的情况下出生，自然而然地就开始了人生的我们，或许真的没有什么证据能证明自己存在过，就跟没有证据能证明布莱恩·琼斯曾经是滚石乐队的成员一样。

或许，在自己不知道的什么地方，剧本早已准备好了，自己只不过是在不知不觉中遵循了剧情的安排。这近乎无意识的感觉，难道不正因为自己是在梦中或者幻觉中吗？这自然发生的一切实在太不自然。

槿动作熟练地发动了车。

行进途中，铃木总是担心槿会突然对自己说："你的那点小伎俩我其实早知道了。"他不自觉地感到恐惧。虽然通过车窗外的景色可以判断出，前进的方向确实是品川，可这样仍旧不能让他放心。他缩起肩膀，整个人都蜷了起来。

过了一会儿，铃木才忽然意识到，这不正是解开自己疑问的好机会吗？竟然还在走神，铃木惊叹着自己的迟钝。此时车里只有他们两人，无疑是确认槿是否就是推手的最佳时机。铃木下定决心，呼唤着体内所有叫作勇气的士兵蜂拥而起。就是现在，冲锋的时候到了。

他转头看着右边的槿。"那个……"他看着槿，却说不出话来。你真的是推手吗？他无法将这句话问出口。自己似乎在无意识的情况下有所察觉，如果再继续前进，就要跌落悬崖了。接下来，我必须要作为一名千金的员工，去跟他们汇报了。我可以向他们报告，你就是推手吗？铃木想这样发问，即便得不到答案，哪怕看看槿的反应也好。可是，他做不到。在这个浑身上下都威风凛凛的敌人面前，自己的那些叫作勇气的士兵都驻足不前。

“什么事？”槿开口道。

“健太郎，是个很活泼的孩子啊。”为什么要换到这个话题上？铃木直想摇头感叹。可是，为了找到线索，以孩子这一话题作为切入点或许也不错。这是为了寻找突破口而采用的迂回战术。他这样告诉自己。

“是嘛。”槿的态度并不明朗。好像不关心，又好像只是在敷衍，“那小子学习不行，足球倒是踢得还不错。”

“真的踢得很好。”这句话不是恭维，也跟自己此时的犹豫没关系，而是发自内心。他回味着跟健太郎踢球时的感觉。“如果环境允许，他或许可以在足球这方面大展身手呢。”

“环境允许？”

“啊……”铃木含糊其词。爸爸是推手，在这样的环境下，孩子不可能在足球上有所发展。总不能这样说吧？“就是自然环境。现在不是闹温室效应什么的嘛。”干脆破罐子破摔了。

“你觉得孝次郎怎么样？”槿继续着孩子的话题，可看上去并不感兴趣。

“很可爱。”铃木坦率地回答，“像只小动物一样，不过，他为什么总是用那么小的声音说话呢？”

“那是因为，”开车的槿直视着前方，慢慢说道，“我教过他。”

“教过什么？”

“真正重要的事情，再小的声音都可以被听到。”

“是这样吗？”

“那些搞政治的人整天大吼大叫，可人们会听吗？”

“他们说的话，当然谁都不会听。”

“真正有困难的人，发不出那么大的声音。”

槿到底想说什么，铃木不知道，可他最终也没能继续就这个话题问下去。

“你有什么话想对我说吗？”槿朝这边瞥了一眼。

“没有……”铃木感觉整个胃都缩成了一团，“什么都没有。”那些叫作勇气的士兵已经败退了。我到底是因懦弱得救了，还是因过度神经质而丧失机会了？铃木看着窗外，木然地想着，默默地长舒了一口气。

“到了。”大约又过了二十分钟，槿对铃木说。

这突如其来的声音让铃木猛地直起身子。他扭头看了看左右。“是品川站吗？”他伸长脖子来回看着，却没有看到任何车站的建筑或者铁轨。

“一直朝前，走到头就是车站。”驾驶座上的槿用下巴指了指右边。槿将车停在了一条宽阔马路的边上，前方约五十米处可以看到车站。“见面地点是什么地方？”

“是车站里的咖啡店。”铃木说了一遍店名，接着又说，“从这里走过去就可以，谢谢你。”他向槿道谢。看了一下车里的钟，离约好的四点还有差不多十分钟。

“不好意思啊，还让你陪健太郎玩。”槿仍旧直视着前方说道。

“哪里的话。”铃木解锁后打开车门。“我很喜欢足球。”他走下车后又说道。槿开始转动方向盘。车在信号灯处右转，变得越来越小。

“你，是推手吗？”这时候问题才终于问出了口，姗姗来迟，令人感慨。

品川站前的环岛广场总是熙熙攘攘。穿着西装的上班族和背着大包的游客行色匆匆地走着。出租车一辆接着一辆地出现，载上客人之后便立刻驶离。偶尔还会出现一些大型巴士，从上面下来一堆穿着不合时令的衣服的外国人，随后又消失在车站里。

铃木从旁边绕过去，进了车站。站内十分宽敞，人流量也很大。他爬上台阶，顺着长长的通道一直往前走。

约好在那里见面的咖啡店，铃木进千金的第一天就跟比与子一起去过。“那我们就约在第一次见面时的老地方吧。”她似乎还记得那家店，故意用一种小女生的口吻对铃木说道。谁跟你有老地方！铃木面色凝重。

店内并不宽敞。吧台后面是老板和一个服务生，除铃木之外，店里只坐了两个男客人。铃木找了个可以看到门口的位子坐下。抬手看看手表，已经过四点了。目前还没有察觉到有任何危险。就算有什么事，只要大叫一声，周围的老板或者客人也会帮我报警的吧，他在心里盘算着。

服务生端上来的水喝了快一半的时候，比与子出现了。深蓝色套装的设计看上去中规中矩，裙摆却非常短，看上去十分别扭。“终于见着面啦。”比与子露出一个怀旧的笑容，坐到铃木对面，点了杯咖啡。她盯着铃木，仿佛铃木就是最大的麻烦，眼神里闪烁着烦躁和不满。

“寺原、先生，真的还活着吗？”铃木直截了当地问道，声音不自觉地大了。

“都这种时候了还坚持不直呼其名，你也挺了不起的。”

铃木有种想要上前抓住对方猛烈摇晃的冲动。“寺原还活着吗？快给我说！”他想抓住她的衣领这样质问，可是只能忍耐。那个浑身上下只有罪恶和傲慢的混蛋真的还活着吗？

“你先告诉我，你跟踪到哪儿了？”

“我只是想进一步了解他而已。”

“在那之前你应该还有向我报告的义务吧？”

“报告什么？”

“推手的事情。你追的男人就是推手吧？赶快把他的住址告诉我，寺原正急得发疯呢，已经闹翻天了。”

“估计，”铃木搬出早已经想好的答案，“估计搞错了。直到刚才为止我都一直在观察，那人只是个普通人罢了。”

“普通人？拿刀捅人的杀手、下毒毒死邻居的女人，要说普通人，他们也都是普通人。”

“我觉得他跟这件事无关。那个人根本不是什么推手。”

铃木心里的想法完全相反，他觉得那个男人必定就是推手无疑。槿那沉稳的表情，锐利的目光，好像看穿了铃木一样的说话方式，他的一举一动都透露出那种特殊身份的人才有的特殊魄力。从关于蝗虫的对话中，也可以察觉到他对人类这种生物的厌恶和冷漠。这种独特而静谧的压迫感绝非寻常。如果他不是推手，他身上的这些非同寻常的东西就无法解释。正是他把寺原的儿子推到了车轮底下——这就是结论。

可是，铃木并不打算把这些事告诉比与子那帮人。

回想着健太郎和孝次郎的笑脸，那一瞬间，铃木似乎感觉到了来自胸膛深处那微微的震颤。不能把他们卷进这场是非，在铃木看来，这已经超越了所谓的义务或责任，而是一个切实的愿望。我必须要保护他们，铃木觉得突然间有种身为人父的使命感。“你们还是不要再管那个人了。因为他根本就不是什么推手。”铃木强调道，还做出一副无可奈何的样子。

“这种判断不由你来做，这是我们的工作。”比与子似乎在斥责铃木的自以为是。她的瞳孔深处散发出诡异的光芒，残酷而忍无可忍。

事到如今，铃木才终于察觉到，自己的处境可能比想象中更危险。

“你还真是天真。如果要逃，就应该坚持到底。到头来这么容易就上钩了。像你这种半途而废的人，人生往往最痛苦。”

“我不知道什么推手的住址。那个人真的不是，你们逼我也没用。”说完之后，铃木才觉得头似乎越来越重。哎呀！他试图摇头，脖子却不听使唤。眼皮要垂下来了。铃木心里一阵慌张，想睁大眼睛，可眼睛已经闭上了。

被下药了。铃木终于明白过来，可是已经迟了，太迟了。不可能！他逐渐迟钝的大脑拼命思考着。他曾考虑过比与子可能会用安眠药，所以当比与子走进店里之后，他一直暗地提防着，不让她的手碰自己的杯子。明明没有动手脚的机会……铃木正想着，脑子里出现了一个词。剧团？

比与子曾经谈起过他们。“只要有人找他们做事，不管扮演什么角色，他们都接。”她当时不是这样说的吗？难道这家店里的客人，甚至店员和老板，都是剧团的人？难道是他们在自己喝的水里下了药？有可能！铃木在心里哀叹，我真是蠢！可是还没来得及后悔，他就睡着了。

身体受到一阵冲击后，铃木睁开了眼。头很痛。他马上明白，自己被塞进了车里。后面的座椅全部都拆掉了，他横躺着。应该是小货车吧，车内的空间很大。两个男人押着自己。外套被脱掉了，透过毛衣可以感觉到车身的冰冷。双手双脚都被绑住了，并不是用胶带或者绳索，而是专门用来捆绑手脚的皮带等专业道具。准备得很充分，铃木想，同时又感到恐惧。他们对这种事是否早已习以为常了呢？

“你小子，真是悲哀啊。”右边的短发男人这样说道。他将脸凑到铃木脸上，好像随时都会滴下口水。看上去眼熟，好像是刚才店里的客人。

“剧团？”铃木脱口而出。

可以听到比与子在笑。铃木转过头去。比与子从副驾驶座探出头来。“你记得还挺清楚嘛。不过，这些人可不是。剧团现在跟我们闹了点小矛盾。这些人的本职工作是……”

“本职工作？”

“拷问。”比与子的嘴唇优雅地变换着形状，几乎令人迷醉。

啊，铃木连低声呻吟的力气都失掉了。我想也是。

“你也真够蠢的，那种谎话居然都可以骗过你。”

“什么谎话？”

“那个蠢儿子都给撞成一摊泥了，怎么可能还活得下来？”

我想也是，寺原的儿子不可能还活着。松了口气的同时，铃木又感受到了强烈的恐惧。果然是圈套，担心的事还是成真了，一如预料的那样。

比与子似乎看穿了铃木的心思，又添了一句："你应该也不是完全相信了吧。"

"明明不相信，竟然还敢来。简直蠢得过分！"左边的塌鼻子男人说道。黑色而干枯的头发留得很长，还好没有头皮屑，似乎也不是为了时尚才留这么长的。男人右脸上贴着纱布，上面还可以看到渗出的血迹。"你当时一口断定这小子会来，还真让你说中了。"他看着比与子说。

"嗯。铃木的性格我大致了解。"比与子看上去有些不耐烦，"而且危机感这东西，就算心里明白，却又出人意料地难以切身感受到。"

"什么意思？"短发男人凑上前问。

"心里自以为没有问题。"比与子笑着，"不管身处多么危险的境地，都天真地以为应该没问题。在没有亲手打开那个写着'危险'两个字的箱子之前，总是会想当然地认为'应该也没有那么危险'。跟通缉犯大摇大摆地去弹子房玩的心理一样，总会想其实也没什么大不了吧，情况应该不会一下子变得那么糟糕吧。每个人都以为危险是顺着台阶一步一步朝自己走来的，就像有些人明明知道有可能得肺癌，却还是不戒烟一样。"

完全正确。铃木也是以为危险会慢慢到来。比与子说谎的可能性、自己中了圈套的可能性、自己判断失误的可能性——这些他都考虑到了，却没有想到一切真的会成为现实。

"所以，这家伙才会跟预想的一样出现。"脸上贴着纱布的男人朝铃木投来同情的目光。

“你小子还是把知道的东西赶快说出来比较好。我们可是专业的。”右边的短发男开口道。他那像鳕鱼子般厚厚的嘴唇上下蠕动，让人觉得恶心。“严刑拷打，我们是专家中的专家。”

“老子今天心情可不好。”左边的男人悻悻地说，“你就做好心理准备吧。”

铃木觉得脊梁似乎贴在了大冰柱上，全身的汗毛都立了起来。他开始恐慌，觉得随时都会有把刀捅过来。

铃木被仰面朝上地按倒，眼睛只能盯着车顶。他试图把握自己现在的处境。可是，形势到底是多么令人绝望，根本无法把握。

都事到如今了，我还在想当然。

铃木就这样傻愣着，想起了亡妻生前说过的话。当时两人坐在电视机前，看着关于其他国家之间武装冲突的新闻。“像我们这样的人，恐怕就算敌人的军队就站在面前，也体会不到所谓战争的真实吧。”她说道，“至今为止世界上所有的战争，我觉得有一大半都是因为人们的想当然而爆发的。”说完还满脸遗憾地耸了耸肩膀。果然让你给说中了啊。你那句话早让我给忘得一干二净了。铃木想着，所有的注意力都集中到了无名指上。“这个世界上大部分的不幸，都是因为有人在想当然。”你说得真对。

自己究竟会被带到哪里呢？完全没有头绪。转动眼睛看看左右的窗户，也只能看到开始变得昏暗的云层和复杂交织着的电线，可以用来辨别位置和方向的东西一个都没有。而且，或许是横躺在地的关系，似乎连天和地都没有了。啊，还没反应过来，嘴又被贴上了胶带，橡胶的臭味简直令人眩晕。

“好了，到啦。”过了一会儿，比与子发出了明快的声音，就像是终于到了期待已久的动物园。熊猫在哪儿呢？她似乎随时都会发出这样的欢呼。

“哎。”一直没说话的司机发出了声音。

“什么事？”比与子说。

“前面有个人。”司机的声音听上去毫无生气，甚至连思考都没有。可能纯粹只是个负责开车的角色。

“前面哪儿？”

“刚才还在这条路的前面走呢。”

“没看见。”

“跑开了。”

“你是不是吃我们的药吃多了？”

光凭这句话，就可以知道这个开车的只是千金的一个客户，某个沉溺于非法药物的客人。为了得到那些药而替他们做事，应该就是这样吧。

塌鼻子长发男打开车门走了出去。他的腿脚好像有些不方便，右脚一直拖着走。伴着步子，他那缠在腰间的金属锁链一样的东西发出一阵阵声响。

“老实点，现在搬你下来。”右边的男人留在车里，把手伸到铃木的肩膀下面。因捆绑而一动都不能动的铃木只得伸直身体，活像一块木板。

先下车的纱布男抓住铃木的双脚，朝外拉去，简直就像是搬家时搬运行李一样。

从车里被搬出来之后，铃木才感觉到冰冷的风不断地从旁边吹来。他只能靠动动眼睛来确认自己所处的位置。眼前的路怎么看都像是一条单行道，左边则是一排建筑。不知从何处传来了物体晃动时沙沙的摩擦声。铃木保持着横躺的姿势，抬起下巴朝上看，发现马路对面有一片树林。是杉树林。风正奋力摇晃着枝叶，那声音听上去像是树叶的谨慎低语，又像是树干的庄严威吓。

铃木被抬着，朝脚所指着的方向移动。他的脸向上仰着，只能看见昏暗的天空。不一会儿，一栋楼进入了视线。自己似乎正向着入口处前进。整栋楼大概五六层高，原本或许是一栋办公楼，可如今看上去已经没有人了，有些楼层的玻璃破了都没有更换。透过二楼的一些窗户，可以看到里面堆着轮胎。这里绝不是什么令人愉悦的地方，这一点是肯定的。肯定没有熊猫。

铃木不知道电梯究竟停在了几层。门打开的同时，他又被横倒抬了起来。穿过走廊、大门，进了房间。这层楼空荡荡的，什么都没有。或许当初的公司搬走之后，这里的样子就再没变过。虽然空间很宽敞，但是墙壁上的水泥已经开始脱落了，地板上铺的是冰冷的瓷砖。不知道是不是定期消毒了，房间的各个角落都充斥着药品的怪味。房间正中央摆了一张床板，铃木被放到上面。背后传来的冲击让内脏都跟着震动，灰尘不断落在脸上，铃木忍不住咳了起来，一时间连眼睛都睁不开。

“话说在前头，我不想让你吃苦头。”比与子坐在一把带滚轮的椅子上，在几米开外的地方一蹬脚，朝铃木呼啸而来。如果不是嘴巴上贴了胶带，铃木真想告诉她：我相信你。

“不过，以前也告诉过你，我们公司不是什么正经合法的地方。”

铃木的呼吸急促起来，胶带特有的臭味令他的鼻子刺痛。

“而且，小心谨慎到变态的程度。”

这我都知道。铃木的脸有些扭曲。飞扬的尘埃终于落定，他动了动脖子，身子下面的床板传出一股发霉般令人作呕的湿气。两个男人站在他两侧，左边那个纱布男已经开始戴黑色的皮手套。

“我觉得，我已经给过你很多次机会，在咖啡店的时候也给过。我不止一次地求你说出你所跟踪的男人的位置，可你都没有松口，也不知道那对你到底有什么好处。是不是？”

铃木看见右侧的短发男手上抓着一把已经生锈了的铁锤。一瞬间，铃木察觉到自己的眼神在游移，大脑充斥着恐惧。自己一动都不能动，他们想对这样的我做什么？他的脑海里充满恐惧。槿、堇、健太郎和孝次郎的脸，一个接着一个地出现在眼前。铃木回忆着他们家的地址。只要说出这个，自己就能得救吗？对于突然间变得如此懦弱的自己，铃木感到十分意外。他似乎看到亡妻正轻蔑地看着自己说：你这么简单就抛弃孩子们不管了啊。

“我觉得你那样也很了不起，是不是该叫作沉默的美学呢？”比与子鲜艳的红唇动了一下，“只不过，那也得承担相应的风险。”

铃木注意到自己嘴上的胶带一直都没有被撕掉，接着便整个人都僵硬了。对于比与子来说，自己报不报告或许早已经不重要了，或许她也根本没打算要从自己这里问出什么来。明明没有闭眼，铃木却觉得眼前一瞬间完全被黑暗覆盖了。绝望姗姗来迟。

“总之，我会慢慢地，”左边的纱布男粗俗地笑道，“折磨你，但不弄死你。”

这个男人真像一只青蛙，铃木正走神的时候，对方嘭的一拳砸在了他的肚子上。他一下子觉得不能呼吸了，只能吐出舌头呻吟，已不成人声的声音从嘴里模糊不清地漏了出来。唾液不停地往外涌，由于胶带堵住了嘴，那些唾液又开始倒流，进入了气管，引起一阵哽咽。这时他又被揍了一拳。胃里有东西往上涌，一定是还没消化的意大利面。铃木此时竭尽全力所能想到的也只有这些了。

“手指、脚趾、手肘、膝盖。”短发男一边晃动右手拿着的锤子，一边颇有节奏地念叨着。伴随着呼呼的声响，铁锤气势凶猛地挥动起来。

鲸

鲸看了一眼开着的窗户。淡淡的红色窗帘正随着微风摇曳，就像一条舔舐着室内的巨大舌头。窗外的情况他没有看。反正就算看了，也只有摔成肉酱的岩西而已，一个不小心，还有可能被聚在尸体周围的人看到自己的脸。公寓楼里各家的门开开关关的声音，已不厌其烦地持续了一段时间。惨叫声、大喊声，一切都开始喧嚣骚动起来。

鲸打量了一下室内。他看着放在桌上的电话，回想着那个脸像螳螂一样的岩西从窗户跳出去之前说的话。

“你给我好好干，蝉。可别输了！”岩西带着平和的笑容，挂断了电话，表情释然，就像好不容易放下了沉重的行李。“真是吓了我一跳。”他摊开双手说。

“什么？”鲸一边问，一边打开玻璃窗。窗帘开始抖动，像是在为即将到来的跳楼而欢呼。“刚才的电话是谁打来的？”

“蝉。”岩西露出满是牙垢的门牙，口臭迎面扑来，“是我的部下，原本应该要去干掉你。"

鲸的眉毛抖动了一下。

"你也盯上蝉了吧？"

"盯上？"

"你不是要从头开始清算吗？那么蝉也会是你的对手吧？"

决斗吧，从头开始清算。这个声音一直在鲸的脑海里回响。

"蝉现在在什么地方？"

"在品川的一栋楼里。"

"楼到处都有。"鲸立刻答道。这也是刚才岩西在电话里跟蝉说过的话。

"我也吓了一跳。那小子竟然跑到寺原的地盘上去了。"

"寺原。"鲸想起曾经见过几次的那个千金的寺原。络腮胡，皮肤黝黑，腰板笔直，个子不高，可就像矿石虽小却很坚硬一样，他的身体很硬朗。粗眉毛，鹰钩鼻，精悍的表情看上去根本不像个中年人。风度和气势都足够，确实具备作为领袖发号施令的威严，难以接近，威风凛凛，毫无破绽。

"你既然是干杀手这一行的，寺原的名字总该听说过吧。寺原的儿子最近被人杀掉了，这事你知不知道？"

鲸没有回答，却直觉般地想起了昨天晚上目击到的情景，在头脑里回放起来。那起在藤泽金刚站附近看到的交通事故。在十字路口等待信号灯的人群当中，有一个人独自冲向了马路，然后被小货车撞上。推手——这个词在脑海里划过。别再想了，他立刻念咒般地告诉自己。推手。别再想了。不，应该想。这是决斗啊。

"那是推手干的。"岩西呵呵地笑道，"寺原好像这样认定了。"

"那又怎么样？"

"有个人知道那个推手在哪儿。"鲸明明没有追问，岩西却自顾自地说起来，"寺原的一个手下好像找到了推手，却不报告，于是好像被骗出来了。接下来他们好像打算用些凶残的手段逼他招供。"

"净是好像啊。"

"蝉现在正准备去抢人呢。"岩西不知为什么竟有些自豪，"刚才他在电话里说的。"

"在哪里？"鲸觉得嘴开始有些发干，"快说！"那口气好像要将对方射穿一样。"你的那个部下，蝉，他要去哪里？"

联系上了。鲸感觉胸口一紧，剧烈地上下起伏。就像田中说的一样，通过最初的契机，所有的事情都联系在一起了。未来就写在某个人的菜谱里。或许真是如此。鲸这样想着，甚至渐渐觉得，写下那个菜谱的难道就是腿脚不便的田中吗？

"果然，你还是想干掉蝉。"岩西咧嘴笑道。

"你想阻止我？"

"怎么可能。"

"你很开心？"鲸完全看不透眼前这个岩西到底在想什么了。

"自己的部下要超额完成任务，心情当然好啦。"岩西说完，鼻孔喘着粗气，嘻嘻地笑着，"虽然那小子很讨厌我。"

"你不讨厌他吗？"

"没什么喜欢或者讨厌可言。我就这么一个部下，既然他要独立，那我也放心了。我就可以飞啦。"岩西的神情已经完全恢复到了正常的模样。"窗户飞出去。"不过自杀的决心似乎并没有受到影响。

“你不是飞，是死。”

“告诉你，”岩西自豪地说，“我最讨厌自杀的家伙。只有人类才会这样，为了逃避而去死，真是够自大的。一头猪就算再不幸，都不会选择自己去死。人真是傲慢。所以，我是飞。死，只不过是个副作用而已。”岩西气势十足地一把拉开了抽屉。鲸以为他要拿武器，立即端起枪对着他。“你别开枪，我又不可能反抗。”岩西缓缓地举起双手，“死之前我可不想被杀。”说完，他慢动作一般放下手臂，把手伸进抽屉，拿出一张照片，对着鲸让他看。那是一张黑白证件照。

“这是谁？”鲸用手指捏着照片问道。

“蝉。”

照片上是个年轻人，柔软的头发刚好到耳朵，鼻子尖尖的。虽然不耐烦地皱着眉头，但看上去还是有些像个孩子。

“原本打算替他弄本护照，结果最后还是忘记了。”岩西像是在炫耀着自己的失败或失忆，“他就是蝉。你可别搞错了。”

“为什么要特意告诉我？”

“因为我想看你和蝉之间的决斗。”

“你看不到了。”

“他说他在品川。寺原的总部也在那附近，但蝉应该不是要去他们总部。寺原他们每次教训人都是在另外一栋楼，你应该也知道那地方吧？”

“什么地方？”鲸讶异地看着岩西。

“寺原的另外一栋楼啊。在远离市区的一条小路上，对面是杉树林。在业界可是很有名的。”

“杀人犯还有业界，到底是打算干吗？”鲸皱起眉头。

“有意思。蝉也说过同样的话。”岩西轻松地笑着，翻起桌子上的地图，指给鲸看，“就是这儿，这栋楼。一定没错。”

“你到底是我的敌人还是朋友？”鲸歪着头说。

“哪边都不是，我只是个看热闹的。”岩西说着，站到椅子上，朝窗户外面走去。“别了。不愿死了一般地活着，真是一句好话啊。”刚说完，岩西便跳了下去，没有发出叫声。没过一会儿，便响起了肉体撞击地面的声音。

为了不被周围住户看到，鲸从楼背后的楼梯快速下到一楼。他看到了停在入口处的警车。警笛没有响，警灯在回旋闪烁。

走出住宅区，鲸回到来时的路上。他打算顺着河堤一直走到尽头的地铁站，前往品川。

拿出手机确认了一下时间。傍晚四点十五分。

鲸大踏步前进，刚巧在十字路口附近发现了一辆出租车，拦了下来。坐车去更快。他拿着从地图上撕下来的一小块递给司机看。

“就是去这儿吗？”司机的口气有些生气。

“就是去这儿。”

车开出去没多久，鲸便感觉到了腹部的疼痛。胃里就像有一颗螺丝，正被紧紧地拧到深处又往外拔。疼痛感逐渐加强，是那种执拗的疼痛。鲸用右手压着肚子，脸贴到左侧的车窗玻璃上，调整着呼吸。身体无法控制地扭动起来。已经被拧到极限的螺丝还在扭转着。

同时，胸口传来一阵空虚的感觉，像是开了一个大洞。赶快塞上，脑子里发出指示，却根本无济于事。腹部的钝痛和心口的空虚同时折磨着身体。鲸觉得难以呼吸，拼命翕动着嘴唇。不知是不是诱发了贫血，他觉得体温在下降。

“这位客人，身体不舒服吗？”司机透过后视镜看向鲸，问道。

鲸想回答，却发不出声音。

“想吐就说一声，我给你停车。”司机毫不掩饰话里的不满和鄙夷。他觉得鲸一定是没等太阳下山就已经喝得烂醉如泥了。

鲸拼尽全力，也只能做到闭上眼睛调整呼吸。下颚和上颚的衔接处发出了响声。真冷，他想，身体不住地抖着。他伸出手，探进外套的口袋，将那本没了封面、已经破破烂烂的文库本卷成圆筒，紧紧地握在手里。“不用慌，不过是体力衰颓。”

“那就是负罪感吧。”那些用轻蔑的口气揶揄自己的亡灵似乎就在眼前。

大概过了十五分钟，出租车停了下来。身体的疼痛终于有所缓和，鲸正深呼吸的时候，听到了司机不耐烦的声音。“就停这儿可以吗？”司机转过身来，脸几乎就在鲸的面前。“从那边左转进去，然后再右转就到那栋楼的正门了。”他伸出手指着说，言下之意是让鲸从这里下车自己走过去吧。

鲸看着周围，确认了一下地图。“那栋楼前面你不愿意去吗？”

“那楼对面可是杉树林啊。这位客人你没看见吗？”司机脸上还留有刚刮完胡子后的青色痕迹，他用食指指着挡风玻璃的左上方说：“我的花粉症很严重，再往前走麻烦可就大了。”

“什么麻烦？”

“眼睛都会睁不开，搞不好要出交通事故。”

这个青色胡茬的司机该不会也是跟着我的某个亡灵吧，司机说话时那傲慢的语气让鲸忍不住怀疑起来。鲸从钱包里掏出足够的纸币，递给司机后就下车了。司机似乎很怕花粉，车猛地发动后，没一会儿就不见了踪影。鲸慢慢地在十字路口左转。这条路很窄，只够车勉强通过，两边都是破旧不堪的建筑。四周弥漫着阴沉的空气，霉臭扑鼻。这些哪里是建筑，简直就是钢筋水泥做成的盒子。

既没有行人，似乎也没有车辆经过。稍微走了一会儿之后，前方开始明亮起来，应该是快到大路了。就在这时，鲸看到了一辆停着的休旅车，大约在前方二十米处。车头朝着自己，靠右停在了路肩上，有些歪斜。

从车上下来了一个年轻人。匆忙之下，鲸斜身躲到右边墙壁的凹陷处。那个年轻人身形纤细，看上去十分敏捷，身体柔韧性很好，摇晃着如同猫毛一样柔软的头发，展示出如同猫一样矫捷的身体。

鲸看见了对方的侧脸。是蝉。鲸想起了岩西给他看过的照片。

蝉

蝉开着偷来的休旅车，几乎是一路顺畅地来到了那栋楼。方位和路线都跟从桃那里听来的一样。过了品川站后，要转过一个大弯，还要变一次车道，但还不至于迷路。

他立刻就找出了寺原的那栋楼，一座五层的暗灰色建筑。或许是灰尘的关系，各层的窗户都灰蒙蒙的，墙壁已经出现裂缝，水滴如同鲜血一般渗出来。蝉开过那栋楼，在第一个转弯处左转。轮胎发出些许声响，但不用在意。又往前开了几米之后，车顺势上了路肩，保持着车体倾斜的姿势停了下来。下车之前，蝉注意到车后面有一条毛毯，便立刻一把掀开。如果有人藏在里面可不大好，他想。所幸下面只有两个空纸箱。把毛毯重新放好之后，蝉打开车门走下了去。

顺着刚才的路，蝉朝那栋楼走去。

隔着一条马路，楼的对面是一片苍郁而有魄力的杉树林，一棵棵直立着的杉树都有四五十米高。无法看出树林的面积，至少看上去很深。赤褐色的树干笔直地伸展着，上方延伸出枝叶。简直就像刺向天空的矛一样啊，蝉在心里感叹。或许是因为风，杉树左右摇摆着，树叶也随之发出声音，像是庞大的巨兽正顿足而立，摇晃着全身的体毛。

紧接着，他发现前方有一辆小货车迎面驶来。他慌忙后退，转过拐角藏起来。蝉竖起耳朵，听见了停车的声音，接着是女人的说话声。他将脸探出去一半。

女人正打开后座的车门，可以看到车里还有两个男人的身影。几个人匆匆消失在那栋楼里。蝉没有看清长相，只看见两人抬着一件什么东西。啊，他终于想明白了，那不是东西，而是一个被绑着的人。原来如此，应该就是传闻中的那个手下，蝉舔了舔嘴唇。嘴硬，顽固，不幸即将被拷打的，就是那个人吧。蝉松了口气。不是大个子或者胖子实在是太好了，这样抢起来也容易些。看到货车开走，蝉便朝那栋楼走去。

“你给我好好干，蝉。”岩西的话再次在脑海里回响。你不说我也知道。

这栋楼的入口处铺着白色的瓷砖。乱吐的口香糖和乱扔的烟头四处可见，看上去像霉斑一样。入口的大门上有一个圆形把手，抓住把手后身体靠上门板，门便朝内侧开了。一楼似乎原本是接待处，对面摆着一个长长的前台。

蝉在电梯前停下，查看电梯停在了哪层。知道是在四楼之后，蝉便转身走了出去。他准备走应急楼梯。直接坐电梯可不是明智之举，电梯一动，四楼的那些人可能就会警觉起来。说不定门一打开，早已等候在那里的人就会朝他开枪。蝉顺着台阶一步一步地朝上走去，尽量留意不发出声音。冰冷的风并不是吹打在脸上，而是安静地往脸颊送来寒气。气息变得急促，蝉意识到自己正兴奋起来。“看我收拾你们。”他轻声说道。

到了四楼，拉开逃生门，溜进去后便是楼道，尽头是电梯。顺着走廊朝前走，左手边有一扇看上去十分沉重的门。蝉将脸贴到磨砂玻璃上，试图探听里面的情况。似乎人数并不是很多。从车上下来的，是一个女人和两个男人。蝉觉得如果只是这样，直接冲进去也基本上可以对付。

刀握在手里，身体朝门上一撞，蝉冲了进去。

攻其不备，动作必须连贯。

室内亮着日光灯，但可能是出现了故障，又或许是太过老旧，灯并不是很亮，不过大致情况还是可以判断清楚。他看见了房间中央的女人正转过来的脸。一开始是惊讶，当看到蝉之后，又瞪圆了眼睛。

太慢了。蝉像是在地面上弹跳一般前进着。一个躺在床板上的男人进入视线。老兄，我救你来啦。蝉一边接近，一边观察对手，绷紧每一根神经，依次确认。跟料想中一样，一个女人和两个男人，仅此而已。女人正从一把滚轮椅上站起来，只是傻站着，还没有做出任何反应。

先从女人开始，蝉这样判断。两个男人手上并没有枪。床板左边的男人戴着手套，右边的则手握工具，是铁锤。最有可能带枪的是那个女人。臂力和体格处于弱势的女人，最有可能面无表情地偷偷藏着枪。

所以蝉最先冲到女人身边，挥动左拳打到对方的下巴上。原本也可以用刀，只是此时完全凭直觉空手给了她一拳。女人朝后倒下，带着一脸惊讶的表情，好像至今为止从未被别人这样打过一样，高跟鞋都飞了起来。果不其然，她身上藏着的枪滚落到地面，又继续保持着滑行一般的动作，直到角落才停下。

与此同时，一个男人开始向自己发起攻击，蝉都看在眼里，迅速挥刀。

男人脖颈的位置、自己右臂的长度、刀刃的长度、跟对方之间的距离——所有的因素蝉都早已了如指掌。他挥着刀，如同要切开面前的那层布一般。这是已经渗透进身体的、十分熟悉的动作。跟岩西做事的这些年，蝉一直在房间里挂着布，用来进行挥刀训练。“这不是跟在球场上做挥棒练习的棒球选手一样嘛。不错啊，简直就像个全面发展的运动员。”他想起了岩西那张大笑着调侃的脸。

挥出的刀尖刺到了男人的皮肤，钻进肌肉，切断颈动脉，割到骨头，一种种触感接连不断地传来。男人瞪着蝉，张着嘴停止了动作。舌头在动却没有声音，眼神开始变得呆滞，血呈泡沫状溅了出来。

紧接着，男人的脖子开始喷血，像被用手按住的水龙头一样，飞散着汹涌而出。蝉将男人拖倒，地面上很快出现了一摊血。接着他又快速调整姿势，转向正攻过来的短发男人。

那人高高地举起右手握着的铁锤。蝉看到他的脸，“咦”了一声，接着立刻转身，避开了铁锤的攻击。来势汹汹的男人扑了个空，朝前一个趔趄。“你不是那个柴犬嘛。”蝉说着干巴巴地笑了两声。这正是几个小时之前，自己去东京站时在小路上见到的男人，头发剃得很短，看上去很像柴犬。再转头一看，刚才被自己用刀刺过的男人躺倒在地，腰上缠绕着锁链一样的东西——那家伙原来是土佐犬啊。

什么呀，原来是阿柴和土佐，真是令人感动的重逢，跟太郎和次郎[①] 似的。

阿柴再一次挥起铁锤。蝉只是凝神注视着。很清楚。对方手臂的动作、轨迹全部都可以用肉眼看得清清楚楚。对方打算从左方攻击蝉的头部。蝉的上半身朝后倒去，让铁锤从鼻尖滑过，好像要用鼻子去试探铁锤。不知是因为愤怒还是慌乱，阿柴的双眼都充血了。

铁锤过去之后，蝉再次站直身体。“刚才放了你一马，接下来可就不行了。”自己说得很快，对方似乎没听见。“跟你说呢，‘原谅只限于最初的一次’。”

由于扑了个空，阿柴失去平衡，正慌乱地舞动右手，试图重新站好。他要扔什么过来，蝉一闪念间想到。这么近的距离，如果被对方扔个什么东西过来可不得了。这样想着，蝉已经动起右手。他先扔出了自己的匕首。令人感动的告别，没有声响、没有余韵。匕首从蝉手上飞出，下一个瞬间，已经扎入阿柴的右眼。

连一声惨叫都没有，阿柴只是往后退着。他在困惑。他还不明白为什么自己的右眼忽然看不见了。比起疼痛，他更加强烈地感觉到的是自己的头好重，不知该怎么办才好，只能一个劲儿地往后退。“为什么……”阿柴发出迷茫的声音。

蝉觉得对方是要问自己为什么扎他，答道：“还不是因为你们是太郎和次郎嘛。”

---

① 1956 年跟随日本第一支南极观测队到达南极的两只狗，后因故被遗弃在南极，一年后被救出。

紧接着，蝉毫不停顿地从口袋里掏出了早已备好的第二把刀，握在手里，贴近阿柴，一刀扎进心窝。刀刃继续朝胸口游动。一如从前熟悉的程序，就像划开面前挂着的布一般，手上传来微微颤抖。切开脂肪，刺穿心脏，这些感觉他都了如指掌。他猛地拔出刀，立刻响起了血液汩汩奔涌的声音。

阿柴倒下了。蝉这才再次转身对着女人。他看了一下，确定刚才掉在地上的枪还在原处。女人可能好不容易才爬起来，还没来得及去捡枪。“话先说在前头，我可不会因为你是女人就心软。刚才空手揍了你，并不是什么手下留情，只是碰巧为了配合步伐节奏。你明白吧？”

“你什么意思？”茶色头发的女人瞪着双眼，高声吼道。

蝉看得出来，她只是在虚张声势。他从头到脚打量着她。短发，套装，黑色丝袜，高跟鞋掉在一边，皮肤雪白，白得仿佛商场里的假人模特。“不好意思，这家伙我要带走。”蝉弯下腰，将匕首放在鞋边，看着床板上的男人。他的身上还捆着皮带，捆得很紧，很不好拆。蝉双手并用，寻找着皮带之间的缝隙，打算一点点地拉开，却不顺利。“真紧啊，这东西！”蝉发出了一声感叹。什么情况，松个皮带竟然比干掉两个人还麻烦。

就在这时，蝉感觉到女人的脚离开了地面。他下意识地转身拿起匕首，站了起来。女人的背影正朝面向走廊的大门拼命跑去，没有穿高跟鞋。蝉不耐烦地咂了咂嘴，摆好架势准备把匕首扔过去，但最后还是放弃了。这女人应该是跑去向寺原报告自己的事，可只要干掉了推手，寺原也只能承认自己。蝉在心里盘算着。没什么好追的。

再次蹲到床板前，蝉又摆弄起那些皮带来。狠下决心去弄之后，皮带也开始一点点地松开了。其间，从男人的手上掉下了什么东西，落在地板上，发出小小的碰撞声。蝉迅速用右手捡起，拿到眼前打量。是枚戒指，没有贵重的钻石，好像也换不到多少钱，于是随手塞进了牛仔裤的口袋里。

“我来救你啦。”蝉对着不停眨着眼皮的男人耳语道，“感动吧？”

铃木

救下自己的究竟是什么人，铃木一点头绪都没有。这个人明明从来就没有见过，现在却毫无疑问是在给自己松绑。

他来的时机几乎是极限了，命悬一线，千钧一发，就差那么一点点。铃木的身体还在发抖。那铁锤几乎就要砸在自己的手指上了。肚子被揍了一拳，腰又被踢了一脚，接着那个长发男就掰开了铃木的手，捏住铃木的手指根部压到床板上。“好了，砸吧。”他对短发男下了命令。“先砸烂个一两根，这样你小子总该愿意说了吧。”

铃木想象着手指被铁锤敲打的情景——粉碎的骨头、迸裂的血管，还有残破的指甲，立时起了一身鸡皮疙瘩。事情已经恶化到无法挽回的地步了，瞬间他觉得自己的胃就像是被捏碎了一般疼痛。

就在那个时候，从走廊那边传来了脚步声。

两个男人停止了动作，抬头观望。他们似乎也不知道究竟发生了什么事。至于后来在房间里还发生了什么，经过了怎样的打斗，铃木都不大清楚。因为他一直紧闭着双眼，扭过头没有看，那感觉就像是蜷缩在洞穴里等待暴风雨平息，或者是闭上眼等待内容恶心的电视节目结束一般。闭上眼，转过头，接下来的事跟我无关——就是这种感觉。

察觉到骚动停止之后，他才战战兢兢地睁开了眼睛。最先看到的是倒在自己右边手握铁锤的短发男。他趴在地上，头离自己比较远。铃木可以看见他那从裤管里伸出来的细瘦脚踝。他的身体还在颤动，一下一下，像痉挛一样。那抖动的方式很怪异，看上去不像是还活着。再转头看左边，铃木发现另一个人也倒下了，身子下面好像积了一摊污水。仔细一看，才发现那是血。

唯一留下来的就是那个来救铃木的人，看上去还年轻，顶多也就二十出头的样子，样子既不老实也没有气势，完全是一副只会在商场里偷东西或者在大街上恐吓勒索的小混混模样。所以虽然对方说着什么“我来救你啦”之类的话，铃木却完全无法将其想象成救世主。

铃木被扶起来之后，对方就命令他“走”。腹部的钝痛和肋骨的刺痛仍在继续，那些都是被揍过的地方。他用袖口擦拭了一下嘴边的口水，有股酸酸的味道，想吐的感觉更严重了。“威士忌……”铃木想也没想地说道，“你身上有没有那个装着威士忌的小木桶？”

“什么？”

“啊，没什么。”头脑似乎还是迷迷糊糊的，感觉自己像遇难了。

“蝉。”年轻人报上了名字。虽然在铃木看来其实并没有那个必要，他却十分自豪地说出了口。这是个头发很漂亮、充满了现代气息的年轻人。蝉应该不是他的真名，而是绰号之类的吧。好像是嫌铃木走得太慢，蝉靠过来说了一声“你快点”，接着便扶着铃木走了起来。铃木就这样被半推半拽着朝前走去。

铃木扭过脖子，看着倒在地上的那两个人。没有动静，好像是摆放在地板上的两件黏土工艺品，与其说是尸体，倒更像是地板上的两处突起。

“不是还有个女人吗？”铃木想起了比与子。她直到刚才为止都还在自己旁边，坐在那把椅子上，现在却不见了。

“啊，那个女的啊，跑啦，动作还挺快的。不过，算她聪明。”

“聪明？”

“不聪明的家伙会试图反抗，结果就是那个下场。”他用大拇指指了一下身后的两个男人，准确地说是两具男尸。“那个女的可能是去叫人了。这些麻烦的家伙，总是动不动就叫人，真无聊。光靠人数就能解决的问题很有限，你不觉得吗？”

“你到底是谁啊？”铃木脱口而出。他实在忍不住了。

“我是蝉。不是说过了嘛。”

可你明明并不是那吱吱叫的东西，铃木心想。“你是寺原的员工？”

“别把我跟他们混为一谈。你才是寺原的员工吧？我可不是。我那里更小，也更寒酸。不过说起来，你现在可是出名了。”

“出名？”

“你知道推手在哪里吧？”

不知什么时候，铃木的左手腕已经被蝉抓住了，力道十足。不会让你跑掉，铃木感受到了对方的这种意志，一时间说不出话来。本可以说些“你在说什么啊”或者“大家都误会了，其实那是骗人的”之类的话来蒙混，可如今失去了最佳时机。因为他沉默不语，还低下头咽了口水，这些或许已经是比言语更明了的反应。

“推手的事情，你知道吧？”对方强调似的又说了一遍。

两人顺着走廊来到了电梯前面。指示灯显示电梯仍旧停在一楼。“好像没有人要上来的迹象啊。”蝉说道。他按了下行按钮，电梯发出运行的声音。

“我们坐电梯下去吗？”铃木似乎想到了什么，开口道，“万一寺原的人在下面等着……”他想象着。两人乘坐的电梯下到一楼，门打开了，结果面前是拿着枪的比与子和她的同伙，所有的枪一齐喷出火舌。会不会有这样的事呢？这场面以前在电影里看过不知几百遍了，可现实当中只要出现一次，自己就完蛋了。“搞不好会中埋伏，变成马蜂窝哦。”

“蝉变成马蜂窝，太诡异了吧。”蝉不置可否地笑了笑。一阵声响之后，电梯门打开了。蝉松开抓着铃木的手，接着啪地一推，将他送进了电梯。“碰运气吧。应该没问题，现在还没听到有车在附近停下的动静。要是刚才那个女的真的叫人来了，估计也都是些智商有限的家伙，肯定会傻乎乎地弄出很大的动静，光急刹车的声音就能听到不少了。现在还什么动静都没有，所以应该没事。”

“虽然有一定道理，可也不是绝对。”铃木的手不知不觉中已经被蝉扭到身后，拧在一起，紧紧地压在后背上。铃木尝试着活动身体，关节处立刻传来剧痛。这简直就像是被警察逮捕了的罪犯嘛，他心想。

“假设，”蝉在背后说道，“门一打开，有人朝我们开枪，那我只好拿你当盾牌了。不好意思啊。”

电梯的速度慢得惊人，像是故意要惹人着急似的缓缓摇晃着，地板仿佛随时可能脱落。

“带我去推手藏身的地方。”蝉一副理所当然的口气。

“推手。”铃木在嘴里回味着这两个字的发音。这世上所有人都在找推手，他禁不住这样想。“你找推手又有什么事？”

“我要见他，跟他说话。”

“就这样？”怎么可能！

“怎么可能！”

“你们有仇？”

“没有仇就不能见面了？”

一楼到了。铃木深吸了一口气，眼前的门朝左右打开。只有祈祷了。无数的枪口、无数扣动扳机的手指、无数射进自己体内的子弹、无数的血液、无数的疼痛、自己没出息的惨叫、被射穿的内脏……这些景象眼花缭乱地出现在脑海里。如果真的要中枪，那到时候就喊亡妻的名字吧，他傻傻地想着。光是想着，脚底就已经软了。颤抖，几乎就要瘫倒在地。

为什么会变成这样？体内满是懦弱和疑问，铃木决定用亡妻的话将它们一扫而空。那就只有拼啦。是的，全都是为了她，铃木脚底暗暗发力，嘴紧紧地闭了起来。我为了你，算是已经很努力了吧。

门开了。眼睛不自觉地想要闭上，铃木只得绷紧额头和腮帮强忍着。不管要发生什么事，都应该睁着眼好好看清楚，他心想。

一楼大厅鸦雀无声地在眼前铺展开来，连空气都像静止了一般。没有埋伏，铃木感觉自己刚才的紧张是如此滑稽。

“这不是安全的嘛。”蝉轻松地说。铃木抿起嘴，接着如释重负地长舒一口气。“不过，他们应该早晚会来的。快走吧。”

双腿似乎随时会绊到一起，铃木勉强迈出脚步，朝出口走去。

“推手是个什么样的人？”蝉对着铃木的后背说。

“是、是个有家室的人。”铃木祈祷着这句话可以让对方回心转意。他想唤起蝉的同情心。如果没有什么深仇大恨，蝉应该不会想要费尽心思去杀还有孩子的推手吧。他期待着。“他有两个孩子。所以，你能不能别去找他了？”

蝉连话都没说就发出了一声欢呼，听上去又像是在吹口哨。“那不正是我最擅长的嘛。”

“啊？”

“杀人全家啊，那是我的专长。既然这样，那我可更得鼓起干劲了。”

他是在开玩笑吗？铃木不禁微微转过头去看着对方。那张侧脸看上去不像是在开玩笑，倒是堆满了愉悦。净是些张牙舞爪的飞蝗。

铃木被蝉连拖带拽地走在路上，不一会儿朝左一转，走进了一条更窄的小道。那条路的前方，一辆休旅车停在路肩上。

“赶紧给我上去。”蝉推着铃木的肩膀。车门似乎没有上锁，副驾驶的门一下子就开了。“上车。”蝉说。

快逃，心里有个声音。上车就完蛋了，那声音在警告自己。铃木听从了这忠告，转头朝左右看着，试图寻找可以逃跑的机会。只是，他觉得光靠跑不可能甩掉蝉。一眼就看得出来，不管是体力还是运动神经，都是蝉占上风。

“你该不会是想逃跑吧？”蝉质问道。铃木一惊之下转过头来，却被狠狠地揍了一拳，随即扑倒在门已经打开了的副驾驶座上。因为眩晕，头脑迷迷糊糊的。刚才被那些男人打过的地方又开始痛起来，真想吐。已经分不清前后左右了。明知道眼前的东西是椅垫，可是该怎样才能站起身呢？他似乎已经忘记了活动身体的方法。

不知什么时候，铃木的双手又被拉到了身后，身体也因此扭转起来，方向感似乎更混乱了。接着，双手又被绑了起来。蝉似乎把刚才那些捆绑的工具也带在了身上。虽然在背后看不见，可一定是皮带。门被粗暴地关上了。

蝉绕回驾驶座那边，打开车门坐了进去。“来兜个风吧。”他轻快地说。

鲸

“来兜个风吧。”驾驶座上的人说道。鲸此时正躲在车后座的毛毯下面。原本在毯子下面的纸箱则被叠了起来垫在身下。车内的光线十分昏暗，他估计除非是盯着仔细看，否则应该不会注意到毛毯有异。假如真的被发现了，那就只有在车里打一场了。鲸把手枪别在了身后，就是岩西房间里的那把。他平时用的那把没有子弹的手枪则被擦去了指纹，扔到了河里。

“你到底为什么想知道推手在哪儿？”副驾驶座上的人说道，语气里交织着困惑和胆怯，“为什么你想知道他在哪儿？你看上去不像是和寺原有关系的人，为什么要这样纠缠我？”

原来就是副驾驶座上的这个男人知道推手在哪里啊。

“才不是纠缠呢。我只要你告诉我推手的情报。听着，你只有两种选择。第一是自己主动开口，或者是让我花点工夫问出来；第二种嘛，就没这么轻松了。你会经历痛苦、绝望，不过结果还是跟第一种一样。”

“这不是跟刚才的情况一样嘛。”副驾驶座上的人凄惨地说道，“跟刚才寺原那帮手下干的事情一模一样。他们就是想折磨我让我说出来，你现在打算做的说到底不还是跟他们没什么区别？”

“你是在指责我没有创意？”

“不是这个问题。”回答完之后，副驾驶座上的男人暂时沉默了。他是打算说出来而正在花时间做心理斗争，还是选择了继续沉默，在毛毯下面的鲸无法判断。

“无所谓，总之先换个地方，到时候我再慢慢问你。”蝉说着，窸窸窣窣地动了起来，“钥匙怎么找不到了？是不是掉在什么地方了？你看见没有？”

一时间鲸还以为他在问自己，可那是绝对不可能的。车暂时开不了，这反而是个好机会，鲸想着。他慢慢地弓起身，做着扑出去的准备。

车忽然晃了一下，身体也跟着一晃。鲸以为是引擎发动了，可并不是。不可能吧，鲸想着。但不可能的事情真的发生了。鲸感到一阵眩晕，而几乎是同一时间，他的头也开始痛了起来。大脑里的螺丝又转动了，头像要裂开似的痛。

“我终于还是出来了。”耳边有人说话。鲸睁开眼睛朝左边看去。一个梳着偏分黑发、身着西装的男人就在身边，在毛毯下面，脸贴得很近。两个大男人这样在一起很难说得上舒服，可是鲸又不能赶他出去。他只是个亡灵而已。“你帮我把梶干掉了。”他的语气很谦逊。

是昨天晚上在酒店单人间里上吊的男人，那个因梶的贪污事件而做了替罪羊的诚恳的秘书，第三十三个人。我不是为了你才干掉梶的，鲸在心里默默地答道。

“可是，我还是很开心你能让梶自杀。”他说得很畅快，“既然梶也死了，或许要不了多久我还能继续给他做秘书呢。”他的脸看上去并不像是在开玩笑。

鲸没有回答。他决定一直静静地等到这个男人消失，但同时又很担心这段时间里蝉会不会发现自己。

“做这样的工作，你不觉得悲伤吗？”

鲸没有回答。他用右手捏了捏眼角，狠狠地闭上眼睛。心里浮出一丝焦虑。

“你也很辛苦啊。”对方小声地说道。

鲸没有回答。可是他觉得，如果对方再继续这样跟自己说下去，他的愤怒或许会爆发，或许会朝这个秘书怒吼。他没有自信能够一直忍下去。从什么时候开始，我连自己都无法控制了呢？一切都写在菜谱里。他想起了这样告诉自己的田中。这些事情也早就在菜谱里写好了吗？最后做成的到底会是一道怎样的菜？鲸思考着，再这样下去，不管亡灵是否消失，都只有行动了。前方驾驶座上和副驾驶座上的人都消失了，但他们一定还在那里。就算看不见，只要去做就可以。一切都要清算，鲸下定了决心。

他缓缓弯起膝盖，自己的脸旁边就是秘书的脸，距离近得十分诡异，甚至可以感受到对方的鼻息吹在自己脸上。若一不小心，还以为自己这边是现实，而那些清醒的人身处幻觉之中呢。他打算掀开毛毯，就像要撕裂覆盖在自己身上那一层厚厚的幻觉之膜一样。就在这时，鲸的头又恍惚地摇了一下，耳旁响起了秘书的声音。

“是时候了。”

鲸猛地起身，手朝驾驶座伸去。他的左手从驾驶座和副驾驶座之间的缝隙穿过，一把按到前方蝉的额头上。秘书的亡灵消失了，座位上的蝉清晰可见，手上传来真实的触感。透过后视镜，鲸能看到蝉的表情。那张脸如同冰冻一般僵住了。鲸将蝉的头猛地往后一拉，把蝉撞到驾驶座上。咚的一声，蝉后脑勺撞击座椅的回响传到了鲸的耳朵里。

清算。

蝉

完全不明白是怎么回事，等回过神时，自己正被往后拖着。屁股整个儿浮在空中，鞋跟摩擦着地面。是雪橇，蝉想。自己正坐在雪橇上，或者说，自己就是雪橇，正被往后拖着的雪橇。

外套的衣领被抓住了。他明白了，是有人在拖着自己，力道很大，不注意的话还会以为是汽车或摩托车呢。

这里是哪儿？他朝左右看了看，看到了沥青路面，还有正对着的那辆刚才自己还坐在上面的休旅车。到底是怎么回事？头脑完全混乱了。刚想起些什么的时候，又感觉身体软绵绵地往上浮起，自己像一件行李一样被拎了起来。好像穿过马路了，脚下不知何时起已经变成了泥土。

直到刚才为止，自己还坐在休旅车的驾驶座上，这些蝉还记得。威胁了副驾驶座的那个男人之后，为了找钥匙，把手伸进了牛仔裤口袋里，不料突然间从后面伸出了一只手。这些他也记得。从座位后面伸出了一只手。他不相信自己的眼睛，也没能做出反应，刚眨了一下眼睛，那只手就抓住了自己的额头。视野急剧缩小，只知道眼前是手掌的纹路，能看见的仅仅是透过指缝而来的一点点微弱的光。紧接着，头就被抓了起来，后脑勺朝椅背上砸去。咔的一声之后，脑子里便只剩下白光，意识越来越远。可能是因为撞到了头，整个身体都为之一震，再后来就记不清楚了。有开门的声音。啪嗒，啪嗒，声音连续地响着。勉强可以分辨出是驾驶座一侧的门被打开了，可身体却不能动。整个人像是在昏睡，手脚都软绵绵的。到底怎么回事啊，刚抱怨完，蝉发现自己已经被拽到了车外。

脸颊上感到了痛楚，有什么东西在扎自己的左脸。有草的气味。看了一下，原来旁边就是草丛，那些草摩擦着蝉的身体。

是杉树林。

自己正在那栋楼对面的那片苍郁而诡异的杉树林中。明明距离马路不是很远，可外界的声音却一点都听不到了。蝉只能听到自己的鞋摩擦地面的声音和另一个人踩踏树叶的声音。他被人拖着在林间行走，好像要去向不知在什么地方的洞穴。

这家伙是谁？疑问此时终于冒了出来。简直不敢相信他竟然藏在了车后座上，蝉试图扭头去看，可无法判断对方的长相。

不会是马吧？这拖着自己走的蛮力和粗犷，以及这毫无章法的行事，应该不是人能做出来的事情，难道是脱缰的野马？蝉甚至真的有些相信自己的推断了。可他又想起了那只从后面伸出的手，立刻推翻了自己这荒诞的猜测。那只手并不是马蹄，而且掌心有纹路。不是马，是人，一个有着一身怪力的人，正拖着自己朝前走。

蝉被人从背后拽着，像一件行李一样拖在地上，可仍然勉强将手伸进了牛仔裤后面的口袋。他抓住了刀柄，接着便朝对方的背后挥去。

第一次挥刀没有中。不知是因为对方的位置，还是挥刀的角度不对，刀刃扑了个空。“为什么没中！”蝉喊叫着，就像一个将全部财产都投资到彩票上，一边看着开奖结果一边发狂的人。“不可能没中啊！”

就在这时，衣领上的手松开了。他突然被放了下来。蝉一屁股坐到地上，由于惯性，上半身朝后仰面倒下，一阵痛楚之后，潮湿泥土的冰冷顺着后背爬满全身。他立刻侧滚，翻了个身，泥土和草沾满了全身。他连忙站了起来。

必须逃到一个安全的地方。头脑似乎还没有完全恢复，脚下一阵踉跄。“你到底是谁？”蝉保持着握刀的姿势，面向对方。真高大啊，他想。

即使在这昏暗的树林之中也看得出来，几米之外的那个男人体格十分健壮。他比蝉还高一个头，肩膀很宽阔。看得出头发很短，眉毛和眼睛的间距也很窄，肤色不白也不黑，脸中央的鼻子很端正，可能是因为轮廓太过鲜明，眼睛的部分显得一片黑暗。他穿着外套，双臂下垂，看上去不像有枪或刀。蝉调整呼吸，同时观察着对方的呼吸。吸气，呼气。他模仿着对方的呼吸频率。

“你就是蝉吧。”大个子说话了。说话方式很平稳，可某种奇妙的威慑力却让空气都跟着震动起来，不禁让人以为是周围林立着的杉树发出了声音。

蝉重新打量四周。净是杉树，看上去有四十多米高的杉树几乎遮盖了整个天空，树与树的间隔大约有几米远。赤褐色的树皮带着纵向纹路，似乎随时可以优雅地裂开。朝上伸展的树枝，以及围绕着树枝呈螺旋状生长的针形树叶，都在随风摆动。树叶之间的缝隙中有光透下来。日落前微弱的光亮有气无力地照射在这片树林之中，看上去很像洞穴中穿透了黑暗照射下来的细弱光柱。

“你怎么知道我的名字？”应该不是什么善类，蝉这样想着，加强了戒备。不管是那可以轻松拖动自己的怪力，还是此刻毫无表情变化的冷静，都散发出异样的气息，整个人十分镇定。和刚才的柴犬跟土佐犬完全不一样，蝉想。这家伙估计很特别。

“你好像原本打算杀掉我吧。”对方的嘴唇微微地动着，声音顺着地面爬了过来。

蝉忽然想了起来。“就是你啊。”他扯动着僵硬的面颊，勉强笑了两声，“你就是梶要杀的大个子啊。”

“你为什么没有来杀我？”大个子问道。

蝉调整着呼吸。他并没有表现出打算攻击的样子，只是若无其事地朝前走了一步。

距离。

蝉全力思考着距离的问题，把握好距离就是胜利。刀尖所能触碰到的距离，臂展加上刀身的长度能够贯穿颈动脉的距离，或者是全力掷出可以确保命中的距离，必须考虑到这些才能靠近对方。

蝉明白，哪怕只落空一次，一切就都结束了。他又踏出脚步，揣测着距离。大个子连动都没动一下，只是一直站在那里，注视着他。

简直跟石头一样啊，蝉想着。不管敲打他多少次，都绝对不会坏，这家伙是坚固的王者。

还有两步，还有一步，蝉在心里数着，又向前踏出了一步之后，猛地奔跑起来。离大个子还有两米。他端起刀，冲了过去。

绝对避不开，蝉确信。想要避开如此突进的蝉，这距离太近了。落在地面的树枝在蝉的脚下啪啪地折断。

大个子脸色一紧，连忙朝左下方移动重心。

“都说了来不及了。”蝉挥舞起握在右手上的刀——这只是假象——他同时伸出了左手。蝉的左手也藏着一把刀。

大个子男人具备跟体形完全不相称的敏捷，只不过可能是被右手的假动作所迷惑，动作慢了一步。蝉瞄准的是对方的腹部。他朝左侧出手，如同拳击手打出左勾拳一样将刀刺了出去。刀尖刺穿外套，又划开了外套下面的毛衣。蝉调动起每一根神经，集中注意力。刀尖陷入皮肤时的触感，将顺着握住刀柄的手指、手掌传到手臂，最终到达大脑。切开表皮，渗出鲜血，刀尖继续深入——这样的触感甚至可以想象出来。只要转动腰身继续让刀身刺进深处，就一定可以像剖鱼一样，随着咔嚓一声震颤，刀尖深陷入肉，划过脂肪，割断对方的肠子。

但结果并不是这样。大个子往后一倒，避开了进一步的攻击，随后一屁股坐到地上。刀尖失去了目标，带着鸣啸声划过面前的一片虚空。大个子还是呈后仰的姿势，双手支在身体后方，接着快速站了起来。

收回挥出的左手后，蝉调整前倾的姿势。“明明个头这么大，还挺能拼的嘛。”声音里夹杂着苦笑。说话的同时，蝉感到一阵焦躁。这下子麻烦了。

大个子站直身体，拍了拍手上的泥土，低头看着被刀刺穿的外套上的破口，用右手按压在上面。随后他翻过右手，看到了掌心上沾到的血迹。那是从自己身上流出的血，他看似新鲜地盯着那暗浊的血液。

“没有扎得很深啊。”蝉嘴上说得轻松，身体却被阵阵紧张包围，手心开始渗出冷汗。“接下来要一口气干掉你。”真的能够做到吗？

“挺精神的啊。”大个子小声说道，看上去既没有嘲笑，也不是侮辱。

“蝉本来就吵嘛。”

“鲸可是很大的。”

蝉听后“啊”了一声，点了点头。“才听岩西说过。原来你就是鲸，好像是做些什么让人自杀的工作吧？”

“只不过是出现在我面前的人，都轻易选择了自杀而已。”

“真敢说。”蝉强装镇定，假笑了一声。

“每个人都向往着死亡。”鲸说。

“如果是这样，那我倒是想请你帮个忙。”蝉说着，缓缓移动着脚下的重心，寻找接近的机会。距离。必须再一次把握距离。蝉思考着，设法分散对方的注意力。他看了看自己的左手。刀刃上虽然没有血滴下来，但确实沾上了血迹。

“什么忙？”

“就是我的上司啊，一个姓岩西的家伙。说是上司，其实也就是个只会接电话的废物。你帮我把他干掉吧。只要你去，不管谁都会主动选择死亡，不是吗？我想请你帮我把他杀掉。唉，不过岩西那么厚颜无耻，可能会比较麻烦。”蝉选择用轻松的口气说。

而鲸还是那副毫无表情的样子，面无血色。“也没多麻烦。”

“啊？”蝉发出尖锐的声音，他只能做出这样的回应。

“岩西也是一样。见到我之后，选择去死了。”

一瞬间，蝉失语了。他咽了一下口水，刀子几乎要掉到地上。“你……已经见过他了啊。”他说着，重新握紧了刀柄。

“就在来这里之前。”

“岩西是怎么死的？”

“想知道？”

“想知道。”蝉耸了耸肩膀。

“跳楼。”鲸的话里没有任何感情，不知那是因为顾及蝉的心情，还是他原本就是这样默然，蝉无法判断。“从窗户跳出去。”

“哦，是吗？”蝉做出冷漠的表情，眨眼的次数开始增多。他找不到更多的话了。

“那个人……”鲸朝前踏出一步，蝉没有发觉。忽然间，那个身影看上去更大了。“岩西，他对你有所期待。”

“期待？那家伙？”蝉苦笑着。这算什么笑话！“那家伙对我可没有什么期待。”鲸的身体看上去更大了。他是什么时候走过来的，蝉完全不知道。巨大的身体阻挡在自己面前，看上去像一座高耸的大山。“不过，谢了。”蝉说道，“那家伙死了最好。”

“这是真心话吗？”一个声音响起。除了自己之外，应该只有鲸，所以这声音一定是从鲸的嘴巴里发出的。可是，并没有见他的嘴唇动过。

“当然是真心的了。我烦他烦得不得了。难道你以为我是在逞强吗？”

“一个人嘀嘀咕咕地说什么呢？”听到鲸的声音后，蝉才回过神来。他以为自己在跟鲸对话，可好像并不是。难道是自言自语？他愣住了，耳根发热，抓着刀的两只手更加用力了。他整理着思绪。

岩西死了。

那么，我解放了，他首先想到这一点。跟加布里尔·露卡索的电影结局完全不一样嘛。岩西死了，我却还活着，那么我就不是受他操纵的木偶啦。跟电影里那个年轻人悲惨地恳求“就算是木偶也好，请给我自由”的结局完全相反。嗯？结局？我也要迎来结局了吗？

“我是自由的，不是木偶。”蝉发出了声音，低语着。

“你是自由的吗？”不知为何，鲸的声音竟然在耳边回响。蝉觉得这次肯定是鲸的声音，但又不敢确信。我到底是在和谁对话？他感到不安。

像是受到那个声音的影响，蝉抬起了头，从正面直勾勾地看着鲸。看到的瞬间，他感到背后升起一股冰冷的空气。全身的汗毛都倒竖起来，身体不禁抖了一下。直觉告诉自己不能这样看着对方，他心里明白，却无法移开视线。他被震慑住了。

或许是因为站在杉树林当中的阴影处，鲸的眼睛看上去不像是眼睛，更像两个黑洞，没有眼球和眼皮，就像头盖骨上的眼窝被直接扒了出来一般。蝉凝神看着，隐约还可以看到眼白，但瞳孔和虹膜的部分看上去只是空洞。

那不是眼睛，是空洞。而蝉正被吸进那空洞之中。这是什么？等蝉意识到时，他已经被吸入那深不见底的空洞。身体被鲸整个吞没，朝着那黑暗的水底不断下沉。比夜空还要漆黑的水包围着蝉，顺着口腔钻进体内。没有痛苦。那水正渗透进全身，身体被侵蚀了。

蝉感到意识模糊。并不属于自己的东西闯进体内，在向全身扩散的同时侵蚀着自己。黑暗的液体在身体中蔓延。但是，自己的目光却始终无法离开鲸的视线。

那黯淡的物质——黑色且呈胶状的忧郁在胸口扩张，蝉渐渐地觉得它似乎连自己的大脑也要占领了。那是一种既不是恐惧不安，也不是羞耻愤怒的黑色的情感，它塞满了蝉的身体，潮湿而又黏稠，又像是干燥得连一滴水都不剩的枯竭。

这是——蝉用他那已朦胧的大脑思考着，这到底是什么感觉啊？

蝉如同在泥泞的沼泽中挣扎一般，转动着脖颈。这毫不熟悉的忧郁令他困惑和恐惧。对自己的失望和消沉如同幻灭感般袭击着他，蝉只感到难以言喻的沮丧和失落。

不会吧？又过了一会儿，蝉忽然想到，难道是我心中的负罪感喷涌而出了？负罪感，为什么会是负罪感？忽然间，有无数个声音在耳边响起：呻吟声、惨叫声，甚至还有恳求声。数不胜数的人的声音和脸庞快要让蝉发疯，如同洪水般汹涌地压迫着他的眼睛和耳朵。蝉终于明白了，那是曾经被自己杀掉的人的面庞和声音。谩骂和憎恶的声音刺激着黑色的忧郁侵蚀自己的身体。

蝉察觉到自己正咬紧牙关，必须承认，自己正在忍耐着些什么。真的是负罪感吗？真无聊，蝉恶狠狠地想着，可状况并没有发生任何改变。

“都是岩西的错。”有一个声音说，听上去像是从鲸嘴里发出来的，但蝉已经确信事实绝不是那样。“因为岩西不在了，你身上的盖子就一下子被揭开了，不是吗？”那个声音还在继续，“你之所以一直以来杀人都毫无负罪感，难道不就是因为有岩西在吗？现在岩西死了，你也只有在这泛滥的忧郁之中窒息而亡了吧？”

这些话显然不是鲸说出来的。它们就在蝉的脑子里，声如洪钟般响亮。“跟岩西才没关系呢。”蝉咬牙切齿地从牙缝之间挤出这句话。跟岩西没关系，我在遇到那家伙之前不就已经开始杀人了吗？岩西所做的只是接电话和下决定，他才没有其他任何作用，更不可能是什么压制着负罪感的盖子。

鲸还是直直地盯着蝉。

我跟岩西没有关系。就算岩西不在了，对我也没有任何影响。“因为我、我在遇到他之前，不就已经存在了吗？”蝉想再一次告诉那个声音，可一瞬间，他愕然了。

眼前变得一片漆黑。大块大块的黑暗撞过来，等意识恢复的时候，蝉已经跪倒在地。他知道自己现在肯定面无血色，突如其来的绝望令他不知所措。“遇到岩西之前的事全部都想不起来了。”面对着这个事实，蝉弯下了膝盖。“怎么可能！”他小声道，那已经几乎不算句子，而只是一阵焦躁的喘息。

全部的力量都从身体里被抽离了出来，原本跪着的蝉如今已瘫坐在地。

肌肉里没有了力量，脚底下也失去了知觉。但蝉还是歪着头，视线并没有离开鲸的眼睛。他没法挪开视线。鲸俯视着蝉，没有做出任何特别的动作，没有打，没有踢，也没有束缚他的身体，连枪都没有拿出来。他只是用那空洞的眼睛静静地俯视着蝉，然后就是——等待。

蝉意识到了。这个大个子男人在等待着自己的死亡。

每个人都向往着死亡——这句话压在蝉的头顶。少开玩笑了！他发现不知不觉间自己的右手已经伸向前方。失去了力气的身体里，只有右手还有知觉。握住匕首，刀尖朝向自己，蓄势待发。

嗯？

这简直就像是要刺向自己，蝉一阵慌张。虽然慌张，身体却不听使唤。每个人都向往着死亡——这句话再次在耳边响起，蝉回答道："啊，是啊。"我原本就想死。正好。从内脏到胸口到头，黑色的忧郁四处蔓延，我只是想让它们全部消失。他终于说服了自己。

注视着鲸的眼睛，蝉抬起了右手。再一次跪好之后，他将肚子往前挺了一些。

我从一开始就没有存在过。

他看见一点不知是阳光还是灯光的明亮，顺着杉树的叶子缓缓落了下来。那是一丝稀薄而微弱的光。

在这些如同长枪一般耸立的杉树包围之下死去，或许也不错，他想。是起风了吗？树木在摇晃。树干沉重地摇晃着弯曲着，催促着蝉：死吧，死吧。像是在背后推着自己。刺下去吧，去死。吵死了，我死就好了吧，我去死就是。蝉平静地下定决心。可正当右手准备挥向自己的时候，一瞬间，他的视野却忽然明亮了起来，那些飘浮着的浓雾似乎一下子全都消失了。

一时间不知道究竟发生了什么，蝉困惑着，随即明白了：鲸的情况不正常。虽然还站在刚才的位置，眼睛却闭着，如同在做梦一般。这到底是怎么回事？蝉在心里问道。

铃木

铃木也不明白到底是怎么回事。等他回过神来的时候，驾驶座的车门已经被打开，蝉已经被拖了出去。他被留在车内，一时间竟有种茫然若失的感觉。虽然手脚被绑住，像个蚕蛹一样，可他还是扭动着坐了起来。他靠着椅背一点点地伸出脖子，透过车窗朝右边看去。

蝉的身影看上去已经很远了。一个体格健壮的男人正拖着他走远。感觉速度并不慢，以至于之前铃木还以为蝉是被放在拖车上。后来才意识到是那个大个子男人抓着蝉的衣领，朝杉树林走去。

或许是因为太阳快落山了，四周看上去灰蒙蒙的。马路对面的杉树林看上去十分昏暗，像深不见底的沼泽，又像走不到头的洞穴。蝉的身体逐渐融化在黑暗的树林里，消失了。

应该趁现在赶紧逃跑。铃木扭动着身体，试图改变姿势以打开左边的车门，却没有成功。他背过身来，试着将被反绑的手靠近车门。他拼命伸出手指，抓挠着门把手，可还是失败了。别着急，别着急，别着急。他尝试着冷静下来。这些声音在他心中回响，听上去又像是亡妻的声音。怎么能着急呢，怎么能着急呢？从来没听说过有人光着急就能成功。你说的都对。可是再不快些，杉树林里的那两个人就要回来了。剧烈的心跳声让铃木心烦意乱。他拼命活动着手臂，上半身都扭曲了。从食指开始，整条手臂似乎都要痉挛起来，但已经没工夫管那么多了。

我到底在干什么？铃木的脑海中浮出疑问。寺原的长子、千金、车后座的年轻男女、“那对男女可就没命了”、交通事故、说着“你给我去追”的比与子、槿的家、健太郎和孝次郎、足球、寺原的儿子还活着、品川、寺原的长子死了、皮带和胶带、昏暗的大楼、戴着皮手套的拳头、“我来救你啦”、休旅车、消失了的蝉……脑海里回想着这一连串经历，铃木再次想道：我到底都干了些什么？

他想着亡妻。他可以看到被撞进电线杆中、再也回不来的她。这种时候，本没有时间悠闲地考虑这些。

这时，背后响起了车门被打开的声音。铃木一个激灵，立刻转过头去。副驾驶座的门打开了。这次又是什么？铃木心里同时充斥着烦躁和恐惧，朝背后望去。

“你好像很辛苦啊。”是槿。

鲸

鲸有些慌张，可还是仔细地检查了一下四周。原本应该跪在自己面前的蝉消失了。

一直以来，幻觉的出现都会伴随着头痛和眩晕，这次却几乎完全没有任何征兆，所以，最初鲸没有察觉自己正处在幻觉之中。杉树的枝叶晃动时的声音、风吹过耳边的声音，听上去比刚才更强烈了。鲸看了看空无一人的前方，心想糟了。

蝉原本死定了。他拿刀指着自己的肚子，眼睛已经散发出渴求死亡的灰暗而浑浊的光。应该不需要指令了，或许连十秒钟都不需要。可这一切都因为自己这副身体而前功尽弃。危机感立刻包围了鲸。

鲸想起了在岩西的公寓里发生过的情况。当他眩晕来袭，身处幻觉之中的时候，岩西偷偷摸摸地爬到了地上，试图去捡枪。几乎是千钧一发，如果自己再稍微晚一点点发现，可能还在幻觉中就被岩西打死了。鲸心里明白，现在的情况比当时更加危险。到处都看不到蝉的身影，并且，比起岩西来，蝉显然更擅长实战，他不可能眼睁睁地放过露出了破绽的自己。

鲸如疯了一般地抬起右脚踢了出去，朝着蝉刚才所在的位置踢。恐惧驾驭了他，让他觉得蝉随时都可能朝自己扑来。他朝着虚空踢了一脚，当然，什么也没踢到。

蝉肯定移动了位置，鲸也盯着四周，动了起来。眼前只有杉树。一棵棵杉树等间隔地排列着，仿佛要刺向天空。鲸往后退了一步。

“鲸也没什么了不起嘛。”听见有人说话，鲸转头去看。站在对面的是岩西，就在几十分钟之前刚从公寓的窗户跳了下去的岩西。穿着和在公寓时完全一样，一件薄薄的紫色开衫披在身上，他正咧嘴笑着，露出一口并不整齐的牙。“不过我要是再晚一点，蝉就要输啦。”

“还不是因为你出来捣乱。”鲸不快地朝岩西说道。他甚至没有意识到自己正在跟一个亡灵说话，或许他现在已经管不了那么多了。

“说到底，还是我在危急之中救了蝉一命。”岩西摊开双手，“我可不是故意的。”

“结果就是这样。”鲸说。他高度紧张地环视周围，“现在，处境危急的是我。”

“不，蝉也还没有完全清醒呢。”岩西的声音听上去既没有喜悦，也没有哀叹。接着，这个亡灵往旁边走了一步。他的脚虽然踩在地面上，却听不到任何树枝折断或脚底摩擦尘土的声音。

“蝉很厉害吗？”

“反正比我厉害。”岩西笑得很粗俗，就像在意料之外的场合遇见了一个裸体妇人，喜悦万分。他的视线忽然落在地面上，微微地伸出下巴道："喂，你的书掉了哦。"

鲸连忙向下看。原本放在外套口袋里的书不知什么时候掉在了地上。封面朝上，书页正被风吹开。纸张随风翻动，发出清脆连贯的声音，然后又安静下来。

正准备捡的时候，岩西说话了："现在翻开的那一页，你读读看。是这样写的。'谁最善于欺骗自己，谁就能过得最快活。'怎么样，你善于欺骗你自己吗？"

"我从不欺骗自己。"

"所以你才不能快乐地生活啊。"

鲸不理会他的话，伸手去捡书。这时候，不知为何风又开始朝相反的方向吹，书页也随之往回翻动，最终停住的那一页上写着这样一句话：

可上帝为你做了什么？

这句话撞击着鲸的大脑。是谁的台词呢？他冥思苦想起来。是拉斯柯尔尼科夫？索尼娅？还是其他的哪个俄罗斯人？眼前这句话像是穿过了晶状体和视网膜，直接钻进了头颅。

"上帝，该不是在说杰克·克里斯宾吧。"岩西说着些不明所以的话。鲸闭上了眼睛。

上帝为我做了什么？可哪里真的有人曾让上帝为他做过什么事呢？鲸想道。别说是上帝或者他人，现实是就连自己都无法为自己做些什么，这是多么可笑。当明白了这个最简单的道理之后，人或许就会去向往死亡了。人只是活着，没有目的。只要明白了这件事，就会做好死的准备了。

完全不知道蝉究竟在哪里。他现在是怎样的姿势？手撑在地面上吗？还跪着吗？不，他还在这片杉树林里吗？不对，现在已经不是考虑什么杉树林的时候了。说到底，蝉这个人真的存在过吗？有谁能断言那个人就不是亡灵？到底哪边才是现实？

鲸竖起耳朵，试图不错过任何一点人的气息、脚下的震动、衣服的摩擦或者吸鼻涕的声音。他尝试着去感受他人的呼吸，甚至包括水滴透过杉树皮渗出来的声音。皮肤的触觉变得敏锐，耳朵听得也更清晰了。

这时，鲸睁开了眼。接下来的瞬间，他的眼前出现了一道亮光。

是大概十几米远之外的路上有车经过，车前灯的光在鲸眼前横扫而过。鲸的视线随着飘浮在空中的白色亮光而移动。与此同时，头像是被无形的空气来回击打着一般，止不住地晃动。现在这里是现实吗？鲸再次皱眉。

他想把脚下的书捡起来，于是弯下腰，伸出右手。就在此时，两样东西同时出现在他面前。

一个是手枪。那把从岩西的公寓带过来的手枪，就躺在自己伸出的手的前方——刚才看到的小说原来是幻觉。

另一个是蝉。他背对自己，双脚只是勉强站住的架势，头转了过来，手上握着刀。

似乎是因为鲸向前弯下了腰，他才扑了个空，而且此时正是重心不稳失去平衡的时候。鲸捡起手枪，上身挺得笔直。他抬出手臂，扣动扳机。

蝉

扑空了的蝉重新调整姿势，再次振臂挥刀，朝鲸冲去。这时候，他却感到胸口一热。

嗯？动作如慢镜头般逐渐停止，双手下意识地摸了摸胸口。好热，蝉心想，却不知道为什么。他尝试着呼吸，可咻的一口气吸下去后，却无法呼出来。憋得难受，手又伸向喉咙。伸长了脖子，嘴巴大张，却还是不能呼吸，自然也无法说话。中枪了，当他意识到的时候，人已经跪倒在地。身体朝一边倒去，压到了地上的树枝，疼痛如针扎一般，想不耐烦地咂一下嘴都做不到。耳朵碰到了冰冷而潮湿的泥土，这时才终于吐出了一口气。

蝉转过脸看着上方。杉树在几十米之外的空中摇晃着，变成了比夜空还黑的黑影，俯视着自己。树叶发出沙沙的声音，纷纷落下。在它们旁边，离自己更近的地方，是鲸的脸。他没有说话，只是看着自己。

“可别输了！”耳边有人说话，显然不是鲸。稍微动了动眼睛，蝉看到了鲸旁边的岩西。那张脸简直就跟螳螂一样，一口歪歪扭扭的牙齿，正看着自己。他看上去是那么瘦，身体那么细，好像每动一下，关节都会发出声音。

“你还不是……从楼上跳了下去。”疼痛开始在体内肆虐，蝉咬紧牙关。他感到一阵虚脱，好像所有的空气、骄傲、意志和体力都顺着胸前的洞流逝而去。

“你真吵！”

“不是说……这个大个子……是让人自杀的吗？”蝉伸出手指着鲸，这时他才看到自己的手指竟然在不争气地颤抖着，于是抖得更厉害了。

“他是自杀手啊。”

“但他这不是没让我自杀嘛。”蝉无力地微笑，指着自己的胸膛，“这不是开枪了嘛。”声音开始沙哑，“跟你说的不一样啊。”

“因为你很厉害啊。”蝉视线中的岩西开始逐渐模糊起来，慢慢地融化到了周围的空气中。是因为中枪后的疼痛让自己的意识变得朦胧，还是因为岩西本身就太不现实呢？

“大块头的鲸……怎么能怕蝉呢？明明一个是最大的哺乳动物，另一个只是昆虫而已。”

“你应该知道吧？”岩西伸了伸下巴。

“什么啊？”

“你就要死了。”

“当然知道啦。”蝉朝旁边吐了一口口水。口水里混着血，还粘了一些在嘴角，“人本来就要死。”

“你就没什么其他想说的吗？”

“没了。”蝉回答道。“啊，”他呻吟了一声，“蚬子。”

“蚬子？”

“蚬子在吐沙，一直放在那儿都没人管了。”蝉茫然地说着，然后想起了厨房盆里那些持续呼吸的贝类。他幻想着蚬子噗地吐着沙粒的模样。“或许，一直那样待在那里也不错。”

“你说蚬子吗？”

“是啊。你知道人和蚬子谁更伟大吗？”蝉问道。

“当然是人了。”

“笨蛋。你听着，人类的那些所谓智慧啊科学啊什么的，都只是为了人类自身而存在。你懂不懂？‘有人类存在真是太好啦’，除了人类之外，谁都不会这么觉得。”说完，蝉觉得浑身冰冷，一阵头晕目眩。

“说得好像你不是人一样。如果是这样，你下辈子就投胎做个蚬子吧。”

“我也想啊。”蝉盯着捂着胸口的手和手上的血，说道。

“喂，那里好像有什么东西掉下来了。”岩西指着蝉的身边。泥土上有一枚小小的戒指，沾上了黑土。“这是从刚才那个人身上拿来的。”

“很值钱吗？”在这种情况之下岩西还在关心钱，蝉觉得很可笑，没有意外也没有厌恶。“你想要，就给你了。”

“我才不要呢。”岩西脸上浮现出嘲讽的笑容。“再见啦。”这句话跟鲸的声音重叠到了一起。

铃木

槿驾车一路疾驰，如同随着水势顺流而下一般。这城市里的街道就像是河流，铃木靠在副驾驶座上想。车前灯或明或暗的光亮照射在日落后的马路上，那种谨慎行驶的感觉令人联想到月光下的河流。

铃木抚摸着被捆绑过的手腕，看着膝盖上那些曾用来束缚自己的器具。黑色皮带，带有锁扣。还真是挺专业，不管是拉还是扯，肯定都无法逃脱。看着驾驶座上槿的侧脸，铃木不经意地“啊”了一声。对方的表情看上去是如此平静。铃木开始重新审视起他来。这个人，就算整个城市都被大火包围了，恐怕也还是这样面不改色。铃木不禁觉得，不管是可以吞噬大楼的洪水，还是伴随着暴风骤雨飞沙走石的龙卷风，甚至是被人要求分享自己的寿命，他或许都只会说一声“是吗”，然后就欣然面对。

“槿先生……”车在十字路口停下的时候，铃木开口道。

“什么事？”槿转过脸来。

“你怎么会知道那个地方？”

“哪个地方？”

“我被关着的那辆休旅车。你怎么知道我被关在那里？”

“我跟着你了。”

“跟着？”

“你在品川站前面下车之后，我觉得好奇，就跟在了你后面。”

“到咖啡店？”

“是啊。我把车停在外面朝店里看来着。”

“是因为怀疑我吗？”铃木问道。如果他真的相信自己是家庭教师，就不会跟踪自己。

“难道你真的觉得自己的行为一点都不可疑？”槿的口气并非质问，而是带有一种微笑着看小猫玩耍的温柔。

铃木无话可说，他想起比与子曾经说过他可能已经被怀疑了。难道我不管想去哪里都只能是被怀疑吗？他觉得很受打击。

“如果是家教中心的销售员，不可能那么厚脸皮。”槿说。

“如果脸皮不厚，这世上大部分做销售的恐怕都活不下去了。”铃木还试图死皮赖脸地说些既算不上辩解也算不上借口的话，“我到底是什么时候暴露的？”

“从最开始。”

铃木丧气地垂下肩膀，叹了口气。虽然光看槿的反应就知道，他从最开始就看破了自己，可是真的当面被这样说的时候，挫折感着实太大，简直就像是魔术师刚一上台就被观众喝倒彩一样尴尬。

“跟健太郎说话的时候？”

“从最开始。”

总该不会是从我生下来的时候开始吧，这种话想说又不能说，铃木觉得很悲哀。“健太郎他们也知道了吧？”他畏畏缩缩地问道。而当槿回答“他们也是从最开始”时，他觉得自己脸上简直要喷出火来。“从最开始我就破绽百出？”

“所以我才决定跟着你。结果你就被人从咖啡店里抬了出来。整个人一直在昏睡，就像喝醉了。我怀疑你是被下药了。后来你被抬进了一辆停在公交站附近的车里。那些人看上去不像什么正经人，怎么说呢……”

“不……不法分子？”

“嗯，”槿点了点头，松开刹车踏板，车又继续前进了，“是的，是有些非法的感觉。”

你自己做的不也是非法的事吗？

“我急忙追上去，接着就看到你们进了一处昏暗的地方。我把车停在其他地方，步行回到那条小路，然后看到了那辆停着的休旅车，往里面一看，就看到你了。”

“我可惨了。”

“看样子也知道。”槿看着铃木膝盖上的那些东西说道，“是谁干的？”

“你知道一个叫作千金的公司吗？好像是从德语翻译过来的意思。”

“我如果不知道，你会失望吗？”

“应该会。”铃木开始意识到，伪装和演戏都不需要了。一看便知是虚构的幻想文学也就算了，可如果是被看出来在骗人的纪实文学，那就没必要想太多了，开门见山可能才是最好的办法。铃木重新在心里集结勇气的士兵。来吧，集合啦，这次要动真格的了，再问他一次。“那是因为，是槿先生你，杀掉了寺原的长子啊。”

“我吗？”

“嗯，是你。”

“有意思。”槿说道，表情还是没有变化，完全看不出觉得有意思的样子，“我是怎么杀掉他的？”

“推手。”铃木说出了这个称号。虽然很紧张，但还没丢脸到要发抖的地步。他偷偷观察着对方的表情，可槿的脸色还是毫无变化。“不是你推的吗？你从后面推了站在十字路口的寺原吧？”

“你在说什么啊？”

“一种叫作推手的职业。推，推人，用推来杀人。”

“推？”

“你就是推手。”

“我是系统工程师。”

对方在兜圈子，但铃木也丝毫没有退却的念头。“不，你是推手。”他语气强硬地说道。

“是吗？”槿嘴上这样回答，到底心里承不承认却还不知道。

“其实，我都看见了。”

“看见了？”

“你推那个男人的时候，我看见了。”

原以为槿会马上矢口否认，可没想到他并没有这样做。他沉默了几秒钟，似乎花了很长时间寻找合适的词汇，“不可能看见。”槿答道。

“啊？”

“不可能有人看见我。”

这句话让铃木多少有些动摇。他又重新检索了一遍当时的记忆。“啊，真要说的话，推的时候确实没看见。但你从现场走开的时候我看见了，真的看见了。”

“那所有从现场离开的人都是凶手？”

“也不是那个意思……”铃木不知道该怎么说才好。犹豫的同时，却忽然想到了什么。槿的反应中有些此前从未有过的东西。虽然不是那种说错了话的样子，但槿的侧脸看上去总有一种因说了不该说的话而羞愧的感觉。“不可能看见”这句话里，虽然只是那么一丁点，可是的确包含了某种称得上骄傲或自尊的情感。“你刚才的口气，让人觉得好像是在说‘我做事的时候不可能暴露’。”

“是吗？”槿的嘴角有些微微上扬。

“是作为推手的自负吗？”铃木继续说道，“你果然就是推手吧。”他选择了一种明显是在推测，可要说是断定又有些模棱两可的提问方式。

“推手，这名字听上去有些傻乎乎的。”槿说完，嘴角两边出现了微微向上的角度，“你不觉得吗？”

铃木知道对方还想兜圈子。槿说话的方式既不是肯定也没有否定，甚至有些在享受提问和回答这一过程的意思。

“现在这车是在朝哪里去啊？”铃木看着前方的挡风玻璃问道。品川站早就过了，也没有上国道，而是驶上了一条细窄的单行道。两边明明每隔一段距离就有路灯，却丝毫没有明亮的感觉。

“去根户泽。”槿回答道，“我要回家，你要不跟我一起回去？”

“嗯。可是那个家可能会有危险。”铃木脑中出现了一系列恐怖的画面——几个小时之前吃意大利面的时候想到的那些。往住宅区呼啸而来的黑色汽车，冲进家门的千金的人，躲在客厅的健太郎和孝次郎，脸色苍白的堇。还有另一个场景里跌倒在昏暗仓库里的两个孩子，绝望地叫喊着的堇。堇抱着两个孩子，忽然回头看向自己，可那脸却是亡妻的脸。为什么会变成亡妻的脸，铃木自己也不知道，他只觉得胸口猛地一紧，几乎喘不过气来。体内血液的流动似乎更加激烈了，身体随着脉搏上下跳动。铃木强忍住已经爬到喉咙的不安，试图向槿解释当前的形势。“你已经被盯上了。”他的语调都不正常了。

“怎么突然间说这种话？”

“你还想装作自己只是个系统工程师吗？”铃木的声音更大了。

“根本就不用装。”槿还是很平静，将方向盘向右打，踩油门，一边加速一边过弯。离心力将铃木甩到了车窗上。槿斜过身体，手伸到了裤子口袋里找着什么，然后用左手将一个钱包递到铃木面前。

“干什么？”

“这里面有我的员工卡，是现在的公司发给我的。足够证明了吧？”

“这都已经无所谓了。”铃木的声音都有些沙哑了。他不准备打开钱包，也不知道里面是不是真的有什么员工卡。

“我不是你说的什么推手。”

原本以为他要承认了，没想到却推得一干二净。他竟如此不动声色地轻视自己。“还要继续装下去吗？”两边车窗外向后飞驰而去的树木如同耸立着的巨人一般。“不管怎样，现在的情况很危险。”

车停了下来。铃木看了看前面，是红灯。

“你先装作家庭教师到我家来，然后又被一些奇奇怪怪的人绑走，接着现在还回过头来威胁我说危险啊什么的。我要不是有耐心，早把你从车里推出去了。”

“槿先生，你做的工作不是把人从车里推出去，而是把人推到车前面。”

驾驶座上传来一声叹息。

“寺原的公司，也就是刚才说的那个千金，他们为了报仇，正四处找你呢。”铃木一口气说道。

“真是没道理的恨。”

“不，是很合理的恨。”

槿很开心似的从鼻子里哼了一声，又是那种女人般的魅力。“合理的恨，这说法倒是很有意思。就算是这样，那为什么他们会知道我家在哪里呢？”

铃木沉默了。

“这辆车似乎并没有被跟踪。那么，是你说出了我家的地址吗？”

“还没来得及说。”铃木说完，感到一阵害臊。

槿似乎察觉到了，再次优雅地哼了一声。“不错啊，挺诚实的。也就是迟早会说的意思了？”

“如果被打得太惨，搞不好就说了。”

“那倒也是。拷问也是人类的一大发明。”

“不过，反正，你的地址我还没说。”因为在那之前，自己就被蝉救走了。

“如果是这样，我的家就不会有危险啊。”

“话是这么说……”铃木说着，却感觉到一种莫名的不安，“或许我身上被装了什么东西。”铃木被自己这突然的想法吓了一跳，匆忙地检查起衣服来。现在不是可以通过人造卫星发送和接收位置信息嘛，自己被抓住后身上被装了这样的东西也十分有可能。

“刚才把你从车里拖出来的时候，我已经检查过了。你身上什么都没有。”

“啊，是吗？”你检查了？

“除非是装在了屁眼里，否则就没问题。”

被这样一说，铃木立刻将注意力集中到肛门附近，但好像也没什么奇怪的感觉。真是的，这种地方如果被塞了什么东西，自己早就该知道了。可是，他想，到底哪里的系统工程师会跑去检查别人身上有没有定位装置呢？

接下来铃木又怀疑起手机来。他猛然间想到，千金发给自己的手机里或许装着什么可以发送位置信息的东西。他将手伸进后裤袋，这才发现，口袋里根本没有手机。“嗯？”

“怎么了？”

“手机不见了。”

“弄丢了？”

“可能是掉在什么地方了。”他说完才注意到外套不见了，“我的外套还在刚才那辆货车里，或许手机在那里。”

“可惜了。”

“不过，反正那是公司的手机，其实也没什么大不了的。”会打来电话的只有比与子那帮人。而且他也想明白了，如果通过手机可以查出位置，那他们就不用这样费时费力了。“没什么问题。”是的，没问题。

“这样啊。”

就在这时，响起了铃声，轻微而毫无特色的电子铃声，好像是槿的手机。他左手从口袋里掏出手机，立刻放到了耳边。“啊，晚了是因为在等他。现在正载他回去。”他回答道。“是啊，他好像还要到家里来。”接着又说了一句，“我让他接。”便把手机递给铃木。“堇有话想跟你说。”

要说什么呢？铃木迷茫地接过。

“啊，铃木？”她的声音还是如此悠然乐观，铃木感到一阵羡慕，又有一丝厌恶。那是甚至可以在大地震的时候讨论娱乐圈花边新闻般的悠然。“正好。其实啊……”她的声音十分轻快。

不知是不是错觉，铃木觉得眼前的挡风玻璃忽然间变暗了很多，同时脑子里升起一种不祥的预感，像是不吉利的兆头，又像是不安稳的焦躁，反正就像是一团不受欢迎的浓雾一般。他不禁蜷起了身体。

“我家的孝次郎，他拿了你的手机。”堇说。

“啊？”

“当时不是把你送到了屋门口嘛。那个时候孝次郎从你口袋里把手机给拿出来了。”

铃木拼命回想，可什么都想不起来。孝次郎确实曾在他腿边抱着他，那时手机竟然被拿走了？这简直想都没想过。他立刻问道：“那个手机，没有什么人打来过吧？”

鲸

眼前蝉的尸体，与其说是人的，说是动物的是否更合适呢？鲸低头看了看横躺在自己面前的年轻人，心里想道，然后抬起了头。被杉树包围着的那片狭窄的天空像是一层薄膜，笼罩了周围的一切，连枪声的回响都被吸了进去。

鲸意识到自己已经很久没有开过枪了，接着他又想起了自己第一次开枪——第一次杀人的时候。

这些被重新翻出来的记忆都已经被染成了蓝色。人物、背景、房屋、道路，所有的一切都是或深或浅的蓝。老旧的照片会变黄，而记忆却是泛着蓝色。

鲸在漆黑一片的杉树林中走着，脑子里不断涌出那些蓝色的记忆。

十几岁的鲸，体格跟现在没有太大差别，但脸上的皱纹更少，额头上的横沟也更浅。那时候他还在一家卖报的小店里工作，住在紧挨着山手线的一间小木屋里，从来也没有想过要离开那片狭小局促的街道。屋外生了锈的楼梯、小路上摩托车的噪音、火车经过时的震动，这些都一一浮现在鲸的脑海里。

至于为什么会在那家店里工作，鲸已经记不起来了。他只记得自己确实曾在街道里往返穿梭，不停地按响自行车上的铃铛，上门推销报纸。有人会生气，粗暴地关上门不理他，但同时，他还是拼命地设法敲开那些门，甚至说一些威胁的话来推销报纸或是收取订阅费。

当时鲸对店主十分不满。那个店主总是赖在店里，把鲸当作下人一般使唤。鲸再次想起了那黝黑的皮肤和卷曲的头发。那家伙动不动就说他“白长了这么大个头”，付工资的时候也总是将钱扔到地上。是这些阴郁冰冷的思绪令自己的回忆变成了蓝色吗？真是一段灰暗的过往。

店主总是咄咄逼人，带着一种将鲸的人生玩弄于股掌间的傲慢。“你就是我的木偶。”他甚至说过这样不着边际的话。

鲸第一次开枪就是那个时候。上门推销报纸时，遇到了一个并非善类的客户。原因他也忘记了，总之那时他让那个人把枪交给了自己，不，或许是自己硬抢过来的，然后回去就朝店主开了枪。那是一次既没有犹豫也没有满足、既不爽快也不狂热的开枪。当时店主正愁眉苦脸地抱怨着“没钱啊，没钱啊”，接着又感叹“真想死了算了”。所以还只有十几岁的鲸觉得，反正人早晚都得死，我就帮你将时间提前一点吧。

从那之后，自己就再没开过枪了吧。鲸停下脚步，转过身，看了看躺在地上的蝉。刚才还在抽搐呢，如今却一点动静也没有了。

他再次朝杉树林外走去。脚下并没有一条像样的路，也因此每一处地面看上去都像是路。他来到路边，对面是一排建筑。路上没有车，或许是由于太过昏暗，眼前的路看上去更像是一条沟。横跨过这条沟，鲸继续朝着蝉那辆休旅车走去。副驾驶座上的男人一定还在。那个人确实知道推手的消息，鲸的思绪变得决绝起来。只要再将推手抹去，清算就结束了。

决斗吧。

决斗过后，心里便再也没有遗憾，这工作也可以不做了。他想起了那个报摊的店主。那被自己射杀的尸体变成了一张泛蓝的照片，出现在脑海中。或许从那个时候开始，自己所做的一切都只是在清算。

转过大楼的拐角，鲸继续朝那辆车靠近。他看到副驾驶座的门微微开了一条缝。难道跑了？四周并没有那个被绑着的年轻人的身影。如今岩西和蝉都已经死了，自己还能做什么呢？鲸朝左右看，试图寻找附近是否有那个年轻人的足迹。在这昏暗的路上几乎一粒灰都不可能找到，鲸只能抱着一丝幻想，期望那个年轻人会像鼻涕虫一样留下一条闪着光芒的痕迹。

就在这时，一个女人的声音响起。“我现在就过去。”这忽然从背后传来的高亢声音让鲸吓了一跳。他转过身寻找声音的主人。

一个女人背靠在大楼的墙壁上。鲸大步靠近，停在女人的身前，同时伸手掐住了她的手腕。女人发出一声惊呼，耳边的手机掉到了地上。鲸用右手抓住她的额头，将她向上拎起，压到墙上。不知是不是因为她身上的香水，周围散发着一股药一样的人造柑橘气味。

“你是什么人？”女人的声音里没有恐惧，但似乎因愤怒而变得十分尖锐。

这个女人好像在哪儿见过。鲸的记忆再次复苏。“你是寺原公司的那个女人吧。你曾经出现在事故现场。”是昨天晚上，那个在藤泽金刚站的十字路口给自己递名片的女人。

女人双腿悬在半空，反抗似的摇晃着身体。她的膝盖顶了过来，似乎想攻击鲸的胯下。鲸欺身压了上去，将女人挤在自己和墙壁之间。仔细一看才发现，她没有穿鞋。光穿着一双丝袜站在这昏暗的地方，这事情本身就很可疑。他在她耳边问道：“你在这里做什么？”

“还能做什么？”女人痛苦地歪着嘴说道，“公司的员工被一个奇怪的家伙抢走了。”

“员工？”

“我当时还叫了帮手，结果还是被抢走了。”

“你逃跑了？”

“本来是准备跑，可如果就这样回去，也不知道会被骂成什么样子。”女人大声说道，“所以我很犹豫，不知道该怎么办。”

鲸直截了当地问道：“推手在哪儿？”

“你！”女人愤怒了，“你说什么！”

右手更用力了。女人的额头并不宽，如果用全力，就算想捏断骨头也不是什么难事。“推手在哪里？你们的那个员工，他不是知道推手的消息吗？”

女人的脸变得有些苍白。

“我可以就这样直接捏着你的头撞向后面的墙。我并不讨厌把别人的头撞成烂泥，而不讨厌的事就有可能去做，你觉得呢？”

“知道了。”

鲸感觉到了女人此时的挣扎。“知道什么了？”

“推手的地址，我可以告诉你。”

这时鲸才卸去力量，将手从女人额头上拿开。悬在半空的她跌到路面上，失去了平衡，以一种不雅的姿势瘫坐在地。鲸弯下腰，将脸凑近。他暗暗戒备着，只要女人露出任何一点反抗的架势，便立刻出手。不过女人只是捡起地上的手机，拂去上面的灰尘。

“你真的知道推手在哪儿？”

“也是碰巧。”女人调整着呼吸，开口说道。这种时候她依然在尝试着保持优雅，每一个动作似乎都会散发出香水的气味，让人觉得呼吸困难。“我刚给铃木打了一个电话。”

“铃木？”

“就是那个员工。那个跟踪到了推手又不肯说地址的蠢货。”

“那家伙姓铃木啊。”

“结果，接电话的竟然是个小孩。”

“小孩？”

“估计是推手的孩子。我也只是猜测。我跟他说话，结果他说‘铃木哥哥的手机忘在这里了’。”她似乎在嘲笑那孩子，连说话的口气也模仿着，声音很小。

“推手的孩子？”简直是天方夜谭，完全没有杀手的样子。

“我就好声好气地问他，结果他把地址告诉我了。”女人就像一个追到了猎物的猎人，露出了满足的微笑，“真笨。”

“把地址告诉我。”鲸说着，抓住女人的肩膀拎了起来，拖着她往休旅车走去，“上车。”

铃木

麻烦了！这句话自己明明重复了很多遍，槿却仍然丝毫没有着急的样子，这让铃木十分无奈。槿只一味地说些“着急了也不能更快到家”之类的话，但，铃木则完全不一样。“油、油门！”他结结巴巴地说道，“不是还有油门嘛。用力踩下去，速度就会变快。车不就是这样设计的嘛，怎么不能更快。”他伸出颤抖着的食指，朝槿的脚边指去，“麻烦大了！”

车窗外，路灯和亮着光的自动售货机不停闪过。天已经完全黑了，各种建筑的轮廓都融化在黑夜之中，变成一个个黑影朝后方掠过。

“地址已经暴露了！”铃木喊道，“寺原他们会追过来！”

刚才在电话里听到堇的那番话，已足够让铃木面无血色。“孝次郎拿着你手机玩的时候，好像有人打来了电话。我当时在厨房没注意，等看到的时候，发现孝次郎正拿着手机说话呢。”

跟孝次郎通话的必定是比与子无疑。一开始她可能还有些意外，可要不了多久肯定会想起自己曾经跟她说过“推手有孩子”，她肯定会去问孝次郎各种问题：“那个姓铃木的不在吗？”“你在什么地方？”“你家在哪里？”“能说清地址吗？”

怎么会这样，铃木感觉像是被扔进了黑暗的深渊。他开始耳鸣。“孝次郎回答她的问题了吗？”

“好像回答了。”堇那开朗的声音将铃木推进了更深的绝望之中，“真是不好意思啊。是不是应该向对方道个歉呢？”

“现在麻烦了。”铃木有些气愤。

“告诉她地址有那么麻烦吗？”

“非常麻烦。”

“她以为你也在，还说要到我家来呢。难道是你的女朋友？你是不是有事瞒着自己老婆啊？”

“才不是那回事！”铃木几乎要从座位上跳起来。完全跟这种风花雪月的事完全沾不上边啊。“你们那里现在很危险。请赶快逃！”他对着手机吼道。

堇却悠然地笑道：“很可疑啊。”

这样下去根本不是办法。“槿会跟你解释。”铃木说着，把手机塞给了槿。

槿接过“嗯”了一声，接着只是附和对方说“嗯，是啊，是啊”。“他过于激动了。”槿柔和地说道。铃木还看到他说话的同时微微动了动眼睛，瞟了一下左边的自己。

“槿，麻烦你赶紧告诉他们赶快逃！”

可槿的态度还是没有任何转变，他浑若无事地又简单讲了几句，最后说了一声“那就这样吧”，便挂断了电话。“就是这么回事。”

“就是怎么回事啊！”铃木真的愤怒了，“现在不是慢悠悠的时候，你明不明白！”

“只有你自己在闹而已。”槿的嘴角露出微笑。

“健太郎和孝次郎现在很危险。”

“前提是如果你说的都是真的。”

“是真的都跟你说了！”铃木已经顾不上什么语气和语序了。他飞快地将事情经过从头到尾一股脑说了一遍，怒吼着坦白了一切。寺原长子的事故，自己为何被命令来跟踪槿，寺原如何发疯般地寻找凶手，地址暴露之后现在可能有人正向槿的家里冲去——他飞快地说着，觉得连喉咙都要充血了。“所以，现在很危险！”

“你要我相信这些？”槿回应道。铃木发射出的言语子弹，似乎全被他安静地避开了。

“请相信我！”前面那辆小车怎么看都不顺眼。铃木不耐烦地咂了咂嘴。快让开——他甚至想开口大骂。“要是再不快点——”着急又能怎么样呢？他听到了亡妻的声音。

槿转动方向盘，看着后视镜，不紧不慢地变换车道，没有立刻做出回答。小车被超了过去。铃木将手放在额头上，他对自己的无能感到绝望，痛恨自己这无法找到出路的愚蠢。

“你——”槿开口了。

“我什么？”

“你有证据吗？”

铃木觉得自己似乎被戳到了痛处，甚至真的感受到了一种肉体上的痛苦。“证据……”

“说服我相信你的证据。”

“没有证据。”铃木加强了语气，他只有坦白，“你只有相信我。而且，你不是也看到我被绑进了车里吗？被那些不法分子，被那些家伙。我都被绑起来了！”他指着那些皮带。

“也有可能你们是在演戏。”槿说完，微笑着。

只能听到引擎声和车辆交错而过时的噪音，除此之外车内没有一点动静。铃木这时才注意到，车里连音响都没有开，可以真切地感受到轮胎旋转时的震动。整个车内都弥漫着寂静。这样的寂静和沉重如果再持续几个小时，自己是否连身体都会扭曲折断？铃木不禁想道，甚至感到了恐惧。

“接下来会怎样我可不管了。”他自暴自弃地说着，心想或许直接打开车门跳出去还更轻松。他真不明白自己为什么还没这么做。

铃木还没来得及下决心跳车，槿却说了一句：“到了。”车稳稳地停下。外面已是一片漆黑，街道的样子看不太清楚，可眼前这些横竖交错的道路明显是他们所住的小区里的。

槿转动方向盘打算将车停入车库。铃木瞪圆了眼睛。“要马上逃跑！车要停到立刻能开走的地方！”

“你还没完了。”槿的语气像是想让无聊的电影赶紧快进。

“请相信我，我说的都是真的。寺原那帮人肯定正朝这边赶来。”

槿打开车锁，扭头看着铃木。“证据呢？”

“证据？”又来了。

“能证明你说的是事实的证据，我是推手的证据，这个家被人盯上了的证据，非让我惊慌不可的证据。”槿盯着他，以一种试探的语气说道。

铃木茫然地看着那令人联想到深邃湖泊的瞳孔。他忍不住想立刻逃跑，可此时却下定了决心。他胡乱地抓了抓头发，做了一次深呼吸，一字一句地开口了："证据，你还说得头头是道。"连当初训斥学生时自己的声音都没有如此激昂过，"证据什么的又有什么关系？你相信我就行了。你如果非要说什么证据，那布莱恩·琼斯曾经是滚石乐队的一员这种事不也没有证据吗！"

车内鸦雀无声。铃木也哑然了，自己到底都说了些什么啊。可是槿却扑哧笑出了声。那种笑容铃木还是第一次见到。"这回答倒还不错。"

"啊？"

"那我就相信你吧。"槿的话让铃木只能干眨眼。

"真、真的吗？"他是如此意外，好像一场明明感觉永远都不会停止的大雨一瞬间就停了。

"我只是好奇，你到底会怎么回答。真没想到啊，竟然是布莱恩·琼斯。"

铃木又想到了亡妻。

到底是怎么回事，我也搞不清楚了。好像看上去，就像你说的那样。

鲸

鲸开着车，看了好几次身边的女人。胸部和臀部都很大，身材看上去很丰满，却散发出令人无法贸然靠近的凌厉，跟第一次在路边遇见她时的印象没什么变化。或许是皮肤太白的原因，看上去有些柔弱，可卷了刃的裁纸刀也还是刀，她到底还是带着淡淡的邪气。

跟刚上车时相比，女人的警惕看上去已经有所缓和。“推手的住处，我会告诉你怎么走。”她用一种熟人似的口吻说道，“是住宅区。很久以前去过一次，应该还记得。啊，下个红绿灯右拐。”

鲸一边将车往右开一边问道：“你们公司是准备找推手报仇吗？打算怎么做？”

天空和道路都是一样的蓝色，两边的路灯发出朦胧的光。路上几乎没有什么车，前方路口处也只亮着几盏车灯，看上去就像是甲虫或飞蛾。

“啊，那个啊……”女人拖长语气说道，嘴唇朝前伸出，一眼就看得出是在强装镇定。鲸看得出来，这女人明显在掩饰焦躁和胆怯，一直在压抑声音的上扬和腿脚的颤抖。或许她在寻找逃脱的机会。“碰上你之前，已经跟公司联络过了。所以，他们现在应该也正往那边去着呢。”

“推手的家？”

“是啊。人家在屋里其乐融融，我们却要上门打扰了。”

“过分。”

“这世上有什么事是不过分的？生下来的时候就注定要死，生命本身就已经够过分的了。”女人的手机响起了尖锐的铃声，她迅速接起。“是吗？我现在也正过去呢。”她看了鲸一眼，“有个大个子的好人说要开车送我过去。应该花不了太长时间，马上就要上国道了。”她飞快地说道，“你们呢？那样你们可能更快。到了再给我打电话。”

电话挂断后，鲸问她：“什么人？”

“千金的人。我在千金里的地位其实很高了，他们算是我的部下。”

“大概有多少人正过去？”

“跟你有什么关系？”

“怎么说呢。”有很大的关系。为了跟推手决斗，得让你们退到旁边。那么，等到了推手的家之后，首先得赶走寺原的那些手下。“有多少人？”

“我也没细问。总共过去四五辆车，应该将近二十人吧。”

“这么多。”对手仅仅是一户人家，这人数也太不像话了。

“人多的话，对方也比较容易放弃。再怎么努力，怎么抵抗，肯定也胜不过这样的人数，这种事不是常有嘛。”

“那些员工应该也不是什么好惹的角色吧？”

“净是些强壮、野蛮、冷血的人，可能还从外面找了人帮忙。”

外面又是什么意思？鲸正想问，却又明白了。还委托了其他人啊，真无聊，鲸默默地想着。明明是些脱离了社会规则的不法分子，却还做着订货、交货、委托、承包这种依附于公司经营规则的事情，真是让人忍俊不禁，就和抵制阶级的革命家却制造出阶级一个道理。

“推手这下可麻烦了。”女人事不关己地说道，“面对一大群敌人，还要保护家人。那么多人，总不可能从头开始一个个地往火车前面推吧。”

“你们准备怎么处置推手？”

女人看着自己的指甲——这应该也是她装出来的泰然自若，丰润的嘴唇翕动着。“我想应该会让他和他的家人上车，然后全部带到公司总部去吧。”

“那就不会当场做什么事了。”这样或许可以设法在他们去公司总部的路上把推手抢过来，鲸计划着。

决斗吧。田中的声音在反复回响。

“只要对方不反抗，应该不会开枪。因为——”

“什么？”

“最生气的是寺原嘛。不在寺原面前干掉推手，他又怎么能甘心呢？”

“所以寺原在总部等着你们把杀子仇人带回去？”

“我想是吧。他现在应该正喘着粗气，一个人留在总部拼命地铺塑料布呢。”

“塑料布？”

“血啊大便啊这些东西如果残留下来不是很麻烦嘛。一旦拷打，那些玩意儿会溅得到处都是，所以他现在应该正在做准备工作吧，准备好好拷问。那种事情老板还挺喜欢的。哦，前面十字路口左拐。”女人伸手指着方向。鲸按她说的将车开上了一条窄路，对面正好来了一辆小车，他按了两下喇叭。这种情况就算撞上也不奇怪，可幸运的是竟然平安地会车通过了。

“真是个好老板啊。”

“估计今天特别卖力呢。不管怎么说，毕竟是给自己儿子报仇嘛，兴奋程度不一样。”

“女人和孩子就不管了？”

“最先杀的应该就是孩子吧，然后是老婆。让推手本人悔恨交加，再折磨他。等他交代出委托人的名字之后，估计还有更惨的等着呢。花样有很多，时间也足够。”

“这样啊。”鲸回答，心里盘算着如何才能不受干扰地单独面对推手。穿过窄路，过了刚好变绿的信号灯，上了国道，鲸忽然想到一件事，连忙问道：“他真的是推手吗？”

“什么意思？”

“你们接下来打算去抓的人真的是推手吗？”

“我们跟踪过他。”

“确定？”

“谁知道呢。”女人毫无羞愧之意，歪头说道，“确实没有证据。”

“哦。”想也应该是这样。

“不过，就算我们真的误会了，就算那家人跟推手其实根本没有关系……”

“有这种可能。”

“就算那样，又会妨碍到谁呢？”女人语气平静地说道。

铃木

槿进了家门后还是没有要立刻行动的样子。就相信你吧，他刚才明明这样说了。他走进房门，堇迎上来说“你回来啦”。他“嗯”了一声作为回应，接着便指着铃木笑着说：“他终于坦白了。”

“坦白？”堇丝毫没有掩饰自己好奇心的意思，盯着铃木，“铃木先生，你坦白什么啦？”

什么？这让我怎么回答啊！他想了想答道：“其实我……并不是什么家庭教师。”强忍着羞耻感和负罪感，他快速而果断地说道。

而堇只是无奈地笑了笑。“这事你这么快就说啦？”就像是对着质量低劣的猜谜节目，不服气地抱怨“这么快就公布正确答案啦”。

铃木跟着槿走进客厅，然后朝旁边的餐桌走去。“我真的露馅了？”

“从最开始。”她说话的表情，就像是在对一个手法被戳穿了的魔术师表示同情，“我还玩得挺开心呢。”

“唉，比起这种事情来……”铃木说道。确实，已经不是在乎这个的时候了。“现在事态很紧急。”

“这话你在刚才的电话里也说过呢。”她笑眯眯地说道，一副在铃木看来简直是可恨的悠然神态。

“啊，大哥哥，你果然还是回来啦。”客厅里传来健太郎的声音。铃木更加焦急了。他对此时愉快的氛围简直哑口无言。现在已经不是悠然自得的时候了！他皱紧眉头。健太郎来到铃木跟前，猛地扬起头，自豪地开口说道：“大哥哥不是家庭教师，我也早知道啦。”

铃木满脸通红，如此祥和的家庭气氛让他更加焦躁不安。“槿！”他喊道。为什么非得自己一个人在这里火急火燎不可呢？他一肚子火。才刚认识一天而已，你就不害臊地真以为自己是人家爸爸？他似乎觉得亡妻正在调侃自己。还不是因为你的死。铃木在心里回答。

槿不知何时已经坐到了餐桌边的椅子上。他朝对面指了指，似乎是让铃木也坐。铃木不打算坐，可又意识到如果不这样，可能都没法跟槿对话，只得不情愿地坐下。“赶快一起跑吧，刚才你不是说了要相信我吗？”他探出了身。

“啊，”槿点着头，“你说的确实都是真话。”

“那……”话刚出口，发现健太郎和孝次郎不知什么时候也挤到了桌边。

“这个。”孝次郎轻声道，声音比之前更小了，几乎随时都会消失。他保持着坐姿，探身将手机递到铃木面前。“对不起。”

铃木慌忙接过。

“我乱拿了你的手机，对不起。”孝次郎低头道。

“啊，没事。”铃木回答。虽然其实有事，可责怪他也于事无补。

“孝次郎并没有错。”槿的声音让铃木抬起头，“是我让他干的。我让他拿了你的手机。”

“为、为……”铃木的脑子一片混乱，舌头也不听使唤了，“为什么？”

“因为我从一开始就知道你不是家庭教师，想知道更多关于你的情报，所以才让孝次郎那么干的。”槿用十分冷静的声音解释道。

铃木定了定神，发现堇也坐在了旁边。她表情柔和，铃木却觉得自己正坐在这餐桌边被全家人训斥，气氛十分沉重。他真想问，现在的这种坐法，是参照了什么审判仪式吗？

屋外响起了汽车的声音。原本宁静祥和的住宅区里交织着引擎的轰鸣，不止一辆。

铃木的心脏剧烈地跳动。“槿，总之现在先逃再说！他们已经来了！”

“是啊。”槿说着，却没有要站起来的意思。

“报警吧！”铃木想了起来，大喊道，“对！先叫警察。你或许不太愿意，可总比被折磨好吧！”他说着拿出手机正要拨号，才发现自己的手机已经关机，一看就知道是电池已经没电了。为什么偏偏在这个时候没电！他真想一把将手机摔到地上。

铃木觉得千金的人正噼里啪啦地接近，危险分子们把车停在门口，正往里面冲了进来。他听到了本不可能听到的脚步声，皮肤感受到一种本不可能感受到的灼热。槿他们肯定要被带到某个昏暗险恶的地方去了！

只有把事情闹大了，他想。得把住在附近的邻居们都卷进来。喊出声音，弄出动静，或许还要放把火，闹得周围尽人皆知，千金的人才可能会退去。又或者可以逃到二楼，顺着屋顶跑到别人家去。这也不是不可能，他想。

“先打电话报警，然后上二楼，爬到屋顶上逃走。”铃木打量着室内，“电话能不能借我用用？”他说着，不等回答就走进了客厅。

他在室内徘徊，腿脚由于恐惧不停地颤抖着，一不留神就会瘫坐在地。此时腿脚发抖的样子，或许连刚出生的小鹿都会笑话自己。或许应该带着孩子们先逃。到底该怎么办？他思索着，下意识地搓起双手，这时才发现手上的戒指不见了。“哎？”他不经意地发出了声音。掉到哪里去了？

啊，你弄丢了吧。耳边响起了亡妻责备的声音。

“没有电话。”铃木顺着声音回头，看见槿正站在客厅和餐厅中间的位置，耸了耸肩。“不好意思，这房间里没装电话。”

“连电话……都没有？”槿的那句话听上去如此令人绝望。

鲸

当鲸的车来到住宅区附近时，女人的手机再次响了。

“我们估计也快到了。没关系，你们先做事吧。”女人冷静地做出指示。“孩子也要带上车。对，没关系，如果隔壁有人出来了，就说是来接病人的，随便应付几句就可以。对对。好，去吧。”刚说完她又添了一句，“啊，对了，住宅区里房子是不是都挨得很近？他们也可能从二楼阳台啊屋顶啊之类的地方逃跑。给我看紧了！对对，房子背面也是，让所有人把房子围起来，别大意。总之，既然是推手，那肯定不是一般人，一个不小心就可能反被他算计。”比与子俨然一副长官的口气。接着，她又问清楚了从住宅区入口到那户人家的详细路线，这才挂断电话，看了看鲸，一脸满意的表情。“就要行动了。”

“闯进他家吗？”

“好像是。我觉得很快就会结束，只是把人带出来而已。那么多人包围起来，再拿孩子作威胁，当爸爸的哪有不慌的。”

“你们那个员工应该也在那房子里吧？”

“你说铃木？他又回那里去了？我觉得他应该没有那么傻，不过不管怎样都没问题。他不是个能干出大事的人。就算帮不上忙，也碍不了事。”

“是吗？”真逼急了，你说的那个干不成大事的人难道不会超常发挥，坏你们的好事吗？鲸不禁这么想。

女人又做出了下个路口左拐的指示，随后说道：“接下来一直往前走，到头就是。”

这是一片十分寻常的住宅区。排列着外形相似的房屋，道路也是笔直地延伸。换个角度来看，还挺像牢房嘛，鲸想。十几岁时送报纸的记忆再次浮现在脑海。骑着自行车或摩托车，日出之前就在街道里奔走穿梭，周围一片黑暗，让人怀疑是否醒着的就只有自己。直到天明之前的几个小时都被寂静所包围，令人有种超然和解放的感觉。

“就是那里吗？”鲸说。前方大约一百米处，可以看见好几辆车连着停成了一条直线，紧靠着道路左边的住宅。车灯都熄了，但还是可以隐约分辨出模糊的轮廓。

“是的。”女人低声道。

鲸减慢车速，准备停车，同时开始考虑推手的事该如何处理。如果女人说的是真的，那么寺原的部下并不会当场将推手干掉。怎么办？应该在什么地方下手抢人？他思考着。时间不多了。

“已经没时间犹豫了。”突然有人在他脸旁说话。

鲸连忙踩下刹车。车发出一阵声响，像要向前栽倒似的停了下来。鲸和旁边的女人都被安全带紧紧地拉住。

“你干什么呢！”女人尖声喊道。

“这个女人真吵啊。”一张脸从车后伸了过来，就在鲸的旁边，咧着嘴露出了牙齿。是已经死了的蝉。蝉将脸伸到驾驶座座边。“我揍她的时候明明一下子就老实了。拜我所赐，她连鞋都没得穿啦。”

“你小子。”鲸盯着蝉。接着又看了看那个女人。女人以为对方在跟自己说话，问了一句“什么”。“为什么在这里停下？轧到猫了？没人教你踩刹车时要慢慢踩吗？你上的是哪家驾校啊？行了行了，反正不远了，我就在这里下车。”看到鲸的样子有些不对劲，她似乎察觉到现在正是逃跑的大好时机，手连忙伸到了车门上。“走啦。”她说着，慌张地下了车，看上去像是松了一口气。接着门被关上，车身一阵摇晃。

“让她给跑啦。”蝉吐了一口唾沫。不知什么时候，他已经坐到了副驾驶座上。

鲸还没有弄清楚到底是怎么回事。坐在那里的肯定是蝉的亡灵，但是跟上回一样，这次并没有出现头晕的预兆。而且，以往幻觉出现的时候，现实世界里的人本应该消失不见，可刚才那女人的确还在副驾驶座上。

“怕了？跟以往不一样吧？哎呀，这说明你的情况正在恶化，已经习惯这种状态啦。接下来恐怕还会越来越糟，就跟这个国家一样。不过，又见面了，我很开心。”

“刚刚才死，就已经跑出来了。”鲸揉着眼角，冰冷地说道。

“你还不赶紧过去，没关系吗？”蝉指着前方，是女人走过去的方向。“再磨磨蹭蹭，你那宝贝推手就要被人家绑走啦。”他似乎很开心。“要被抢走了哦。”

鲸并不想听他说话。他解开安全带走下车，顺着道路朝前走去。

“我当时也想知道推手在哪里。”旁边的蝉两只手插在后裤袋里，飘一般走着。两人的步幅明明不一样，可他就是不前不后地跟在鲸旁边。“然后杀了他，好一举成名呢。”

“已经死了的家伙给我安静点。”

前面已经可以看见停车的队列了。四辆车纵向排列着，都是外形彪悍的进口车，简直就是黑得发亮的虫子，车上的天线如触角一般伸展着。

一栋如同两个正方形骰子叠在一起的建筑前方，站着一些身着西装的男人。那房子的外观看上去不像是住宅，更像是私人开的设计公司。

“虽然说对你可能不是个好消息。”蝉咧嘴道，那口气听上去多少有些开心的感觉。

“什么？”鲸问道。

“推手才不在这里呢。”

鲸讶异地看着蝉，只见他一脸严肃的表情，正面对前方站着。鲸连忙快步上前，寻找女人的身影。

“混蛋！”女人正对着那帮身着西装的男人跺着脚。看到鲸走过来，她瞬间做出要往后退的样子，可立即又强作镇定，叹气道：“最坏的情况啊。”

“怎么了？”

“都到这一步了，结果却不是，要你你信吗？”女人挠着头，歇斯底里地叫嚷着。

鲸又转身朝向那帮男人。每个都身体健壮，面无表情，像是调教得很好的军犬。“不是这栋房子？”

“推手才不在这里呢。”蝉的亡灵在耳边笑着，“真是杰作啊。”

“不是。”那些西装男可能误以为鲸也是千金的干部，面色尴尬地回答道，“这里一个人都没有。好像并不是住宅，而是一家公司。”

“公司？”

鲸说完，女人露出略带嘲讽的笑。“是家小公司，里面净是些昆虫贴纸。”

“昆虫？”

“是。”西装男解释道，“我们硬闯了进去，里面只有昆虫贴纸和用来养昆虫的器具。”

“那个小鬼，他告诉我的到底是哪里的地址！”女人完全不顾风度地尖声叫嚷着，接着开始咬起了指甲。

鲸打量了一下写在房子门柱上的地址——东京都文京区辻冈三丁目二番三号。

“太完美了。”蝉咯咯地笑着，目不转睛地注视着鲸。然后，笑得心满意足了的蝉对鲸说：“放心吧，你还有机会。”

铃木

“没有电话。”槿回答后，继续说道，“这里并不是我家。”

这个意想不到的答案让铃木哑口无言。好不容易回过神来，却只是茫然地说了一声：“啊？”

铃木傻傻地张着嘴，坐到了餐桌边的椅子上。槿就坐在对面，他的旁边是堇。健太郎和孝次郎分别坐在他们两边。这到底是什么把戏？铃木脑子里一片混乱，不知该如何是好。他尝试着让自己冷静下来，拂去脑子里那片迷乱的雾霭。大脑在空转，就像松鼠用来玩耍的滚轮，虚无地响着咔嗒咔嗒的声音。

“你所说的那些危险人物好像没有来啊。”槿侧耳听着窗外的动静，以一种既非揶揄也不像玩笑，而是更近似怜悯的口吻说道。

刚才虽然听到了车的声音，可完全没有继续朝这边来的动静。没有停在门口的黑色进口车，也没有下车后朝屋里冲的凶恶的男人。寂静无声的住宅区似乎正在嘲笑铃木刚才那通手忙脚乱。

“也是啊。”铃木答道。刚才的一番闹腾让他很不好意思，可如今的状况更令他感到困惑，筋疲力尽。“先别管那个了。”

“可你刚才还在为‘那个’手忙脚乱呢。”槿提醒铃木。

“大哥哥，你刚才的表情很认真哦。”健太郎伸出食指做出戳过来的样子。

“挺好笑的。”孝次郎也小声说道。

“这到底是怎么回事啊？”我完全投降了，铃木这样想着，竟真的举起了双手。我认输了，我知道自己蠢啦，请把我从这困惑的旋涡中拉出来吧。“孝次郎不是把地址告诉对方了吗？”

“他说的是另一个地址。”槿答道。孝次郎则微微地点了一下头。

“另一个？”

“是我让他去拿你的手机的，还吩咐他，如果有人问地址，就胡乱说一个。”

“啊？你什么时候下的这个命令？”

“昨天吧。”

“昨天？”铃木加大了嗓门，反问道，“那不是在我来之前吗？”铃木来到这里是今天白天。

“你来过。”槿直勾勾地看了过来。铃木感觉自己又像是在注视一汪湖水。“昨天你跟踪了我，来过这里一次。是这样吧？”

“哦，你说那个啊。”铃木只得点头，他没有隐瞒的理由，“是的，我跟踪过你。寺原的长子出了事故，所以我……”

“所以你就一直追到了这里。我原本以为你或许会直接来攻击我呢，结果猜错了。”

“如果我那样做了，结果会怎样？”

“嗯——”槿似乎是故意装傻，“于是我就想，你或许还会再来。

所以，就找他们商量了。”

“商量什么？”

“你来的时候要如何应对。各种可能性和对策。”

“什么意思？”

“你到底是什么人，我只想搞清楚这一点。是来杀我的人，还是来探查的普通手下，或者只是被无辜牵连进来的普通人。”

“所以就算我说自己是家庭教师，你也还是让我进门了吗？”前面是一团迷雾，这就是铃木此时的感觉。餐桌周围飘浮着浓雾，交错的对话内容，由此得到的真相，一切都只能隐约看到一个大概的轮廓。就算再怎么挥手，都始终无法明朗。

“是啊。我们相信了你说的话。”

“准确地说，是装出相信的样子吧？”

“可是，踢球的时候还是很开心的。”像是为了替铃木打气，健太郎忽然插嘴道。

“你们这样到底是想干什么？”

“其实，”开口的是堇，“原本是打算再打探一下你的情况，期待着通过你来接近寺原呢。”

寺原这个姓氏竟然从堇的口中说了出来，这让铃木毫无防备。果然是推手的妻子，对那个险恶世界的事情也了如指掌吗？他想。“寺原……是说那个当社长的寺原吗？”

“不是有家公司叫 Fräulein 吗？”槿看上去似乎并没有多大兴趣，“就是你说的千金。”

“这到底都是怎么了？”铃木立刻问道，“那堇呢，还有健太郎和孝次郎呢，你们一家人为什么要这样？”

这时的槿像是有些同情铃木，又像是有些内疚，微微皱了皱眉头，接着便既没有预兆也不带修饰地淡淡说道："我们不是一家人。"

这次我真的服了！铃木想，接着便再也说不出话来。这次是完全、彻底无话可说了，他想。嘴唇只能干巴巴地动着，却找不出任何该说的话。

"他们是我的雇主。"槿平静地继续说道，"剧团这个组织，你听说过吗？"

铃木轻轻点了点头。从比与子那里听说过，就是那个吧，他想。我还记得。

"堇就是剧团的成员，详细情况我也不清楚。还有，他们好像也是一起的。"槿看着健太郎和孝次郎。那不是父亲看着儿子时的眼神，而是另一种完全不同的，像是伙伴或同志间的——或者，更确切地说，是员工看着雇主时的眼神。

"我们的组织曾经跟寺原的公司一起做过事，可是最近闹翻了。"堇皱起眉头道，完全是一副女学生讲男朋友坏话时的样子，言语背后却像隐藏着什么重大的问题。"我们为了报复才找到了槿，委托了他下手，因为我们虽然会演戏，但对于杀人却是外行。"

当"杀人"这个词从她嘴里说出来的时候，铃木几乎要失声大叫。

"只是，寺原的公司实在是太大了，"槿面无表情地说，"非常大。"

"嗯，"铃木此时的动作也不知是在痉挛还是在点头，"不仅大，而且坏。"

"还很凶残，是吧？所以寺原的儿子死后究竟会变成什么局面，我也担心过。那家公司可不像是会老老实实认命的样子。我推了一个人之后，可能就会掀起一场轩然大波。也许还会牵连到其他什么人，伤及无辜，这种事不是经常发生嘛。”

“是有可能啊。”铃木意识朦胧，他想起了比与子说过的话，回答道。儿子被杀，寺原气得都发疯了。如果他同时拥有权力、机会和准备，甚至可能借着这愤怒向其他国家发动战争。

“所以我就让他来追我。”

“让他来追？”

“走投无路的时候，人是会爆发的。但只要随便在什么地方为他准备一条路，只要留下点什么线索，他就会拼命地顺着追过来。所以我认定，当他在追查我在哪里的时候，也就没心思再做出其他什么多余的事情了。”

铃木终于意识到了自己扮演的究竟是怎样的角色，他几乎想立刻把脸捂起来。“所以你就故意让我来追？”

“其实是不是你都无所谓。不过，有人会追过来，这是早就考虑到了的。然后，我就把你引到了这个小区，这座房子。这里并不是我的家，是这次为了做事而租的房子。”

“是我们准备的。”堇说道。她口中的“我们”，就是剧团吧。“不是有那种房子嘛，没人住，但家具什么的都是现成的。”

“那……”铃木觉得似乎已经没有再问下去的必要了，但还是希望他们快点说清楚。

“她，还有他们，”槿依次看着堇、健太郎和孝次郎说，“就负责装作是我的家人。”

“就为了逗我？”铃木当然知道这是不可能的，但也只能自嘲般地如此问道。怎么会这样？他呆住了。“你啊，”亡妻憋着笑伸手指向自己的模样几乎就在眼前，“你还把这家人当作自己的家人来看待，可结果，连他们自己的家都是假的嘛。”她在笑，“你太冲动，想法太极端。”

“也没有要逗你的意思。”槿平静地回答，“因为不光是寺原的儿子，他本人我们也想一起干掉。”

堇接着他的话继续说道：“所以就想看看有没有什么机会。”

“连社长也想杀吗？”铃木原本只是打算心里想想，没想到却下意识地说出了口。

“原本只打算朝儿子下手，可那家公司我们也早就看不惯了。如果能干掉社长也不是什么坏事，于是就利用了这次机会。”堇回答道，“所以，我们决定先看看追过来的你是什么情况。”

“你们利用了我，是这个意思吧？”

“利用这个词听上去怪沉重的。”槿耸肩道，“是打算灵活使用。”

“不还是一样吗？”铃木的声音听上去几乎像是要哭出来，堇和健太郎开心地笑出了声。

自己不光是个观众，还同时站在舞台之上。铃木感到一阵羞怯，低下了头，满脸通红。他调整呼吸，看着桌面上的刮痕，想要整理出头绪，可怎么也不成功，于是他再次抬头面对槿。槿那静谧得几乎通透的表情，看上去就像是一片无人踏足过的雪原，又像是点点滴滴融入那雪原表面的阳光。明明看上去是那么冷漠无情，可不知为何总感觉透着些温暖。铃木觉得真是不可思议。

“可是……”铃木又开口了。疑点还有很多。“为什么又放弃了？杀寺原的事为什么忽然放弃了？为什么现在要对我说出真相？我……已经没用了吗？”

“既然秘密已经被你知道了，那就不能让你活着走出去。”槿立刻答道。

铃木觉得有一双冰冷的手正抚摩着自己的脖子。他这才意识到，难道是因为他们已经下定决心要除掉自己？

“骗你的。”槿面不改色地动了动眉毛。如果这是笑话，那这世界上简直再没有比这更不好笑的笑话了，铃木甚至有些愤怒。

“并不是你想的那么回事，而是因为寺原现在好像已经死了。”槿继续说道。

“啊？”意外什么的已经受够了！铃木想着，可还是忍不住惊呼出声，“什、什么时候？”

“就在刚才。”回答的是堇，她一边看着槿的侧脸一边说，“我们的人刚才来消息了。寺原死了，应该是被干掉的。”

“被、被谁？”

“嗯——”堇不像是要糊弄的样子，“他们好像也不知道。”

“啊？”

“就在刚才，用车载你回来的时候，她打来了电话。”槿看了堇一眼，“那时她就把这个消息告诉给我了。这样一来，我们也就没有继续利用你的必要了。”

“不是灵活使用吗？”铃木勉强回了这么一句。

“其实，本来也没打算告诉你事情的原委，毕竟也不是什么特别需要说明的事情。原本打算适当的时候就让你回去，等你离开之后，事情也就算是结束了。”

“那为什么现在要像这样告诉我事情的真相呢？”

“我还是想要跟你解释一下，好让你知道到底是怎么回事，因为你看上去也不像坏人。”

“对，看着不像。”堇也表示同意。

健太郎也露出牙齿笑道：“老好人——”

“而且，布莱恩·琼斯那段话听上去也挺有意思。”槿不带任何表情地说道。

铃木朝门口走去，只觉得整个人如同做梦般飘浮在空中，所有现实的感觉都不见了。他还是打算先找个什么地方回去，可应该回哪里比较好呢？家里是不是已经安全了？商务酒店还有没有房间？一时间，脑子里浮现出很多问题。总之要先回去，这是肯定的。

“今天这是第二次送你了呢。”堇站在门口对铃木说。

健太郎和孝次郎也并排站着，脸上竟挂着一丝失落，似乎不是刻意装出来的。这是在剧团里培养出来的礼仪，还是纯粹地感受到了寂寞呢？疑神疑鬼的铃木现在已经无法判断了。

“大哥哥，你要走吗？”健太郎说。

“嗯。”铃木点头，“反正，这里不也不是你家嘛。”那我只有走啦。

“可是……”健太郎有些垂头丧气。旁边的孝次郎牵着健太郎的手也小声嘀咕道：“要回去了吗？”仔细看起来，他们俩长得还真的很像，眉毛和耳朵的形状几乎一样。或许这两个人真的是有血缘关系的亲兄弟，铃木想着。

这时铃木才后知后觉地感到惊讶，他们这么小年纪竟然就已经加入剧团这种组织了？他们迄今为止是否都经历着跟普通人完全不一样的、异样或异常的、不幸或苦难的——总之是跟正常扯不上关系的特殊人生呢？真是叫人目瞪口呆。他们的双亲又在哪里？他们上学吗？他想起了踢球时的健太郎。健太郎那时的愉悦应该不是装出来的，而是真正发自内心。

“你在学校不踢球？”铃木这样问的时候，健太郎的反应多少有些落寞。“嗯，差不多吧。”他回答的时候无力地摇了摇头。

你什么都不知道，瞎同情什么？铃木又听见了亡妻的声音，想法太极端。就像你说的那样，铃木想。只是，这样面对着健太郎和孝次郎，想象着他们一路走来的险恶和残酷，铃木几乎要坐倒在地。你们真了不起啊！他打心眼里这样想。

孝次郎站到铃木对面，伸出了右手。

怎么了？铃木想着，弯腰将脸凑过去。

孝次郎带着自豪的语气说道：“这个给你。”

“嗯？”铃木斜眼看去，发现他手里捏着一张贴纸。铃木小心翼翼地接过来，眼睛凑上去看。上面印着一只天牛，浑身是漂亮的紫色。“我可以拿走吗？”他问道。

孝次郎十分肯定地“嗯”了一声，点了点头。

铃木将那贴纸看了好几遍，上面的虫子竟也变得可爱了起来。“这个应该很珍贵吧？”他问道，“我拿走真的没关系吗？”

孝次郎表情严肃地摇了摇头：“没事，这个是重复的。最多的就是这种。”

“是嘛。”铃木还没来得及失望，就笑了起来。

“我送你吧。”槿说。

“啊，不用了。”铃木伸出左手摇了两下。坐上你的车，不知道又要遇到什么莫名其妙的事情，他正准备这样说，视线落到了左手的手指上。“哎呀！”他无力地垂下了头。

“怎么了？”堇问道。

“还是送我一下吧，可以吗？”铃木低头道，“我想去找我的戒指。”

“戒指？”

“必须得去。”

了不起！亡妻在耳边鼓掌。她似乎在说还以为你忘记了呢，铃木这样感觉到。为了你，我已经够拼了吧。

鲸

“什么意思？”鲸对着站在身边的蝉，准确地说是蝉的亡灵，问道，“我还有机会？”

“有啊。非常有机会哦。”

“哪里有？”鲸甚至已经不觉得眼前的蝉其实并不存在于现实中了。他觉得蝉的轮廓要比旁边的电线杆清晰很多。

“刚才的地方啊，刚才那里。”

“刚才那里是哪里？”

“就是我被你杀死的地方嘛。约翰·列侬在达科他公寓，织田信长在本能寺，而我就是在那片杉树林。”蝉像是有些不好意思，还挠了挠头，“先回那里。”

“回去做什么？”

“我倒下的地方肯定掉了一枚戒指。是那个姓铃木的家伙的东西，被我拿走了，然后又掉在了那里。”

鲸想起来了。杉树林的枪响之后，胸口流着血、呼吸已经变得不规律的蝉曾小声说了些什么，那些胡言乱语听上去像是在跟自己身后的亡灵交谈。那时候，他口中说出过“戒指”这个词。

“他会来找戒指的，那个铃木。”

“你为什么觉得他会去那片杉树林？”

“也不一定是杉树林，但铃木肯定会意识到，戒指就掉在那附近。可能是车里，也可能是楼里。总之，他会再回去。”

这话虽不能全信，但还是有听的价值，鲸这样想着。反正，事到如今也没有其他办法。

周围开始出现骚动。不光有那么多车冲进住宅区，还有个女人发了疯般地愤怒吼叫，好几家人都探出头来查看。身着西装的千金员工们也不知道此时应该怎么做，狼狈不堪。

鲸知道这些情况跟自己都没有关系了。推手不在这里，知道了这件事之后，不管是那个女人还是千金，或是这片住宅区，对自己来说都已经没用了。他转过身，准备回车里。

“公司来电话了！”女人紧握着手机喊道，“如果是社长，那我要怎么跟他解释？”她站在那里，完全失去了冷静。

丢人，鲸心想，继续看她接起电话。女人的缺点几乎暴露无遗。平时装老练装恶人，可一到有什么事的时候，也不过如此。

“怎么会这样！”过了一会儿，女人大声说道。她恶狠狠地问着什么，问题接连不断，然后又像是在确认一般。具体说什么听不清楚，只知道最后问的是：“为什么？他们是什么人？”

到底发生了什么事？四周的西装男看到女人收起了手机，都围了上来。鲸也缓缓挪动脚步走了上去。

“社长死了。”虽然还算不上茫然若失，但女人脸上已满是徒劳的表情。雪白的皮肤似乎已经超越了白而变成了青色，青筋暴出。

咻。蝉的亡灵吹起了口哨。“寺原死了啊。这倒是不错。”

“怎么死的？”不知是谁问了一句。“被杀了。是下毒，毒。”女人身体摇摇晃晃，声音微弱地回答道。“毒、毒……”她像是在念咒语一般，轻声重复着。“他在总部，喝了被下了毒的茶水，死了。”

“谁干的？”鲸不知什么时候站到了女人对面，问道。他看到自己的影子在路灯的照射下被拉得细长，在道路上蔓延。“下毒的是什么人？”

“是那个啊，那个……”女人抬起头，像是在和夜空说话。她旋转着身体，三百六十度地看了一圈。“被我们关起来的……那两个人。原本打算让铃木杀掉的那对年轻男女。他们不见了。”

鲸无法理解女人的解释。她的手下似乎也都不明白是什么意思，这些一身西装、体格健壮的男人纷纷露出了茫然的表情。

然而，女人还是伸展着双臂，如歌剧演员般优雅地舞蹈旋转着。她快疯了。“就是那个啊，一个是黄色、另一个是黑色的那对年轻男女。他们……把老板给杀了。难道……那两个人从一开始就是为了这个才跟我们回去的吗？”她感慨着，舞蹈着，似乎准备就这样慢慢地失掉理智。

“黄色和黑色，”蝉的亡灵轻声在鲸的耳边说道，“那不是黄蜂吗？黄蜂的颜色不就是黄色和黑色嘛。那令人恶心的颜色。”

“黄蜂！”鲸惊呼出声来。他似乎听说过，是有名的杀手，不就是用毒杀人的那个吗？“那个黄蜂又是谁找来的呢？”鲸转身向蝉问道。如今自己竟如此认真地向自己幻想出来的亡灵提问，鲸觉得这样确实有些愚蠢，可还是忍不住要问。

“谁知道呢。不过，不管是谁都希望寺原早点死，这总没错吧。”蝉悠然地说道，“别管这些家伙了，赶紧走吧，去伏击铃木，然后跟推手决斗。”

鲸转过身，顺着道路走了起来。路灯下，自己的影子爬上围墙，折成了好几段。回到车边，打开车门的时候，蝉的亡灵消失不见了。

“决斗吧。”鲸轻声地对自己说。

铃木

车里，铃木与槿两人几乎没有说话。想说的话有很多，心情却总是游移不定，怎么也找不出一句合适的话。

铃木只得坐在副驾驶座上，眺望着窗外的夜景。今天这已经是第二次去品川了，可或许是天黑了的缘故，窗外的景色让铃木觉得自己行走在一片完全陌生的土地上。眼前只看得见对面有车驶过时的车灯，昏黑的车窗上渗出白色的光，如线一般伸展。车身看不清，交错而过的车灯如同亡灵一般。头猛地晃了一下之后，铃木才发觉自己差点就睡着了。

“没事吧？”槿说话了。

“没事。”铃木答道，头却感到一阵疼痛。或许是当时比与子下的药的效力还没过吧，钝痛和睡魔塞满了整个脑袋。

“你为什么要在寺原的公司做事？”铃木一开始完全没反应过来槿是在问自己。看他一直沉默，槿又问了一遍。“那家公司的事情我不是很清楚，可是总觉得你不像是会在那种地方做事的人。”

“其实……”开了头，却不知道如何继续下去。其实啊，我老婆被寺原的长子恶作剧般杀掉了，为了给她报仇，我才混了进去，一直潜伏在那里，是不是听上去很幼稚？但我可是很认真的，将循规蹈矩的日常生活全部扔掉，就为了在千金工作。似乎只要一开口，这些话就会无休止地冒出来，但铃木还是决定沉默。道路上的纸屑随着吹过的风乱舞，铃木的心也好像跟着飘了起来。有时候他刚感觉这情绪的波动应该已经结束，正打算歇口气，结果又是一阵风吹过，心头便又掠过一丝波澜。

似乎是察觉到了铃木的心情变化，槿没有再继续问。

“我原本想去报仇。”铃木终于发出了自己也觉得满意的沉稳声音。

“寺原？”

“他的长子。我是为了给自己报仇。这么说虽然有些过分，不过其他人怎么样真的不关我的事。所以，就算对那家公司贩卖非法药品的事有所察觉，我也还是决定不闻不问。”

“自私啊。”

“不过有些想当然了。”其实，对于贩卖非法药品，铃木并没有太多的负罪感。直到那两个分别叫什么黄还有黑的年轻人被塞进车里，而自己又被命令去开枪杀掉他们的时候，他才第一次感到害怕。对了，那两个年轻人现在到底怎么样了呢？他有些不放心。那个长得像自己学生的年轻人，是否已经平安地被释放了？如果寺原真的死了，那现在千金肯定已经乱成一团，要是他们能够趁机逃走就好了，铃木在心里这样期望。老师，谢谢你没有不管我。虽然并不指望有人能对自己说出这样的话，可心里多少还是有些牵挂。

铃木注视着快速掠过的黑色夜景。看着前方，往后，然后再看前方，再往后，他就这样追逐着四周的景色。“槿先生，那个……白天你告诉我的关于蝗虫的话是真的吗？”说完之后铃木才意识到，那段对话竟然就发生在今天，不禁十分意外。明明感觉已经过去很久了。倒是十多年前听过的那个教授的那段话反而记得更鲜明。

“蝗虫？”

“人的数量太多，所以大家都变成了残暴的、黑色的飞蝗。你曾经这样说过。”

“你不这样觉得吗？”

“如果看到路上堵车，是会有一些不耐烦。”

“人增加得太多了。”

“所以你才去做那种事吗？”不知是不是因为药物带来的头痛和困倦，铃木觉得自己好像没那么怕推手了，所以心里想到的事情便立即从嘴里说了出来。“所以你才去马路上推人，以此杀死他们吗？”

“现在，这个国家每年都有好几千人死于交通事故。”槿没有回答他的问题，而是说起了数字。

“好像是这样。”

“如果算上受伤人数，交通事故的这个数字还会再庞大些。而恐怖分子其实也不怎么杀人，没有哪个恐怖分子会毫无目的就杀掉上万人，是吧？”

“嗯。”

“虽然如此，也从来没人说过，再也不坐车了。多有意思。说到底，人命什么的根本无所谓，重要的是便利性。比命更重要的是便利。”

“可是，持着这样主张的你此刻还不是照样在开车？”

“是啊。”

“这样一想，车好像就是蝗虫身上长出来的巨大的翅膀。”

“或许是。”

两人的对话算不上投机，但也不能说不合。尽管没有志同道合的感慨，也没有亲密无间的感情，可这又绝对不是为了填补沉默而没话找话说，不会让人感觉心情压抑。

“对了，”当车停在十字路口的时候，铃木忽然想到，“我应该……再也见不到堇和健太郎他们了吧。”

“嗯，他们现在肯定已经离开那个地方了。我应该也不会再见到他们了。跟他们只不过是因为这次的事才偶然在一起，原本我就是一个人做事。”

“这样啊。”

“你该不会打算说寂寞之类的话题吧？”槿并不是在嘲弄他，只是平淡地说道。

其实连我自己都觉得不可思议，但确实很寂寞啊。铃木想要这样回答，可还是没能说出口，因为他觉得不好意思。轻易把他们当作家人，甚至自作主张地将他们的事情当作自己的事情去考虑，铃木觉得实在无地自容。

信号灯变成绿色，槿踩下油门，车又开始缓缓加速朝前驶去。经过品川站后，再次安静地驶进那条黑暗的小路。或许因为是夜晚，周围感觉不到危险和混乱，铃木觉得这持续了两天的奇妙生活终于要结束了。

“虽然这种时候问这样的问题可能有些不好。”槿直视着前方说道。铃木曾被带进去的那栋楼的影子正幽幽地浮上左边车窗。“不过，你的戒指真的还在那里吗？”真的有必要特意跑回这种地方来吗——这似乎才是他想说的。

“在我一开始被带到这里的时候，戒指就掉了。不是在车里，就是在那栋楼里。”

“现在回到这种地方，你不觉得危险吗？”

“我没想那么多。”铃木坦率地答道，脸颊都红了，“我就是觉得，必须得来一趟。”

鲸

这片杉树林仿佛怀抱着夜晚的漆黑，越往里走，那黑暗的空气就裹得越紧。每踏出一步，身体似乎都被黑暗浸染得更深了。要是再往前一点，黑影便会侵占了全身——这就是鲸此时的感觉。

一棵棵树木隐藏在黑暗之中，观察着自己。

蝉的亡灵再也没有出现，其他亡灵也都未再拜访。树林如同被冰冻了，四周只剩下寂静。而比起这寂静，冰冻的寒冷似乎更强烈。

蝉的尸体还横在地面，就在鲸开枪的那个地方，一动也没动。在这片人迹罕至的杉树林中，一具尸体不为人知地倒在地上，跟周围的景色竟惊人地融洽。既不悲惨也不唐突，只是自然而然地在那里，就像散落在林子里的树枝、昆虫的尸骸、杉树的叶子和飞鸟的粪便一样自然。

鲸低头看着尸体。周围明明不可能有光照射进来，可地面上蝉的侧脸，包括脸颊上的绒毛，鲸都觉得可以看得清楚。蝉的眼睛还是睁开的，如果一直这样放着不管，恐怕他身上的肉迟早会被鸟儿啄走，虫子也会来这里产卵。或许，偶尔飞过来的植物种子还会进入耳朵和眼睛，开出一两朵小花。蝉保持着双手向前伸展的姿势，右臂稍微有些弯曲，手肘弯折着，食指伸了出来。

简直就像是为了指明位置似的，鲸顺着手指的方向移动视线，在前方不远处就找到了那枚戒指。戒指有一半陷在泥土里，虽然没有闪闪发光，可还是很容易就发现了。鲸伸出手捡了起来。他觉得蝉帮了大忙，好心地告诉了自己戒指的位置。

鲸擦拭着戒指上的泥土。那个铃木真的还会回到这里吗？没有证据能证明这一点。听从亡灵的建议，连他自己都无法认同这是合理的行为，但也没有其他办法。鲸靠在树皮裂开了的杉树下，闭上了双眼。他竖起耳朵，感受着空气的冰冷，开始调整呼吸。

鲸决定先离开这片杉树林。他迈步走着，手伸进了外套口袋，一碰到那本已经残破不堪的文库本，安心的感觉便立刻在胸前扩散开来。

他来到了树林外面。眼前是一条双向四车道的马路，很宽，却没什么车。接着他又看见了对面的那栋楼，只有五楼的一个房间亮着灯。他感到意外。那栋楼里的灯竟然亮着。是寺原的手下在做事，还是有人在打扫？鲸猜测着走到路灯下面，靠在灯柱上。这路灯简直像是一株巨大的蕨类植物。鲸在底下翻开了那本小说，现在这种时候，让精神放松才是最有效的方法。

这时，楼里的灯光消失了。好像整栋楼一下子闭上了眼睛，五楼的日光灯忽然就灭了。

鲸插好书签，合上小说，放回口袋里。他离开灯柱，一动不动地注视着大楼正面的出入口，等待着有人出来。一定会有人出来，他想着，然后又开始期待出来的人正是自己盼望的那个。

究竟等了多久，鲸也不知道。他没有看手表，不知道过去了几分钟还是几十分钟。

马路正对面，大楼的门打开了，一个男人走了出来。就在这一瞬间，他听到了一个声音："来啦。"一开始，鲸以为那是蝉在跟自己说话，可接着他便发现那不是一个人的声音，而是好几个人的声音叠在了一起。不是喊叫，也不是怒吼，他们在轻声低语般地告诉鲸："来啦。"

被辜负了的政客的秘书、被情人背叛了的女人、混淆了正义和自我满足界限的新闻主播、诬陷他人的议员、被父母遗弃了的内向的年轻人、朝政客的女儿下手的黑社会成员，还有那个献身杀手经纪人行业的螳螂脸男人——所有人，都同时在鲸的体内和体外发出"来啦"这充满了魄力的低语。

从楼里出来的人的样子看得越来越清楚了。是个瘦弱的男人，年龄不是很清楚，估计也就二三十岁吧——是铃木！你说得果然没错，鲸在心里向已经不存在了的蝉道谢。铃木来了。鲸离开路灯，开始朝左边走去，隔着一条马路站在了铃木正对面。

"决斗吧。"

他听见了田中的声音。"是啊。"鲸点头道。必须要和这个人决斗。"这个人不是推手。没有决斗的必要吧？"他刚转念一想，立刻又被另外一个声音驱散了，"谁就能肯定这个人不是推手？"不知道这话是谁说的，可对鲸来说却很有说服力。那个年轻人的确有可能就是推手啊，而且，这种可能性难道不是很大吗？如果是这样，那只要决斗完一切就都结束了，鲸无意识地自言自语道。这将是最后的决斗，最终的清算。

隔着马路，鲸跟铃木相向而立。街灯虽然昏暗，可表情还是看得清楚。铃木抬起头，看到了鲸。此前他的神情还漫不经心，看到鲸之后却一下子瞪大了眼睛，恐惧和疑惑随之爬上脸庞。

鲸朝前踏出一步。一直以来那种如同在胸口上开了一个大洞般的疼痛消失了。他明白，自己已经从那痛楚中解脱了，就连头痛也不见了。不再身缠枷锁，也不再背负巨石，鲸觉得自己从什么地方获得了自由，并被这种获得解放般的感觉所包围。再次向前踏出一步的时候，他脑中浮现出一句话——是放在口袋里的那本小说里的一句话。

“如果我只是因为肚子饿才杀人……”拉斯柯尔尼科夫在这里停顿了一下，鲸想到，而接下来他是这样说的：“那我现在……就幸福了！”

不是这样，鲸在心里反驳。不是因为什么饥饿，根本不需要什么理由。只是为了清算，只要再杀掉铃木，我就能获得幸福了。他带着此前从未感受过的轻松，迈出了脚步。

铃木

铃木最终还是决定在还不到那栋楼的地方下车。寺原已死这消息或许是真的，但还是得保持警戒。他决定从百米之外的地方走过去。“你准备怎么回去？”槿这样问他。“我会自己想办法。”铃木回答。最终，两人便在此分开了。没有互相打招呼，也没有挥手，就这样各自离开。

铃木缓步接近那栋楼。随着距离逐渐缩短，他发现里面似乎并没有人。他先找了找比与子他们当初开来的那辆车，但没有找到。会不会是停在附近的路上？铃木心怀侥幸，可找了一圈都没发现。

接着，他走进了那栋楼。门没上锁，自动门也没反应，他只好使劲推开。没有灯，四周一片黑暗，但铃木还是继续前进。里面果然没有人。乘电梯上五楼的时候，也没有感到任何恐惧。必须找到戒指，这使命感是如此强烈，令他忘记了害怕。

打开五楼的灯，铃木来到自己当初被放置的地方，趴在地上仔细寻找。他四肢着地移动着，双目凝视，怀着难以置信的心情找遍了走廊甚至是逃生楼梯，可最终也只是白费力气，并没能找到戒指。如果是掉了，那也只可能在这附近啊，他想。于是他又在蝉扶着他通往电梯的那条路线上来回找了好几遍，可还是没有任何收获。头痛开始逐渐加剧，眼皮也越来越重。好困，铃木感觉有些累了，可又立刻打起精神。他明白，现在连戒指在哪儿都不知道，如果再犯困就更找不到了。

如果不是在这儿，那就只有进这栋楼之前的那条路了。他这样想着，朝一楼走去。

正准备打开一楼正门，他感到一股异样的压迫感。空气似乎都被压缩到一起，从正面冲了过来。他以为是对面那片飘浮着不寻常黑暗的杉树林略显诡异的氛围所致，可又立刻察觉并不是这样。

马路对面，逆向车道那边的人行道上站着一个男人，就在自己正对面，像棵大树一般。他的背后是那片杉树林，如同巨大的眼窝。

难道他一直都在那片树林里？铃木想。那个大个子带着蝉消失在那片杉树林里，从那时开始就一直在里面吗？都做了些什么呢？看不到蝉的身影。或许，铃木想，那个大个子或许就是树林的一部分。或许他就像树林的触手一般，冲出树林，将蝉啊虫子啊什么的全都抓了回去。

男人朝马路踏出了脚步。他是树林的化身、树林的使者。

在对方散发出的魄力之下，铃木勉强挺直了身子，却动弹不了。不管是想向旁边踏出脚步，还是想转身背朝对方，都无法做到，甚至连眨一下眼睛都不行。他到底是什么时候、从哪里冒出来的？简直就像是路面上的影子忽然站了起来。

男人又踏出了一步。那张脸有一大半都是阴影，看不清表情。

就在铃木疑惑的瞬间，耳边响起了低沉的声音，像是人在说话、风在低吟，又像是自己的衣服发出的摩擦声。

“每个人都向往着死亡。”那个声音是这样说的。

当男人又靠近了一步的时候，铃木感觉胸口变得沉重了。这沉重来得如此突然，就像是胸口突然间放上了一个沙袋。一瞬间，阴郁的情绪占领了全身。呼吸都变得无法顺畅，不管是吐气还是吸气，空气都像是停滞了一般。头开始痛了起来，跟之前那种药物后遗症所导致的疼痛截然不同。

这就是正朝自己靠近的大个子男人散发出的气场吗？铃木想着，意识逐渐朦胧起来。

浓稠而黑色的阴郁在铃木体内扩散。在千金时的记忆出现在脑海里。铃木正在路上朝路过的女人打招呼，那是一个刚从地方城市来到东京，衣服打扮都算不上体面的女人。她面带不安的表情，显出一丝害羞，跟着铃木来到了咖啡店。她身上散发着对都会的憧憬和对新生活的期待。铃木打开宣传册，拿出样品粉末向她推销。“钱之后再付就可以。”他对正查看钱包的女人这样说道，好像眼前的一切都是免费的，脸上还带着虚伪的笑容。她欣喜地拿着申请表回去了。两周后，铃木在同一条街道上再次见到了她。纯朴的笑容已经消失了，脸上挂着黑眼圈，正被人劝诱进夜总会工作，脚步蹒跚，毫无生气。

恐怕是因为自己推销的药物对健康有害——像是什么带有成瘾性的药物之类的——而她已经被那些药物吞噬了吧，铃木想道。但他紧接着又立刻否定了自己的想法。才两个星期而已，不可能那么快就受影响。她之所以看上去病恹恹的，或许是因为被都市的毒气沾染了。肯定跟自己做的事情无关，他想。就这样说服着自己，铃木接着又叫住了一个正路过的女人。

为了给妻子报仇，这实在是没有办法。其实并没有人责备铃木，他却自己开始辩解起来。我必须得在这家公司工作，取得他们的信任，然后设法接近寺原的长子。

你不觉得这很自私吗？质疑的声音来自铃木自己。你只为了自己，便去做非法公司的员工，去干那些罪恶的勾当，这样你也不在乎吗？

是啊，我不在乎，铃木回答。这不是善恶的问题，是自己的问题，只要能替妻子报仇就可以了。

铃木在跟自己争辩，拼命地点头。为了自己算犯罪吗？从胸口到喉咙，从头脑到内脏，黑暗的烟雾扩散着。

这时，一个声音如针刺般响起。“可到头来，你不还是没能成功为妻子复仇！”令人感到屈辱的指责在耳边回响，叫人直恶心。不知道这究竟是谁发出的声音，但肯定是针对铃木的冰冷责骂，如此难以入耳，但并没有错，或者说根本就是一针见血。

铃木觉得眼前似乎挂起了黑暗的幕布，毫无浓淡之分的纯黑幕布覆盖了自己。断断续续的声音在铃木体内回响，如同空洞的巢穴里吹过的风。

不知不觉中，铃木也朝马路踏出了脚步。与此同时，道路右边出现了小小的光点，是正闪亮着的两盏车前灯。正朝这边过来呢，时机刚刚好，真是幸运，铃木想着。一步，两步，铃木朝马路走去。必须快点冲上去！他心里此时只剩下焦躁。必须快点死！

或许亡妻当时也是同样的感觉吧，他忽然想道。当寺原长子那辆肆无忌惮的车冲过来时，她或许也期待着死亡。铃木忽然间开始这样觉得。这才是真相，他觉得这似乎千真万确。这个世界充满了悲惨和绝望，而敏感的她在意识到这些之后，就和现在的自己一样决心一死。一定是这样。我难道不也应该跟着她去吗？

铃木如同梦游一般，朝逼近的车灯走去。那是一辆小货车，车头已经逐渐清晰，像是一头凶残的野猪。一定要冲上去，铃木提醒自己。这样妻子肯定也会替我高兴。右脚朝前踏了一步，又一步，铃木继续前进着。还差一点就能撞到车上了，一定可以撞上，他想。这种踏实的感觉妻子一定也有过。他这样想着，正准备再次抬脚，耳边却突然响起了一个声音：

"少在那儿乱下决定。"

这并不是真实的声音，然而铃木却似乎听到了，听到亡妻将嘴巴凑到自己脸旁，带着只有她才有的可爱微笑说道："为什么我非得想死不可啊？"

铃木一个激灵，脚步也连忙停了下来。货车刚好从眼前驶过，就差那么一丁点就撞上了。引擎的声音、轮胎摩擦路面的声音，铃木竟然什么都没听到。

就在这时，铃木突然看到，明明刚才还稳稳地站在对面车道的大个子男人，却往前一个趔趄，跌倒在马路上。右手长长地伸向前方，倒在了路上。

"啊！"

货车撞上了大个子男人。急刹车的声音、男人身体遭到挤压破碎的声音、货车碾轧物体的声音，以及司机怒吼的声音，所有这些声音铃木似乎都完全听不到。他茫然若失地站在那里，什么也做不了。破碎的车前灯、凹陷的保险杠、弯曲成某个角度的手臂，还有被碾碎的上半身，这一切都如慢镜头般在他眼前播放。货车又朝前行进了几十米，终于歪歪斜斜地停了下来。

铃木呆呆地站着。又过了一会儿，脚才动了起来。他朝着被撞的男人走去，看到了一本文库本掉落在地面上，没有封面，看上去已经读过很多遍。正准备捡起来，却发现就在书的旁边有一枚戒指，他立刻凑过去看。戒指似乎是滚过来的。

你看，这不是找到了嘛。他听到了亡妻的声音。

铃木左右看了看。他在找槿。黑色的杉树林摇晃着枝干，像是在诉说着什么。夜晚恢复了平静的马路上，蜿蜒流淌着不知是鲜血还是汽油的液体，铃木看着那些液体，几乎要立刻倒下。他被一种既疲劳又踏实的感觉包围，不知不觉膝盖便弯了下去。哎？等回过神来，铃木已经一屁股坐在了沥青路面上。他觉得头忽然变得很沉，脸上的肌肉也松弛下来。他闭上了眼睛。夜空的蓝色和杉树林的黑色缠绕在一起，又融入了马路那毫无生机的灰色，共同浸染着铃木的头脑。真困啊。

铃木

铃木坐在酒店的餐厅里，眼前放着餐盘。在广岛的高级酒店顶层的窗边，铃木正沐浴着早晨温和的阳光，用叉子将炸鸡块送到嘴里大口嚼着。他用尽全力嚼碎嘴里的食物，再填进喉咙。

“还真是拿得不少呢。”

铃木应声抬头。一个看起来四十几岁的消瘦男人正站在他坐着的餐桌旁边，是个陌生人。可能本打算路过，可实在好奇就忍不住跟他说话了吧，声音里既没有赞扬也没有轻蔑。“食欲真旺盛啊。果然年轻就是不一样。”

“其实，”铃木放松脸颊，露出微笑，“吃自助啊，就是一场场一对一较量。”

“这是什么道理？”男人苦笑着，嘴角边的皱纹更深了。

“从头开始，跟每种菜品都去一决胜负。手里拿着盘子，一个个地问‘这个是能吃呢，还是不能吃呢’。”

“问？问谁？”

“问自己啊。自己问自己，如果答案是能吃，就取过来。就算最终的结果是量会变得很多，也已经不重要了。”

“怎么会呢？当然重要啊。”男人笑着，露出了一口并不整齐的牙。他的盘子里只装了味噌汤、白米饭和盐烤鲑鱼。“我啊，只要这些就足够了。”

你这是看不起自助餐啊，铃木本想这样回应，但只是笑着应了一声，随后又往嘴里塞起了食物。浇在肉上的醋的味道一下子在嘴里弥漫开来。

铃木吃着东西，回想起半年前冬天发生的那些事，那场由寺原儿子之死而起，围绕着推手的骚乱。那一切对自己来说到底算什么呢？

当铃木最后清醒过来的时候，自己已经身在品川地铁站内，正坐在上行线站台的长椅上。他慌忙看了看四周，似乎没有什么特别奇怪的地方。那个大个子的尸体、那场交通事故，一切究竟是如何收场的他完全不知，只觉得一片朦胧。是走着来车站的，还是坐车来的，自己并没有记忆。他又忽然想起了什么，伸手在衣服口袋里翻找起来。孝次郎给的贴纸呢？他想将那张贴纸找出来，盯着它，想凭那种感觉证实自己经历的一切都不是幻觉。可是没有找到，不管哪里都找不到那张贴纸，铃木有种走投无路的感觉。

如果现在就回家，总觉得太不安全，于是铃木决定先找一家便宜的旅馆。他还不知道自己到底处于怎样的境况中。

铃木在御茶水的商务酒店住了一个月。他尽量低调地生活，似乎也没什么特别的变化。手机一直是没电的状态，当然也就没有了来自比与子的消息，而那张天牛贴纸到底还是没有找到。然后，他战战兢兢地回到了家，可一切还是没有任何变化。他带着迷惑和惴惴不安的心情准备开始新生活，同时还在闹市区收集各种传闻，其中就包括千金实质上已经解散的消息。

是否千金就是那天所发生的一切的源头？铃木不知道。他连那次经历是否真的发生过都开始变得无法断定，甚至有些怀疑自己在千金工作过一事的真实性。但总之，千金现在没有了，这是没错的。

根户泽花园小区，铃木也在几个月前去过一次。他凭着感觉和记忆，在林立着外观相似房屋的住宅区里徘徊了将近一个小时，最终还是没能找出那户人家，至少没找到他记忆中的那栋房子和那辆车。他走在路上，留意着孝次郎给的昆虫贴纸是否掉在了什么地方，可也没有任何发现。

就在上个月，报纸上登了一条一名二十多岁的女人在地铁站自杀的新闻。那个女人在车站内重复着奇怪的行为和语言，当天就连体育类报纸也花了很大的篇幅来报道这件事。铃木觉得那似乎是比与子。现场照片里有一只高跟鞋掉落在站台上，看上去正是她穿过的那只。当然，真相也不得而知。

铃木唯一能理解的事情就是，妻子真的死了，而自己为妻子进行的复仇则并没有成功。所以，这几个月，他一直带着愤懑灰暗的心情生活着。

你到底在消沉什么啊？铃木似乎能听到妻子斥责自己的声音，却连回应的力气都没有。他将自己关在房间里，期望着从榻榻米下涌出的潮气让自己的身体长出霉斑。他就这么活着。

迈出新的一步吧。下定这个决心是在一个月前，而契机则只是一些微不足道的小事。

偶然开着的电视正播放一大群狗争先恐后地抢食容器里的狗粮，这一画面被铃木看在眼里。心无旁骛，可以说是丝毫谈不上优雅地大快朵颐，它们这种吃相让铃木目瞪口呆。

他赶忙跑去买求职杂志，开始找工作。必须要先工作，他想。他从那些忘我地吃着东西的狗身上，感受到了可爱而又愚蠢的所谓生命力的东西，于是告诉自己："我也必须生活下去。"最后，他终于找到了一个补习班临时讲师的工作。由于是临时工，那招聘广告看上去有些可疑，不知到底有多少可信度，但铃木并不抵触。那是一个离新宿不远，位于一条小路上的补习班。就从这里重新开始吧，他下定决心。

上班的前一天，铃木乘新干线来到了广岛。他觉得，在新生活开始之前，应该再去一次当初跟妻子邂逅的那家酒店。他要在那里为迈出新的一步举行仪式，然后回到东京，晚上直接去补习班工作。这就是他定下的计划。

为了第二天的早饭，铃木从中午开始就没有吃饭。他忍受着饥饿，回忆着同妻子过去的种种，参观了好多年没去过的广岛和平纪念碑，等待着早晨的来临。铃木觉得，之所以晚上躺在床上睡不着，并不是因为肚子饿了，而是仪式来临之前的紧张。

而现在，铃木对着面前装满了各种食物的大盘子，动着嘴巴。咀嚼，翻动舌头，适当地品尝一下味道，咽下喉咙。

"你看上去简直像是在挑战什么。"年过四十的男人感慨地说道。

"我是在消化。"铃木咀嚼着西式炒蛋，答道。

"吃东西当然要消化了。"

"我要消化很多东西。"妻子的事也要一次消化掉，铃木早已暗下决心。“我要生活下去。”铃木吞下嘴里的东西，喃喃自语。

“你在说什么？”

“我曾经想得太多，可是，好不容易活着，却跟死了一样，那不是太对不起我妻子了嘛。”

“你结婚了啊。”

“说到底，为了活下去，不多吃点肯定不行。所以，我打算多吃点。”鼓起腮帮，咀嚼咬碎，吞下去——铃木不停地重复着这一系列动作。就算肚子已经饱了，他也不打算放弃。

为了活下去，不多吃些怎么行呢？这句话跟嘴里的食物混在了一起，没能说出口。

铃木觉得妻子就坐在前方那张餐桌前，正对着自己，也面对着一个盛得满满的盘子，将食物逐一塞进嘴里。她脸色铁青，正面带难色地嘀咕着：“吃不下啦。”

我会全部替你吃掉，我会替你活下去。铃木打起精神。看着吧，我会像活着一样地活着。

“很了不起。”男人露出了同情般的慈祥表情，“可是照你这种吃法，那可活不长啊。”

当天下午，铃木乘新干线回到东京，为了换快速列车而在站台边等待。时间已是傍晚，周围等车的乘客很多，有佝偻的老人，也有染发的男女。每个人都是一副木然的表情，将包抓在手上。站台地面上粘着鸽子粪，看上去像是白色油漆。

在这盛夏已近在咫尺的七月中旬，衬衫领口和脖子接触的地方很容易便渗出了汗滴。西边的太阳带着最后的璀璨落了下去。放射，这个词忽然出现在铃木的脑海里，那是一种无差别的照射。车站前电力公司的大楼上也折射出夕阳的光。

铃木正对着铁轨，再往对面就是下行线的站台。那边也有很多人在等待。在炽热的阳光照射下，人们都显得很不耐烦。铃木想，这其中的大部分人恐怕都不是把地铁当作交通工具，而是当作制冷空调在焦急地等待吧。

“你以为我是你的木偶吗？”铃木听到背后的年轻人在叫喊。他觉得这句话似乎在哪里听过，但并没有回头去看。

他像是检查铁轨般地左右看了看。“车怎么还不来啊。”说着便朝右边看去，随后视线又慢慢地向对面站台移动。就在这时，他发出“啊”的一声。太意外了。

正对面站着两个孩子。他们穿着颜色不同但款式一样的T恤，短裤刚到膝盖，透着可爱和活泼。他们似乎也注意到了铃木。个子稍高些的孩子伸手指向这边，是健太郎。旁边那个看上去像是弟弟的孩子也笑着露出了牙齿，是孝次郎。

铃木感觉脸颊一阵松弛，同时胸中那打着结的纽带也解开了。周围飘浮着柔软的空气。啊，他们在那儿。铃木几乎要忍不住说出来。果然，他们是在那儿的。他想这样告诉亡妻。

堇不在对面，也没看到槿。两个孩子背后站着一个他从未见过的戴着眼镜的男人。

那应该，铃木想，那应该也是正在做什么工作吧。作为剧团成员而生存着的他们又被分配到什么新的角色了吧。

铃木看见孝次郎腋下夹着一个大大的画册一样的东西，肯定又是那本贴满了昆虫贴纸的画册。那是他的宝贝，这总不是谎言吧。

他想告诉孝次郎，你给我的贴纸找不到啦。不过，反正是重复的，应该也没什么关系吧？可这时，车站内的广播响了，一个低沉的声音通知返程列车即将经过站台。

铃木微笑着，注视健太郎他们。此刻该做什么，一时间他也不知道。孩子们也只是开心地笑着。挥个手吧，他想。刚举起右手，从左边驶来的过路列车就冲进了车站，靠着对面的站台呼啸驶过。车站里一阵喧嚣，像是河堤决口后浑浊的洪水顺势而下。那激流正从自己眼前掠过。一下子，对面的河岸就看不见了。

列车总也过不完，铃木感到一丝焦虑。会不会在列车通过的时候，健太郎和孝次郎就不见了呢？他开始不安。

终于过去了，可也就停顿了那么一眨眼的时间，立刻又有列车从右边驶了过来。这次是靠着铃木这边的站台通过。车内能看见人影，应该不是返程列车，而只是某辆不在这个站停靠的急行列车。

列车急速驶过，像是要将两边的景物也一起带走，伴随着轰鸣声化作一道激流。视线被遮挡了，被这轰鸣压倒了。而就在这个瞬间，铃木听到了一个声音。

嗯？他愣了一下。他听到一个孩子高亢的声音从对面站台传来，好像说的是“大傻瓜”。虽然还稚嫩，却是个坚实的声音，就算被纷扰的列车声所包围，仍然传到了这边。如果是这样，铃木想，右手捏成拳头紧紧握住。“如果是这样，如果他们是我们的孩子不是也挺好吗？”铃木想问妻子。“那怎么可能呢。”他似乎立刻便听到了她的回答。

“大傻瓜——”这次好像是另一个孩子的声音。一定是孝次郎。什么啊，你不是可以大声说话嘛，铃木有些意外。他心里有股冲动，想要越过铁轨，去往更接近他们的地方。随即又觉得这很可笑，那不简直就像是被推手推了，然后跌下站台了吗？

列车快速地驶过，铃木静静注视着。“这车是不是有些太长了？”他对着妻子轻声说道。

急行列车依然在驶过。

图书在版编目(CIP)数据

杀手界 / (日) 伊坂幸太郎著 ; 代珂译. -- 2版. -- 海口 : 南海出版公司, 2020.1
ISBN 978-7-5442-8072-3

Ⅰ. ①杀… Ⅱ. ①伊… ②代… Ⅲ. ①长篇小说-日本-现代 Ⅳ. ①I313.45

中国版本图书馆CIP数据核字(2019)第164885号

著作权合同登记号　图字: 30-2019-045

杀手界
〔日〕伊坂幸太郎 著
代珂 译

出　版　南海出版公司　(0898)66568511
　　　　海口市海秀中路51号星华大厦五楼　邮编 570206
发　行　新经典发行有限公司
　　　　电话(010)68423599　邮箱 editor@readinglife.com
经　销　新华书店

责任编辑　张　锐
特邀编辑　张博炜　王　雪
营销编辑　柳艳娇　范雅迪
装帧设计　李照祥
内文制作　王春雪

印　刷　唐山富达印务有限公司
开　本　850毫米×1168毫米　1/32
印　张　10.5
字　数　240千
版　次　2014年10月第1版　2020年1月第2版
印　次　2020年11月第6次印刷
书　号　ISBN 978-7-5442-8072-3
定　价　58.00元